宋詞通論

薛礪若 著

民國滬上初版書·復制版

宋詞通論

薛礪若　著

SJPC
上海三联书店

图书在版编目(CIP)数据

宋词通论 / 薛砺若著. ——上海:上海三联书店,2014.3
(民国沪上初版书·复制版)
ISBN 978-7-5426-4561-6
Ⅰ.①宋… Ⅱ.①薛… Ⅲ.①宋词—诗词研究 Ⅳ.①I207.23
中国版本图书馆 CIP 数据核字(2014)第 029540 号

宋词通论

著　　者 / 薛砺若
责任编辑 / 陈启甸 王倩怡
封面设计 / 清风
策　　划 / 赵炬
执　　行 / 取映文化
加工整理 / 嘎拉 江岩 牵牛 莉娜
监　　制 / 吴昊
责任校对 / 笑然

出版发行 / 上海三联书店
(201199)中国上海市闵行区都市路 4855 号 2 座 10 楼
网　　址 / http://www.sjpc1932.com
邮购电话 / 021-24175971
印刷装订 / 常熟市人民印刷厂

版　　次 / 2014 年 3 月第 1 版
印　　次 / 2014 年 3 月第 1 次印刷
开　　本 / 650×900　1/16
字　　数 / 300 千字
印　　张 / 22.75
书　　号 / ISBN 978-7-5426-4561-6/I·822
定　　价 / 110.00 元

民国沪上初版书·复制版

出版人的话

如今的沪上，也只有上海三联书店还会使人联想起民国时期的沪上出版。因为那时活跃在沪上的新知书店、生活书店和读书出版社，以至后来结合成为的三联书店，始终是中国进步出版的代表。我们有责任将那时沪上的出版做些梳理，使曾经推动和影响了那个时代中国文化的书籍拂尘再现。出版“民国沪上初版书·复制版”，便是其中的实践。

民国的“初版书”或称“初版本”，体现了民国时期中国新文化的兴起与前行的创作倾向，表现了出版者选题的与时俱进。

民国的某一时段出现了春秋战国以后的又一次百家争鸣的盛况，这使得社会的各种思想、思潮、主义、主张、学科、学术等等得以充分地著书立说并传播。那时的许多初版书是中国现代学科和学术的开山之作，乃至今天仍是中国学科和学术发展的基本命题。重温那一时期的初版书，对应现时相关的研究与探讨，真是会有许多联想和启示。再现初版书的意义在于温故而知新。

初版之后的重版、再版、修订版等等，尽管会使作品的内容及形式趋于完善，但却不是原创的初始形态，再受到社会变动施加的某些影响，多少会有别于最初的表达。这也是选定初版书的原因。

民国版的图书大多为纸皮书，精装（洋装）书不多，而且初版的印量不大，一般在两三千册之间，加之那时印制技术和纸张条件的局限，几十年过来，得以留存下来的有不少成为了善本甚或孤本，能保存完好无损的就更稀缺了。因而在编制这套书时，只能依据辗转找到的初版书复制，尽可能保持初版时的面貌。对于原书的破损和字迹不清之处，尽可能加以技术修复，使之达到不影响阅读的效果。还需说明的是，复制出版的效果，必然会受所用底本的情形所限，不易达到现今书籍制作的某些水准。

民国时期初版的各种图书大约十余万种，并且以沪上最为集中。文化的创作与出版是一个不断筛选、淘汰、积累的过程，我们将尽力使那时初版的精品佳作得以重现。

我们将严格依照《著作权法》的规则，妥善处理出版的相关事务。

感谢上海图书馆和版本收藏者提供了珍贵的版本文献，使“民国沪上初版书·复制版”得以与公众见面。

相信民国初版书的复制出版，不仅可以满足社会阅读与研究的需要，还可以使民国初版书的内容与形态得以更持久地留存。

2014 年 1 月 1 日

宋詞通論

薛礪若著

民國二十六年七月初版

目次

第一编 總論

第一章 作家及其詞集

人人都曉得唐詩、宋詞、元曲是中國中古以後的詩歌上三個階段。這「詞」上冠一個「宋」字，就是表示詞到兩宋正如赤日中天，嬌花放蕊，前乎此者，尙未臻於純熟自然之境，後乎此者，則又爲餘聲末流，漸成絕響了。在兩宋時期，我們可以看見那樣風起雲湧的詞林巨擘，那樣精邃緊縟的作風，使我們於驚嘆之餘，更深深的認識了詞的義意與範圍。

兩宋時代在文學上的貢獻，不是歐陽修等所倡導的八家派古文，不是黃庭堅等八所造成的江西詩派，而爲當時及後來人所目爲「詩餘」，遠不足與詩及古文分庭抗禮的一種「詞」。這「詞」雖非宋人的特創，然發揚光大使形成爲中國全部詩歌中最重要的一段者其功績舍宋人莫屬了。當時風氣所播，無論是帝王、卿相、武夫、文士、方外、隱逸、名媛、歌妓、以及市儈、走卒、野叟、村夫，都能製作幾首歌曲，都能詠唱各種新調，他們肺腑中的眞情、隱痛、歡愉，都由這種新體詩歌流露出來，所以詞在兩宋，不獨能代表宋人的文學，且爲宋人的靈魂。

因年遠代隔，當日詞家總集及專集，多已散失，明清人如毛晉、王鵬運、吳昌綬、朱祖謀、江標等，始將各人專集，彙集成書；或取宋元明舊本，重加審定，或東鱗西爪，勉成卷帙，比勘箋校，多瘁畢生精力為之。於是宋元宏著，乃得復接吾人眼簾了。計毛氏所收宋人專集凡六十一家，王氏共收三十八家，吳氏共收十八家，朱氏共收一百一十二家，江氏共收十家，去其複見者，約為一百九十九家，茲記錄如後：

宋徽宗詞　潘閬逍遙詞　晏殊珠玉詞

歐陽修六一詞又名醉翁琴趣外篇　張先張子野詞

晏幾道小山詞　范仲淹范文正公詩餘　范純仁忠宣公詩餘附上集內

柳永樂章集　王安石臨川先生歌曲又名半山老人詞

蘇軾東坡樂府又名東坡詞　韋驤韋先生詞　劉弇龍雲先生樂府

黃庭堅山谷琴趣外篇又名山谷詞　米芾寶晉長短句

秦觀淮海居士長短句又名淮海詞　韓維南陽詞

張伯端紫陽眞人詞　賀鑄東山詞又名東山寓聲樂府

毛滂東堂詞　陳師道後山詞　晁補之琴趣外篇

張舜民畫墁詞　李之儀姑溪詞

周邦彥片玉詞又名片玉集又名清眞集　米友仁陽春集

謝逸溪堂詞　謝薖竹友詞　晁端禮閑齋琴趣外篇
葛郯信齋集　向鎬喜樂詞　黃裳演山詞
吳則禮北湖詩餘　陳克赤城詞　王安中初寮詞
阮閱阮戶部詞　汪藻浮溪詞　沈與求龜溪長短句
呂渭老聖求詞　趙長卿惜香樂府　王之道相山居士詞
王灼頤堂詞　蔡伸友古詞　葛勝仲丹陽詞
廖行之省齋詩餘　杜安世壽域詞　沈瀛竹齋詞
方千里和清眞詞　劉一止苕溪樂章　楊澤民和清眞詞
向子諲酒邊詞　洪皓鄱陽詞　曹勛松隱樂府
張綱華陽長短句　周紫芝竹坡詞　程垓書舟詞
趙端彥介庵詞又名介菴琴趣外篇　趙師俠坦庵詞
朱翌灊山詩餘　陳與義無住詞　葉夢得石林詞
趙鼎得全居士詞　李清照漱玉詞　李先莊簡公詞
李綱梁溪詞　胡銓澹庵長短句　朱敦儒樵歌

李彌遜筠溪詞
張孝祥于湖詞
葛立方歸愚詞
劉子翬屛山詞
王以寧五周七詞
韓元吉南澗詩餘又名焦尾集詞
洪适盤洲樂章
韓玉東浦詞
曾協雲莊詞
王質雪山詞又名雪山詩餘
陸游放翁詞又名渭南詞
陳三聘和石湖詞
陳亮龍川詞
朱雍梅詞

丘崈文定公詞
侯寘嬾窟詞
周必大平園近體樂府
曹覿海野詞
李流謙澹齋詞
王之望漢濱詩餘
沈端節克齋詞
李呂澹軒詩餘
楊萬里誠齋樂府
張繼先虛靖眞君詞
京鏜松坡詞
高登東溪詞
倪偁綺川詞

張元幹蘆川詞
楊无咎逃禪詞
鄧肅栟櫚詞
仲幷浮山詩餘
張掄蓮社詞
史浩鄮峯眞隱大曲又名詞曲
王千秋審齋詞
李洪芸庵詩餘
程大昌文簡公詞
范成大石湖詞
歐陽澈飄然先生詞
辛棄疾稼軒詞又名稼軒長短句
曹冠燕喜詞
呂勝己渭川居士詞

姚述堯簫臺公詩餘
劉學箕方是閒居士詞
楊冠卿客亭樂府
姜夔白石道人歌曲 又名 白石詞
史達祖梅溪詞
朱熹晦庵詞
張輯東澤綺語債
王邁臞軒詩餘
吳潛履齋先生詩餘
李處全晦庵詞
楊炎正西樵語業
黃機竹齋詩餘
徐經孫矩山詞
姜特立梅山詞

葛長庚玉蟾先生詩餘
林正大風雅遺音
毛幷樵隱詞 又名 樵隱樂府
劉過龍洲詞
張鎡南湖詩餘
徐鹿卿徐清正公詞
陳耆卿篔窗詞
張榘芸窗詞
黃公度知稼翁詞
朱淑貞斷腸詞
程珌洺水詞
吳泳鶴林詞
趙善括應齋詞

李石方舟詞
韓淲澗泉詩餘
汪晫康範詩餘
高觀國竹屋癡語
吳文英夢窗詞
張樞詞 附上集內
汪莘方壺詩餘
吳淵退庵詞
吳儆竹洲詞
袁去華宣卿詞
盧祖皋浦江詞
李公昂文溪詞
洪咨夔平齋詞
蔡戡完齋詩餘

郭應祥笑笑詞
陳人傑龜峯詞
方岳秋崖先生小稿　又名　秋崖詩餘
趙孟堅彝齋詩餘
盧炳烘堂詞
黃昇散花庵詞
劉克莊後村長短句　又名　後村別調
柴望秋堂詩餘
王沂孫花外集　又名　碧山樂府
張炎山中白雲詞　又名　玉田詞
周密蘋洲漁笛譜
馮取洽雙溪詞
陳德武白雪遺音
汪元量水雲詞

游九言默齋詞
許棐梅屋詩餘
管鑑養拙堂詞
戴復古石屏詞
歐良撫掌詞
石孝友金谷遺書
衛宗武秋聲詩餘
熊禾勿軒長短句
李彭老萊老龜溪二隱詞
家鉉翁則堂詩餘

夏元鼎蓬萊鼓吹
李好古碎錦詞
趙崇嶓白雲小稿
王炎雙溪詩餘
洪瑹空同詞
魏了翁鶴山長短句
無名氏章華詞
趙以夫虛齋樂府
陳著本堂詞
牟巘陵陽詞
陳允平日湖漁唱及西麓繼周集
黃公紹在軒詞
劉辰翁須溪詞
汪夢斗北遊詞

何夢桂潛齋詞　　趙必瑑覆瓿詞　　文天祥文山樂府

姚勉雪坡詞　　李曾伯可齋詞　　蒲壽宬心泉詩餘

張玉蘭雪詞　　趙嶓老拙庵詞　　蔣捷竹山詞

陳深寧極齋樂府

以上各作家專集，互見於明毛晉宋六十名家詞，清王鵬運四印齋刻詞，吳昌綬雙照樓景刊宋元本詞，朱祖謀彊村叢書，江標靈鶼閣刻詞五大詞集叢刊中。毛氏本爲最早，然南北宋人多不案時代先後，校勘亦未能精審，惟其首刊此鉅帙，於詞壇上貢獻亦甚偉異。王氏吳氏志在傳眞，刊刻多依宋元之舊。江氏僅得十家，數量爲最少，五家之中以朱刻收集最宏，且校勘亦最工，惟所收者或非專業詞人之作，或僅彙集三五篇什成集，如阮閱阮戶部詞，沈與求龜溪詞，劉子翬屏山詞，徐經孫矩山詞，張舜民畫墁詞，游九言默齋詞，均只四首，陳耆卿篔窗詞，家鉉翁則堂詩餘，均只三首，吳淵退庵詞，汪夢斗北遊詞，范仲淹范文正公詩餘均只六首，他如朱翌、歐陽徹、楊萬里、張榘、牟巘、陳深等人詞均不過五七首，最多至九首，韋驤、張伯端、米芾、謝過、米友仁、曾協、李洪、周必大、汪晫、徐鹿卿、王邁、趙孟堅、柴望、衞宗武、趙崇嶓、洪珙等人詞，約自十首至十九首不等，其范純仁忠宣公詩餘（附在范仲淹詞集內）僅只一首。

近人海寧趙萬里先生最精版本校勘之學，於上五家詞刻之外，又輯得宋代作家五十六人詞，刊於校輯宋金元人詞中，除陳克赤城詞，李清照漱玉詞，辛棄疾稼軒詞丁集，王邁臞軒詩餘四家已見王朱等刻外，（均較前輯精審）凡五十二家：

宋祁宋景文公長短句共六首附錄二首

李元膺李元膺詞共九首

王詵王晉卿詞共十二首附錄二首

晁冲之晁叔用詞共十六首

僧揮寶月集共三十首附錄四首

万俟詠大聲集共二十七首附錄二首

蔡柟浩歌集共五首

陳瓘了齋詞共二十三首

王庭珪盧溪詞共四十二首附錄一首

孫道絢冲虛詞共九首附錄三首

劉仙倫招山樂章共二十七首附錄一首

劉鎮隨如百詠共二十六首

張耒柯山詩餘共六首

舒亶舒學士詞共四十八首附錄一首

趙令時聊復集共三十六首

王觀冠柳集共十五首附錄二首

田爲芊嘔集共六首

曹組箕潁詞共三十五首附錄一首

沈會中沈文伯詞共二十三首附錄二首

趙君舉趙子發詞共十七首附錄二首

呂本中紫微詞共二十六首

康與之順庵樂府共三十五首附錄七首

謝懋靜寄居士樂章共十四首

吳禮之順受老人詞共十七首附錄一首

劉光祖鶴林詞共十一首

李洪等李氏花萼集共十三首附錄二首

潘牥紫岩詞共五首附錄二首

李廷忠橘山樂府共十一首

劉子寰篁㟍詞共十九首

黃人傑可軒曲林共七首

韓疁蕭閒詞共六首

万俟紹之郢莊詞共四首

趙汝茪退齋詞共九首

翁元龍處靜詞共二十首

奚淢秋崖詞共十首

周端臣葵窗詞稿共五首

趙聞禮釣月詞共十五首

鄧剡中齋詞共十二首

馬子嚴古洲詞共二十七首

鄭域松窗詞共十一首

陳造江湖長翁詞共三首

宋自遜漁樵笛譜共七首附錄一首

張侃拙軒詞共四首

孫惟信花翁詞共十一首

馬廷鸞碧梧玩芳詩餘共四首

翁孟寅五峯詞共五首

李肩吾蠙洲詞共十首

譚宣子在庵詞共十三首附錄一首

張榘梅淵詞共十二首

曹豳松山詞共六首

袁易靜春詞共三十首

利登碧澗詞共十首

趙氏本胡適之先生曾爲作序，極加推崇，其校輯之精，遠過前賢，並於毛、王、吳、朱等家所彙刊的各專集所未曾收入的佚詞，又輯得若干首，類附於每人名後。

近人易大厂又彙刊北宋三家詞，除舒亶信道詞，曹組元寵詞，已見趙本外，又得一家。

蘇庠後湖詞 一卷

總計上面共得詞人凡二百五十六，（李彭老李萊老二人詞合爲一集，李洪弟兄五人詞，亦合爲一集）詞集凡二百五十一。其他原集已失，僅散見於各選本，尙無人爲之彙輯成集者；或其詞僅附見於詩文集者；或僅存三五篇什及零章斷句者；或其詞已隻字無存，僅從別人記述中知其曾爲某詞者；或其詞雖盛傳人口，而迄不知爲何人所作者；若細爲搜求，則兩宋作家，何止千數？玆從宋、元、明、清及近代重要的選本，如曾慥樂府雅詞，黃昇花庵詞選，周密絕妙好詞，趙聞禮陽春白雪，草堂詩餘，花草粹編楊愼詞林萬選，朱彝尊詞綜，（附王昶補遺）歷代詩餘，張宗橚詞林紀事，金芳備祖等，以及重要的叢書本，如上面所舉的毛、王、吳、江、朱、趙等家所刻詞，並筆記、方志、小說、金石書畫題跋、永樂大典內共搜待可以考證的作家，（去其複見及名號兩出者）約八百人。（可參閱拙著兩宋詞人傳略）

在過去的選本往往不注意作家的時代先後，隨意採選，以致前後倒置，令人頭目爲之眩亂，如何能尋出一點流變演進的迹象，如何能得着一個明確的史的概念呢？即如花庵詞選、絕妙好詞箋、詞林紀事。歷代詩餘諸書，雖曾略按時代先後，或曾附詞人姓氏錄於後，然亦未能十分精審正確；且爲時三百餘年，亦漫無時期上的劃分，不獨令檢閱者茫無端倪，卽文學史上的時間性與作家著述的時間，亦不能悉其流衍之迹，故作者另編有兩宋詞人傳略，可用爲本書之參攷。至於本書分期所述各詞人，其彙列的標準，完全以所居時代及生卒爲斷；遇有特殊情形時，則斟酌其享年的壽夭，（如張先姜夔劉克莊等人均享壽逾八十以上，王雱早年卽夭折，其個人生命的久暫，影響於文學史者甚大）得名的早遲，（如晏殊以神童薦，歐陽修蘇軾等年過二十卽登進士，張先四十一歲始登進士皆是，又如周紫芝暮年始登第，若以成名爲斷，則應列爲南宋紹興時間的作家了）著作的先後，（如葉夢得詞及其詩話等著作，多係晚年作品，故雖於北宋哲宗時卽登進士第，而仍列在南渡初期中的）朋輩的觀摹，（如周邦彥與賀鑄年相若，然因其著作有先後，故所與從游者亦自不同了，又如晁端禮本爲補之冲之之叔，無論年齡行輩，均較其二姪爲長，但因補之冲之成名較早，且所與交游者，均爲早一期的作家，故反列在伊叔端禮之上）因於彙列時，亦略有變通之處。

第二章　宋詞中所表現的一個宋代社會素描

我們在研究宋詞之先，且看一看它的時代背景。

宋初承五代紛亂之餘，政治復歸一統，其間歷太祖太宗之開疆擘業，仁宗之長期內治，其餘澤所及，直至徽欽被虜以前，中原未受干戈之擾，兵燹之禍者，凡一百七十餘年，為中國歷史所僅見，不可不為宋人稱慶了。然因晏安日久，狃於承平，國力駸以不振，於是遂啓了異族窺伺的野心。在真宗仁宗時，雖有西夏與遼的侵逼，但只在西北邊疆的地方，宋人也還有相當的防禦能力，所以並未感到外患的嚴重。直到公元一一一五年（宋徽宗政和五年）女真族完顏氏建國以後，情形為之頓變，以久處安樂的北宋民族，如何能抗禦此獷悍的新興強敵？所以不到十年，卒致國都——汴京——為金人所陷落，帝后均為擄去。南渡以後，淮北盡失，僅偏安於江左一隅。後金雖受蒙古族的威脅，未能南侵，又苟延四五十年，然結果於金亡後亦為蒙古所覆滅。

計宋自趙匡胤篡周稱帝（公元九六〇年）至元師陷崖山（公元一二七九年）約為三百二十年。在此三百餘年中，由鼎盛而暨於式微，由昇平而遞遭亂離，由一統而漸成偏安，終至於覆亡，其間承平晏享之樂，異族侵凌之苦，故國河山之慟，中原糜爛之慘，所侵蝕於詩人胸臆，及影響於一般人之生活者，均可由全部宋詞中尋其端緒，因爲一橫斷的鳥瞰和分剖，而爲述之如左。

一　承平時代的享樂

北宋自開基至仁宗，休養生息，中原未嘗少受兵燹亂離之禍，社會上一切都太平穩定，人人感到盛世熙攘之樂，上自宮庭、閨閣、顯宦，下至名士、學者、市儈、妓女、武夫、走卒，以及隱逸方外之人，都能製作幾首歌詞，而那時的教坊（宮家妓院）娼樓和妓院，更爲這種風靡一世的新歌詞的中心。㊀所以歌妓之享盛名也較別的朝代爲多，（南渡後此風仍未少替）如聶勝瓊、蘇瓊、李師師、僧兒、嚴蕊等不獨能煊赫一時，而且多能填詞製曲，與文人相爭勝。其中以師師㊁的豔名爲最著。她係汴京名妓，她不獨傾倒了一般才子詞人與王孫公子，連一個堂堂之尊的宋徽宗，竟不惜迂尊降貴，常微服夜幸其家；後來因感不便，竟從內宮通了一個潛道到她的家裏。關於師師的軼聞豔事，散見於稗史雜錄者，幾乎不亞於開天時代的楊妃與明皇，我們若讀了周邦彥的少年游：「低聲問：『向誰行宿，城上已三更。馬滑

㊀因爲當日每一曲成，多付樂部及此輩女子歌之，見於宋人的詩話與雜記者極多，故不另舉例。

㊁關於師師的事，可參看貴耳錄、宣和遺事等類的宋人所撰的雜記及小說一類的書。

霜濃，不如休去，直是少人行」」一首淸倩的小調，我們可以想見一個風流自賞的天子和一個「浪漫少檢」的詞人，演出一段三角戀愛喜劇的韻事。

我們更取宣和遺事來一讀，我們可以看見有這樣一段的記載：

宣和間上元張燈，許士女縱觀，各賜酒一杯。一女子竊所飲金杯，衞士見之，押至御前。女誦鷓鴣天詞云「月滿蓬壺燦爛燈，與郎攜手至端門，貪看鶴陣笙歌舉，不覺鴛鴦失却羣。天漸曉，感皇恩，傳宣賜酒飲杯巡。歸家恐被翁姑責，竊取金杯作照憑。」徽宗大喜，以金杯賜之，衞士送歸。

在這一段記載內，把當年太平盛世的景象和宮庭的軼聞，給我們一個縮小的寫照，這與徽宗的「鳳帳龍簾縈嫩風，御座深翠金間繞」來寫自家宮幃之綺麗，與「龍樓一點玉燈明，簫韶遠高宴在蓬瀛」寫佳節之賞樂者，更足兩相發明了。

宣政以前，及南渡以後，不僅宮庭能如此宴樂，即所謂士大夫階級的人們，也都過着優崇而安閒的生活。他們除宴會、賞花、品茶、賦詩、慶佳節以外，幾不知人間有何苦辛與煩惱的事。他們的家庭，往往羅致許多歌姬侍妾，以供他們宴客或慶賀時歌唱之用，在當時尤屬一個最普遍而需要的點綴。所以蓮紅、蘋雲、囀春鶯、小紅、美奴等歌姬之名，都能織芳詞林，傳爲千秋佳話，其爲詞家所豔稱，亦不下於詩人之有小蠻、樊素，那時一般士大夫的生活情形，可看下面幾段的記載：

子京（宋祁）博學能文章，天資蘊藉，好游宴。……晚年知成都府，帶唐書於本任刊修，每宴罷盥漱畢，開寢門，垂簾，燃二椽燭。

媵婢夾侍，和墨伸紙，遠近觀者知尙書修唐書矣。——望之如神仙焉！（東軒筆錄）

（宋）……多內寵，後庭曳羅綺者甚衆。嘗宴於錦江，偶微寒，命取半臂。諸婢各送一枚，凡十餘枚皆至。子京視之茫然，恐有薄厚之嫌，竟不敢服，忍冷而歸！（東軒筆錄）

這正足代表一個「鐘鳴鼎食侍妾滿前」的卿相生活一斑了。

其（毛滂）令武康，東堂爲山溪間最，……迄今傳出花子、剔銀燈、西江月諸詞，想見一時主賓試茶、勸酒、競渡、觀燈、伐柳看山、插花、觴飲、風流跌宕，承平盛事。試取「聽訟陰中苔自綠，舞衣紅」之句，曼聲歌之，不禁低徊欲絕也。（詞林紀事）

張約齋（鎡）能詩，一時名士大夫，莫不交遊。其園池聲妓服玩之麗甲天下。嘗於南湖園作駕霄亭於四古松間，以巨鐵絙懸之半空而羈之松身。當風月清夜，與客梯登之，飄搖雲表，眞有挾飛仙、遡紫清之意。王簡卿侍郎嘗赴其「牡丹會」云：「衆賓既集，坐一虛堂，……命捲簾，則異香自內出，郁然滿座。羣妓以酒肴絲竹，次第而至。別有名姬十輩，皆衣白，凡首飾衣領皆牡丹，首帶『照殿紅』一枝。執板奏歌侑觴，歌罷樂作乃退。復垂簾，談論自如。良久，香起，捲簾如前。別十姬易服與花而出。大抵簪白花則衣紫，紫花則衣鵝黃，黃花則衣紅。——如是十盃，衣與花凡十易。所謳者皆前輩牡丹名詞。酒竟，歌者樂者，無慮百數十人，列行送客。燭光香霧，歌吹雜作，客皆恍然如仙遊也。」（齊東野語）

在這兩段內我們可以看出當年詩人名士的生活一斑。以一個平常人的地位，而能使其「園地聲妓服玩之麗甲天下」；開一個「牡丹會」而能羅致豔姝名姬及樂工「無慮百數十人」。其賓主歡宴之窮奢極慾，令人儼然覺置身在二十世紀一個金迷紙醉的大都市中的跳舞廳與音樂會。

以上所舉四段，只是一個大概。其他兩宋一般士大夫的生活享樂情形，不難以此類推了。所以他們開始唱歌他們的得意新曲，謳歌着他們的「美滿的人生」！

他們唱着：「神仙神仙瑤池宴，片片碧桃零落春風晚，翠雲開處，隱隱金輿輓」（蘇易簡越江吟）的應制宮詞。他們唱着「此際宸遊，鳳輦何處？度管弦聲脆，太液波翻，披香簾捲，月明風細」（柳永醉蓬萊）的祥瑞頌辭。他們唱着「三十六宮簪豔粉濃香，慈寧玉殿慶清賞，占東君，誰比花王？良夜萬燭熒煌，影裏留着年光，」（宋高宗舞楊花，康與之擬作）來頌揚聖壽。他們的時代，是這樣承平而祥瑞！

他們有的是退休宴樂的餘暇，有的是侍妾歌姬的點襯，有的是山林原野的浪遊，有的是歌樓舞榭的豪興。他們在唱着：「彩袖殷勤捧玉鐘，當筵拚卻醉顏紅。」（晏幾道鷓鴣天）他們在唱着「舞低楊柳樓心月，歌盡桃花扇底風！」（同上）他們在唱着：「才子詞人，自是白衣卿相……忍把浮名，換了淺斟低唱！」（柳永鶴冲天）他們在唱着：「今宵酒醒何處？楊柳岸，曉風殘月。」（柳永雨霖鈴）他們在唱着：「烟柳畫橋，風簾翠幙，參差十萬人家，……市列珠璣，戶盈綺羅豪奢。」（柳永望海潮）他們在唱着：「三秋桂子，十里荷花，羌管弄晴，菱歌泛夜，嬉嬉釣叟蓮娃。」（同上）他們的生活，是這樣的浪漫而豪奢！

他們唱着：「酒濃春入夢，窗破月尋人」（毛滂臨江仙）的幽倩詩句。他們唱着：「塵香拂馬，逢謝女城南道，秀豔過施粉，多媚生輕笑」（張先謝池春慢）的豔冶新詞。他們唱着「西園夜飲鳴笳，有華燈礙月，飛蓋妨花」（秦觀望海潮）的春遊曲。他們唱着：「笛聲依約蘆花裏，白鳥數行忽驚起」（潘閬憶餘杭）的漁歌他們的生涯，是這樣的安舒而閒適！

「鬢嚲欲迎眉際月，酒紅初上臉邊霞，一場春夢日西斜：」（晏殊浣溪沙）這是他們所寫的金閨麗質。

「巧笑東鄰女伴，採桑徑裏逢迎，疑怪昨宵春夢好，元是今朝鬥草贏，笑從雙臉生：」（晏殊破陣子）這是他們所寫的小家碧玉。

「舞餘裙帶綠雙垂，酒入香腮紅一抹；」（歐陽修玉樓春）「戶外綠楊春繫馬，牀頭紅燭夜呼盧，相逢還解有情無：」（晏幾道浣溪沙）這是他們所寫的秦樓楚館。

「江南依舊稱佳麗，水村漁市，一縷孤烟細；」（王禹偁點絳脣）「望中酒旆閃閃，一簇烟村，數行霜樹，殘日下，漁人鳴榔歸去：」（柳永夜半樂）這是他們所寫的水村山市。

總之在他們的歌聲裏，只感到人生的幸福與美滿。他們永遠頌祝這個太平快樂的世界。他們的生活，是多麼令人豔羨呵！

二　故宮春夢

但是治亂是一個循環的線索，當他們正在歌舞享樂，慶頌承平之時，正是北族厲兵秣馬，準備着斷殺的時候，在靖康（欽宗年號）那一年，一個初興的女眞民族——金——乘併有東北各族（時遼爲所滅）的餘威，振旅南下，直陷汴京，將徽欽二帝及后妃皇族擄去的有三千多人，其餘民間之受踐踏蹂躪，焚殺淫掠者，則更可想像得之。這是一個非常事變——開國一百七十餘年未經的事變，一個重大的國際恥辱，是永遠留在一般人的心房和記憶中的。

他們被押解流遷至五國城，受盡了人世上最慘酷的經歷和恥辱。㊀ 回想當年故宮種種，簡直是一場春夢。他（徽宗）對着飄零的杏花，感到個人的身世，他唱着：

……易得凋零，更多少無情風雨，愁苦！問院落淒涼，幾番春暮？憑寄離恨重重，這雙燕何曾會人言語？天遙地遠，萬水千山，知他故宮何處！怎不思量，除夢裏有時曾去；無據，——和夢也新來不做！（燕山亭）

這是何等的哀傷悽楚。他竟不幸作了這樣一個落魄的皇帝！他的臣子唱着：「依依宮柳拂宮牆，樓殿無人春晝長，……憶君王，月照黃昏人斷腸」（謝克家憶君王）的悼辭，以誌他個人的悲痛。至於一般龍子龍孫，六宮粉黛，也都淪落異國，老死風塵。㊁ 一般故都的遺老，偶然重遊舊地，已不勝麥秀黍離之感

㊀見宣和遺事，此書不著作者姓氏，爲宋人撰。多記南渡前後閻事。其寫徽欽被虜，以至展轉流徙，其景狀之慘厲，極逼眞而動人，爲全書最精采處，似曾親見北地情形者。

㊁宣和遺事中記后妃嬪被金人所虜爲妻室者凡兩三條，吳彥高人月圓詞亦係詠宋宮人者，其詳見中州樂府。

了。他們不免有「到於今，餘霜鬢。嗟前事，夢魂中，但寒烟滿目飛蓬。雕欄玉砌，空餘三十六離宮。塞笳驚起暮天雁，寂寞東風」（曾覿金人捧露盤）的感嘆了；不免有「阿房廢址漢荒丘，狐兔又群遊。豪華盡成春夢，留下古今愁」（康與之訴衷情令）的噓唏了。

這是南渡以前國亡家破的情形。我們再看南宋末期爲蒙古所覆滅的慘狀：

至正丙子，元兵入杭，宋謝全兩后以下，皆赴北。有王昭儀（宮中女官名）名淸惠者，題詞於驛壁，即所傳滿江紅也：「太液芙蓉，渾不似舊時顏色。曾記得春風雨露，玉樓金闕。名播蘭馨妃后裏，暈生蓮臉君王側。忽一聲鼙鼓揭天來，繁華歇。　龍虎散，風雲絕。無限事，憑誰說？對山河百二，淚霑襟血。驛館夜驚鄉國夢，宮車曉碾關山月。願嫦娥相顧肯從容，隨圓缺！」後王抵上都，（元開平府，今之多倫縣）懇爲女道士，——號沖華，——以終。（詞苑叢談）

這是一個故宮弱女子的收場！我們讀她的「對河山百二，淚霑襟血。驛館夜驚鄉國夢，宮車曉碾關山月，」眞不勝國破家亡萬里征途之感了！結語更隱見其孤芳之志，寧與皓月同其圓缺，絕不委身胡虜。她當遁入空門時，回首前塵，永脫苦劫，能勿爲之拈花一笑！我們再看下面一段記載：

章邱李生至燕都，嘗對月獨歌曰：「萬里倦行役，秋來瘦幾分？因看河北月，忽憶海東雲。」夜靜，聞鄰婦有倚樓而泣者。明日訪之，則宋宮人金德淑也。謂李曰：「客非昨暮悲歌人乎？」李曰：「歌非己作，有同舟人自杭來，吟此句，故記之耳。」金泣曰：「此亡宋昭儀黃惠淸所寄汪水雲詩，當時我輩數人皆有詩贈汪。」因舉其望江南詞云：「春睡起，積雪滿燕山。萬里長城橫縞帶，六街燈火已闌珊，人立玉樓間。」後遂委身於李。（樂府記聞）

此與西宮南內白髮宮人之說開元天寶軼事者，亦復同一悽艷動人了。

三　亂離時代的哀鳴

以上都是關於宮庭的軼聞。我們且看這汴京被陷，及南宋覆亡時，幾個被踐踏於異族鐵蹄之下的一般女性，和她們婉轉待死時的哀鳴。

據梅磵詩話所載：靖康間，金人至闕。陽武令蔣興祖（浙西人）死之。其女年方及笄，美顏色，能詩詞，被擄至雄州驛，因題減字木蘭花一首於驛壁。其詞云：

朝雲橫度，轆轆車聲如水去。白草黃沙，月照孤村三兩家。　飛鴻過也，百結愁腸無晝夜。漸近燕山，回首鄉關歸路難！

詞意極眞切動人，迥非舞文弄墨的文士所能寫出。其音吐之悽婉，亦不減於王昭君的出塞辭。㊂

又據輟耕錄所載：

岳州徐君寶妻某氏，被掠來杭，居韓蘄王府，自岳至杭，相從數千里，其主者（指元之裨將）數欲犯之，而終以計脫。——蓋某氏有令姿，主者弗忍殺之也。——一日，主者怒甚，將即強焉。因告曰：「俟妾祭謝先夫，然後爲君婦不遲也。」主者喜諾。即嚴妝焚香再拜默祝，南向飲泣；題滿庭芳於壁上，投池中死！其詞云：「漢上繁華，江南人物，尚遺宣政風流。綠窗朱戶，十里爛銀鉤。一旦刀兵齊舉，旌旗擁百萬貔貅，長驅入歌樓舞榭，風捲落花愁。　淸平三百載，典章人物，掃地都休。幸此身未北，猶客南州。破鑑

㊂名怨詩，又名昭君怨，爲琴曲歌辭之一，見古詩源。

徐郎何在？空惆悵相見無由！從今後，斷魂千里，夜夜岳陽樓」（氏岳州人，故斷魂猶念念於故鄉也）

我們讀她的「江南人物，尚遺宣政風流，綠窗朱戶，十里爛銀鉤，」猶可想見南渡以後，一般人士尚過着這樣享樂豪奢的生活，毫無異族威脅的感覺，眞可謂之喪心病狂了。我們讀她的「一旦刀兵齊舉，旌旗擁百萬貔貅……風捲落花愁」使我們感到滿眼的亂離之象。所謂「清平三百載，典章人物，掃地都休，」不啻是一個慘痛的兩宋悼辭。至寫到「破鑑徐郎何在，空惆悵，相見無由，」其個人身世的感慟，令我們表無限的同情。「從今後，斷魂千里，夜夜岳陽樓。」更使我們感到一種說不出的悲憫。我們彷彿看見她飲恨而死的慘笑，彷彿看見她縹緲淒厲的孤魂，在一個淒風苦雨的夜裏！我們在一切文人詞集中，永不會找見這樣哀感頑豔、眞切逼人的偉異作品。我們在這樣兩個鼎革轉變的亂離時代，（金人陷汴京與元人下江南）竟找不着其他更完備的紀實詩詞，眞是一件憾事！

四　故國河山之慟

這汴京之陷，與二帝的被擄，給與宋人一個最大的刺激與隱痛。他們無時無刻不想收復已往的失地，湔滌已往的恥辱。我們在李綱、趙鼎、宗澤、朱熹等一般忠耿的大臣們的奏議中已可窺見那時激昂痛奮的情形了。然而這種敵愾的思想，仍敵不過宴安成性的南宋庸主與權臣。他們只知道暫時的苟安，只知道一味的媚外。他們所取的外交只是一個片面的親善主義。南渡以後，這兩種思想，（主戰主和兩派）儼然成了一個對立的形勢。主戰派的人物，則有李趙等文臣，和張（俊）韓（世忠）劉（錡）岳（飛）等名將，他們唱着壯烈的歌聲，他們念念不忘的，是：

靖康恥，猶未雪，臣子恨，何時滅？駕長車踏破賀蘭山缺！壯志饑餐胡虜肉，笑談渴飲匈奴血。待從頭收拾舊山河，朝天闕！（岳飛滿江紅）

他們的孤忠血戰，竟使獷悍的金人不敢南下。㊀他們的成績，已收回了黃河一帶的僞國。㊁但終爲主和派的權相秦檜和庸弱的君主高宗所阻撓；不獨未竟他們的功業，反將他們問罪，（如岳飛等之遭陷殺）以取媚於異族。世上竟有這樣全無心肝的人們！從此以後，何人再敢言戰？然而政治的壓力愈大，思想上的反映亦愈深。這種國際的恥辱，仍然留在他們的腦中，他們憤鬱之情無處發瀉，往往於歌詞中藉着歷史的陳迹或當前的景物，來抒寫他們的牢騷。他們唱着：

元嘉草草，封狼居胥，贏得蒼黃北顧。四十三年，望中猶記，烽火揚州路！可堪回首，佛貍祠下，一片神鴉社鼓！憑誰問，廉頗老矣，尚能飯否？（辛棄疾永遇樂）

他們唱着：

㊀如韓世忠黃天蕩之戰，岳飛朱仙鎮之戰，虞允文采石之戰，均足寒金人之膽。

㊁金人所建的國家，仍以漢奸劉豫張邦昌等主持之，金人得隨時向其恣索或劫奪。

他們唱着：

君莫舞！君不見玉環飛燕皆塵土；閒愁最苦。休去倚危欄，斜陽正在烟柳斷腸處！（辛棄疾摸魚兒）

他們唱着：

聞道中原遺老，常南望翠葆霓旌。使行人到此，忠憤氣填膺，有淚如傾！（張孝祥六州歌頭）

他們唱着：

涼生岸柳摧殘暑，耿斜河疎星淡月，斷雲微度，萬里江山知何處？……目斷青天懷今古，肯兒曹恩怨相爾汝！舉大白，聽金縷。（張元幹賀新郎）

他們唱着：

過春風十里，盡薺麥青青。自胡馬窺江去後，廢池喬木，猶厭言兵。漸黃昏淸角，吹寒都在空城。……二十四橋仍在，波心蕩冷月無聲！（姜夔揚州慢）

他們實在不幸，竟生長在這樣一個時代！

五　噤若寒蟬的悲吟

那時的民族思想，全被高壓的政府所摧毀。直至南宋的末期，異族侵逼更甚；蒙古兵力所至，如風掃殘葉，以積弱待覆的局面，如何敢言抵抗？所以在此時期中簡直找不出一篇壯烈的歌曲。他們僅僅藉着春花秋月，衰柳寒蟬，或朋輩的餞別，來寫他們的故國之痛，和身世之感，他們唱着：

病翼驚秋，枯形閱世，消得斜陽幾度！餘音更苦，甚獨抱清商，頓成淒楚，漫想薰風柳絲千萬縷！（王沂孫齊天樂詠蟬）

他們唱着：

千古盈虧休問！嘆謾磨玉斧，難補金鏡。太液池猶在，淒涼處，何人重賦清景，——故山夜永！（王沂孫眉嫵詠新月）

他們唱着：

虛沙動月，嘆千里悲歌，唾壺敲缺。……回潮似咽；這一點愁心，故人天末，江影沈沈，夜涼鷗夢闊！（張炎臺城路）

他們唱着：

候蛩淒斷，人語西風，岸月落沙平江似練，望盡蘆花無雁。暗教愁損蘭成，可憐夜夜關情，只有一枝梧葉，不知多少秋聲！（張炎清平樂）

他們唱着：

寂寞古豪華，烏衣日又斜，說興亡燕入誰家？只有南來無數雁，和明月，宿蘆花！（鄧剡南樓令）

這眞是噤若寒蟬的亡國人的哀吟了！

六　一般社會的意識與心理的結晶

宋朝開國以後，因有長期的太平，社會一切都感着安樂舒適，漸漸養成一種奢侈逸樂的習慣，和苟安脆弱的心理，又加以繁華豐腴的物質的誘惑，和綺羅香澤的肉體的沈湎，於是中國民族性乃為之一變，那時一般社會意識的結晶，有三種最明顯的表示：

（甲）反戰爭的思想　在昔漢唐盛世，我們中國民族，常常誇耀着他的武力，向各接壤的種族進攻；結果，總是作了一個勝利者，負着領袖或指導他們的資格，用以自豪，如漢武唐太之遠征雄圖，均能震耀寰區，表現出我們中國民族的偉大與盛強。那時不獨有這樣不世出的霸主，並且有極壯勇的名將，而社會上一般心理與意識，亦均以此為無上的光榮，有以養成此種應時而起的傑出人物。他們的志願，在封侯萬里，立功窮荒。他們要勒石燕然，他們要威凌海外。這些壯烈的事蹟，在過去史冊上，真不勝枚舉呀！到了宋代，因人民備受唐末五代的百年禍亂，所以在統一之後，上自君相，下及庶民，均有厭惡戰爭的傾向；而宋太祖遂開始解除他的臣屬們的兵權，且悉罷諸州郡的兵備。於是自漢唐以來雄武的民風，乃漸變成柔順脆弱了。其後更經仁宗的長期內治，人民益習於安樂，厭惡戰爭的思想，更成了一般社會的意識；雖然南渡以後，儘管有許多主戰的名臣和勇將，但只是因靖康之難的一種暫時的刺激和反映，所以終於被反戰爭的思想所壓倒。我們看王安石的政治建議及其國防的計劃，所以在北宋深遭社會的反對與拒絕，[2]也就可以窺見那時思想的一般了。所以在北宋，如韓琦范仲淹等重臣名將，當他們鎮守邊郡時，他們尙且唱着：

濁酒一杯家萬里，燕然未勒歸無計。羌管悠悠霜滿地，人不寐，將軍白髮征夫淚！（范仲淹漁家傲）

這樣一個厭惡戰爭的「窮塞主詞」㊂有時邊郡有事，要派一個督師的人去，他們總覺得是一件辛勞非常的任務，他們總要唱着：

向晚愁思，誰念玉關人老？太平也，且歡娛，莫惜金樽頻倒！（蔡挺喜遷鶯）

我們若與「匈奴未滅何以家爲！」（漢霍去病語）「大丈夫當立功異域安能終老筆研間乎！」（班超語）的話來相較，眞判若天壤了。

（乙）現實的享樂思想　在上面講過：宋自開國以來，即裁減武備，一意修養，又值一個承平的長期內治，漸漸養成一種享樂的現實的思想。這種思想深印在兩宋一般人的心中，無論是何種階級的人，他們總過着一種極安適的生活。從他們所唱的歌聲裏，已經把他們的生活內部和外部，表現得無餘了；我們在第一節內已經看見他們的一切了，勿庸再加繁敍。就因爲這種思想深入人心，遂形成了

㊀當時反對的人，如范仲淹歐陽修司馬光蘇軾等，都係社會極有重望的人。

㊁王安石的政治見解，是包涵社會建設與政治建設兩部份的，所謂青苗保甲等新法，即係社會的一部份，其政治上的見解，則深以北宋之積弱爲慮，其目的在能使之國富兵强，以應强敵。

㊂歐陽修語見東軒筆錄。

一個一成不變的社會意識。所以他們想縱慾時儘管縱慾，想淫奢時儘管淫奢，無論他們的環境是怎樣的險惡和緊張。他們認爲「萬事元來有命，」他們只「領取而今現在」的一種享樂。他們安慰自己道：

休休！何必傷嗟，謾贏得靑靑兩鬢華。且不知門外桃花何代，不知江左燕子誰家。世事無情，天公有意，歲歲東風歲歲花。拚一笑，且醒來杯酒，醉後杯茶！（王鼎翁沁園春）

這簡直是一種病態的社會心理表現了。

（丙）女性的沈湎　他們的精神，都消磨在溫柔鄉中。他們的時間，都耗費在美人裙下。我們試將柳永、秦觀、黃庭堅、晏幾道、賀鑄、周邦彥等北宋大半的詞家集子，翻開來一看，十分之八九都是沈湎於女性的寫作。貴族和仕宦階級，他們能羅致許多麗姝豔質，以供他們的玩弄。文士和士庶階級，也終朝留戀於秦樓楚館，過着他們的放浪頹廢生涯。在他們詞集裏，可以找出許多贈妓的名曲或妓席上的豔歌。因爲可舉的例子太多，所以姑且從略了。卽一般金閨麗質：如魏夫人、吳淑姬、李淸照、朱淑眞等，無不在寫她們的戀歌，一般歌院名姝如聶勝瓊、蘇瓊、嚴蕊等，無不在作她們的膩曲。她們唱着：

三見柳綿飛，離人猶未歸！（魏夫人菩薩蠻）

一種相思，兩處閒愁。此情無計可消除，纔下眉頭，卻上心頭。（李淸照一翦梅）

尋好夢，夢難成，有誰知我此時情？枕前淚共階前雨，隔個窗兒滴到明！（聶勝瓊鷓鴣天）

去年元夜時，花市燈如晝；月上柳梢頭，人約黃昏後！　今年元夜時，月與燈依舊；不見去年人，淚溼春衫袖！（朱淑貞生查子。或云係歐陽修作。）

獨自倚妝樓，一川烟草浪襯雲浮。不如歸去下簾鉤，心兒小，難着許多愁！（吳淑姬小重山）

這只是異性方面的一種反映。我們且略舉幾首男作家的戀慕與追求女性的作品：

脈脈橫波珠淚滿，歸心亂，離腸便逐星橋斷！（歐陽修漁家傲）

那堪更別離情緒，羅巾掩淚任粉痕霑汚，爭奈向千留萬留留不住！（晏殊殢人嬌）

其奈風流端正外，更別有繫人心處，一日不思量也攢眉千度！（柳永晝夜樂）

消魂！當此際香囊暗解，羅帶輕分。謾贏得青樓薄倖名存。此去何時見也？襟袖上空染啼痕！（秦觀滿庭芳）

還有更甚的描寫：

紅茵翠被，當時事一一堪垂淚。怎生得依前似，恁偎香倚暖，抱着日高猶睡！（柳永慢曲紬）

覷着無由得近伊，添憔悴，鎮花銷翠減，玉瘦香肌。奴兒又有行期，你去卽無妨，我共誰？向眼前常見，心猶未足，怎禁得眞個分離？（黃庭堅沁園春）

恨眉醉眼，甚輕輕覷着神魂迷亂。常記那回小曲闌干西畔，鬢雲鬆，羅襪剗。丁香笑吐嬌無限，語柔聲低道：我何會慣？……（秦觀河傳）

像這樣熱烈的戀歌與隱約的情詩，簡直是舉不勝舉的。總之在他們的詞集裏，大半都是些章臺淫賦之聲，金閨香豔之曲，與懷人贈別之調。像從前大風、垓下、易水、秋風等英雄俠士騷人的歌曲，是再也夢想不到的了。他們的壯志，完全消磨在女性的麻醉之上了。

以這樣思想和習尙構成的社會，無怪其人民都脆弱無能，要遭異族的顚覆了。

第三章　宋詞作風的時間分剖

在上章內，我們對於兩宋的社會，從他們的歌聲裏，已有了一個明確的認識了。更進一步來研究這三百餘年中詞風的演變和趨勢，是比較有點興趣的。

以前研究詞學的人們，對於宋詞時間劃分問題，都是分爲北宋南宋兩個部分的。即一般人談起宋詞來，也毫不加思索的而稱之爲「北宋詞」與「南宋詞。」其實，這北宋南宋的術語，只能用在政治史上，若用在詞學史上，不獨太感籠統與模糊，而且也是一種很不自然的分解。因此本書對於此問題，乃劃爲六個時期，加以敍述，打破向來籠統模糊之弊。在這六個時期中，我們可以看出宋詞的自然趨變；同時大作家的影響，與時代的變轉，也都能給我們一個溝通連索的新的發覺。

這六個時期，本書分爲六編詳爲敍述。因爲篇幅太冗長，內容太複雜，讀者或不能倉卒識辨，因作簡括的說明如後。

第一期　由宋初一直到仁宗天聖、慶曆間，是北宋詞的蓓蕾含苞時期。大作家如晏歐等人，只係花間派與馮延巳的一種繼承，一種終結。他們的歌聲，最足表現士大夫階級雍容享樂的生活反映。他們是保守的，貴族的，典雅的，富有溫婉情緒的，具有端麗風調的。她如一朵將要開放的蓓蕾，她如少女之羞澀靜默。在本期內，其中心人物，如晏殊，如歐陽修，均係當年一個縉紳階級的典範，又值北宋仁宗四十年中最承平的時期，更爲此階級的文學增加了環境上的適合條件；他們遂造成一個燦爛的北宋初期詞學史蹟。在他們歌聲裏，只聽到「金風細細，葉葉梧桐墜，綠酒初嘗人易醉，一枕小窗濃睡；」（晏殊清平樂）只聽到「梧桐昨夜西風急，淡月朧明，好夢頻驚，何處高樓雁一聲；」（晏殊采桑子）只聽到「芳菲次第長相續，自是情高無處足，尊前百計留春歸，莫爲傷春眉黛促；」（歐陽修玉樓春）只聽到「秋千散後朦朧月，滿院人閒，幾處雕闌，一夜風吹杏粉殘；」（晏幾道采桑子）只聽到「沙上並禽池上暝，雲破月來花弄影，重重簾幙密遮燈，風不定，人初靜，明日落紅應滿徑。」（張先天仙子）他們的歌聲，有這樣溫和而舒寬的情調，有這樣含蘊而清雋的辭彩。因爲他們的精神是保守的，所以在他們的詞集中，看不出什麽特創和自度的腔調來。他們的作品，只是五代詞風的最大的光輝集結與終了。

第二期　由仁宗、天聖、景祐以後起，直至英宗、神宗、哲宗三朝。是花之怒放時期，是創造時期，同時也是北宋詞最燦爛、最絢麗的時期。這時候大作家，如：柳永、蘇軾、秦觀、賀鑄、毛滂等，儼然成了五個最大的派別，籠罩着整個的中國詞壇。（說詳後宋詞第二期編中）而最先創造此特殊史蹟的人物，則爲一個不齒及於縉紳階級的「多游狹邪」的舉子柳永。因爲他能接近民衆，他能於三教九流最雜亂的倡寮歌院之中，取裁了市井流行的歌調，創造一種「旖旎近情」的新曲。㊀古今詩話載：

眞州柳永少讀書時，以無名氏眉峯碧詞題壁，後悟作詞章法。一妓向人道之。永曰：「某於此亦頗變化多方也。」然遂成屯田蹊徑。

他當年作詞的淵源，既不是花間集，又不是陽春錄，（馮延巳詞集名）而是民間無名之作，如眉峯碧㊁等類的作品。他敢大膽用通俗的字句，來寫他的漂泊的詩人情緒，與肉體的追求。他脫盡了花間以來所習用的塡詞術語、腔調及其內容。他的精神，比「能逐弦吹之音，爲側豔之曲」的溫庭筠更爲解放。他的天才，則與溫氏向相反的兩條路上走去。他從五代以來「詩客曲子詞」的登峯造極時代，又轉向這條民衆化與音樂化的「里巷之曲」路上了。他由貴族與文士的平穩牢固的「詞的路線」轉變成一個新興的生動的局面。他用忠實的通俗的自然的描寫，代替了詩人與貴族的詞。（溫庭筠所領導的一派詞）與溫庭筠從有腔無詞的幼稚時代，一手造成一個文彩燦爛的花間系統者，恰恰相反。而其在詞學的演變與昇降上，則二人同爲一個時代的最大導師，一個最有關鍵的人物；雖然他們的作品，或尙不及其同時與後起者的造詣之精邃優異。

㊀后山詩話：柳三變（永本名）游東都南北二巷，作新樂府，骫骳從俗，天下詠之。

㊁此詞載張宗橚詞林記事卷十八。

他（柳永）這種作風，震驚了一般社會。他的作品傳播之廣，凡遐荒異域，㊂及有「井水之處」無不在歌唱着，誦詠着，眞是一個空前絕後的事例。他雖不爲士大夫階級及囿於傳統觀念的人們所齒及，而受着絕大的譏抨（說詳後柳永傳評中）然當時大詞人如秦觀、賀鑄等人，無不取法他的風調，而成爲並時的開山。卽天才橫溢的蘇軾，也無形中受了他的反映，開始寫他那奔放豪縱的慢詞，而另成詞學中一個旁枝了。在運用白話一方面講，則蘇軾與黃庭堅更深受他的影響，而尤以黃詞爲更甚。其他二三等作家，及後期的詞人受他的影響而成名者，尤不可勝舉。所以在此時期中，我們也可以稱爲「柳永的時期」

他們的特質，在能「鋪敍展衍，備足無餘；」在能用新體詞來寫他們自己要說的話，與上一期的作家只用含蘊不盡的詩人之筆來寫詞者，顯然不同了。這時候已由含苞的蓓蕾展開她的濃豔花瓣了，已由少女期，進而爲成熟的少婦期了。他們唱着：「多情自古傷離別，更那堪冷落淸秋節！今宵酒醒何處？楊柳岸，曉風殘月。」（柳永雨霖鈴）他們唱着：「消魂，當此際，香囊暗解，羅帶輕分。謾贏得靑樓薄倖名存。此去何時見也？襟袖上空染淚痕。傷情處，高城望斷，燈火已黃昏。」（秦觀滿庭芳）他們唱着：「不成歡笑不成哭，戲人目，遠山顰。有份看伊，無份共伊宿。」（黃庭堅江城子）他們唱着：「淡妝多態，更滴滴

㊂金主亮聞他的望海潮詞而起南征的野心（見錢塘遺事）

頻迴盼睞便認得琴心先許，欲綰合歡雙帶。記畫堂風月逢迎，輕顰淺笑嬌無奈。」（賀鑄薄倖）他們唱着：「明月幾時有？把酒問青天：『不知天上宮闕，今夕是何年？』我欲乘風歸去，又恐瓊樓玉宇，高處不勝寒。」（蘇軾水調歌頭）這些歌不獨在花間集、陽春集中找不出來，即在珠玉詞、六一詞、小山詞中亦無這樣盡興淋漓的詩篇。

在這個時期中，不獨詞的內容與色彩向創造路上走去，即詞的腔調，——尤其是慢詞，——更經柳永等的製作，增加了許多的新譜，這也是與五代及北宋第一期不同的地方。

第三期　由哲宗末年，歷徽宗一朝，直至汴京破陷以前止。是「柳永時期」的總集結時期。那時正值宣政文物鼎盛的時代，大晟樂府的設立，更利用國家的力量，來搜求審定已往的曲拍及腔調，重新加了一番製作；並於舊譜之外，又增衍許多「慢曲、引、近」及所謂「三犯、四犯」之曲。於是詞的牌調，乃益繁縟。音樂與詩歌融成一氣。當時詞家的作品，殆無一不能入奏。這自從有詞學以來，關於音樂方面的發展，已經到了一個頂點了。然自此以後，因金人攻陷汴京，南渡舊譜漸漸失傳，於是中國詞學乃由樂府的地位，漸向純文學方面發展，離開了音樂的部份了。

在此時期中，一般作家均在模仿前期柳、蘇、秦、賀、毛五大家的風調，尤以周邦彥成績爲最偉異。他兼具前一期各作家的長處，榮膺着「集大成」的頭銜。他替「柳永時期」作一個總結束，他替南宋風雅派與古典派的大詞人，如姜夔、史達祖、吳文英、王沂孫、張炎、周密、張輯、蔣捷、盧祖皋、陳允平等人開了一條先路。所以他在中國詞壇上，是由北宋到南宋兩極端的詞風（說詳下章）一個變轉的樞紐，與過渡的梯航。我們可以說他是柳永派的結局，是南宋姜、張等人的肇始。

那時於周邦彥之外，有兩個卓異的天才作家並起：一爲宋徽宗趙佶，一爲女詞人李清照。他們兩個雖都未能完全脫盡柳永時期的籠罩，但他們多少總要有點例外。如徽宗北虜後燕山亭詞，其才華之高俊，還要在柳永、周邦彥等人以上；李清照以一個最大的女詩人來寫眞正女性的詞，她的作品源泉，爲南唐後主、爲歐陽修、爲秦觀（說詳李清照傳評中）似乎還要跨過柳永的時期，未曾受時代色彩的束縛。

第四期　約自宣和以後起，直至南渡後慶元間，約七十餘年當中。是傳統下來的詞學史中一個椏枝旁幹的怒出。是由蘇軾到辛棄疾的一個最光輝的時期。中國詞學，在南渡以後，本可直接由周邦彥一條路線走下去的，因爲政治上受了一個最慘烈的打擊，在承平一百七十餘年的北宋社會，忽然被一種暴力所劫持，而變換了政治與生活的常態。於是國都被異族攻陷了，皇帝也被擄去了，長淮以北完全爲胡馬所縱橫踐踏的場所了。這種刺激與震驚，遂使百年以來所代表的一種承平享樂的詞風，爲之遽變。這時候有兩大詞派的出現，代表兩部分相反的意見與思想。

一派因鑒於國勢險惡，朝政日非，忠欵熱烈之士反足殺身賈禍，他們遂遁迹江湖，或與世浮沈，成爲一種放達頹廢的詩人。一切國政世情，與他們毫不關心。他們唱着「醉眠小塢黃茅店，夢倚高城赤葉樓。」（蘇庠鷓鴣天）他們唱着：「萬事不理醉復醒，長占烟波弄明月。」（蘇庠清江曲）他們唱着「世事短如春夢，人情薄似秋雲，不須計較苦勞心，萬事元來有命。」（朱敦儒西江月）他們唱着：「日日深杯酒滿，朝朝小圃花開。自歌自舞自開懷，且喜無拘無礙。」（朱敦儒西江月）他們唱着：「一杯且買明朝事，送了斜陽月又生。」（范成大鷓鴣天）他們抱着「萬事有命」主義，得過一天是一天。這一派的詞人如楊无咎、蘇庠、陳與義、朱敦儒、范成大、楊萬里等，都係由毛滂、謝逸等一派瀟灑的作家傳下來的，因南渡一件政治的事變，而染上了一重灰色與頹廢的時代色彩。在這些作家中，以朱敦儒爲最傑出。

還有一派是憤時的詩人，是熱烈的志士。他們目睹國勢的陵替，權奸的當路，忠臣之慘遭禍辱，他們憤痛之情無處發瀉，都寫入他們的歌聲裏。他們唱着：「欲駕巾車歸去，有豺狼當轍。」（胡銓好事近）他們唱着：「夢繞神州路，悵秋風連營畫角，故宮離黍。底事崑崙傾砥柱，九地黃流亂注，聚萬落千村狐兔。」（張元幹賀新郎）他們唱着：「念腰間箭，匣中劍，空埃蠹，竟何成！時易失，心徒壯，歲將零。」（張孝祥六州歌頭）他們唱着：「易水蕭蕭西風冷，滿座衣冠似雪；正壯士悲歌未徹。啼鳥還知如許恨，料不啼清淚長啼血。誰伴我，醉明月！」（辛棄疾賀新郎）他們唱着「胡未滅，鬢先秋，淚空流。此生誰料，心在天山，身老蒼州」（陸游訴衷情）他們的歌聲，都是極悲壯的，極熱烈的，是最具有時代性的。此派作家如：岳飛、張元幹、張孝祥、陸游、辛棄疾、陳亮等，而以辛棄疾爲最偉大。他不獨集此派詞人的大成，且自蘇軾、晁補之、葉夢得一直到朱敦儒所有豪放及瀟灑派的詞人特長，無不在他的包容涵淹中，造成了一個空前的作家。

在這南渡前後七十年中，我們可以叫做「蘇軾派的開展與擡頭。」這時已經不是柳永與周邦彥的時期，而是朱敦儒與辛棄疾的時期了。因爲辛棄疾的造詣最精邃博大，所以我們就簡稱爲「辛棄疾的時期。」

在此時期也有兩個很大的作家，如周紫芝、程垓，其造詣確能遠接柳永、秦觀、賀鑄之精髓。其次等的作家，則有康與之、張掄、張鎡、謝懋、葛立方等人，在當年的詞壇上，亦頗燦爛可觀。惟均爲辛棄疾的作風所掩。而且他們全係模仿第二三期柳、賀、秦、周等大詞人的風調，於時代的背景上無深透的表現力。他們只是柳永時期的一種餘波了。

第五期　由嘉泰、開禧間起，是蘇辛一派詞的終了，姜夔時期的開始。蘇辛一派詞至稼軒已臻絕境，無能再繼，故後此雖有劉過、岳珂、李昂英、方岳、劉克莊、陳經國、文及翁、王埜、程珌等人仍在仿效着他的風調，但只是一個末流，一種尾聲，不足代表他們的時期了。代表這個時期的，（慶元至淳祐間約半世紀）則爲姜夔、史達祖、吳文英三個人，而尤以姜夔的地位更爲重要，他以清超的詩人筆鋒，寫出一種「體製高雅」的歌曲。他有極高的音樂天才，他能自製許多新譜，他能改正許多舊調。（說詳後姜夔傳評中）他繼承了周邦彥的一條路線，他從南渡前後詞風過於凌雜叫囂的時期中，走上了一個風雅派正統派詞人的平穩道路。他遂成爲南宋詞的唯一開山大師，（辛棄疾只能算是一種結束，於後期的影響甚微）也可以說是元、明、淸以來的唯一詞林巨擘。（說詳下章）因爲中國詞學自南宋中末期一直到淸代，可以說完全是「姜夔的時期。」在此六百餘年中，代表最大多數的作家與詞風的，無不奉姜夔爲唯一典範，以周邦彥爲最終的指歸。所以他在詞壇上的影響，亦無異溫庭筠與柳永。溫庭筠由萌芽原始的時期，造成了眞正詞學，其精神爲創造的；柳永由詩人與貴族的成熟歌曲，又轉向民間文學上去，其精神爲革命的；至於姜夔，則僅係周邦彥的一轉，其精神只是繼承的。他將以前雅俗共賞的詞變成一個純粹文人吟唱的詞，由「詩人」自然抒寫的詞漸變成一種「詩匠」雕斲藻繪的詞了。所以自此以後，詞的領域反而縮小，詞的意義也日益偏狹了。

與姜夔同時的，有一個很大的助手作家史達祖。他雖無白石的氣魄，但他能以婉妙的詩情及工麗的術語入詞，不啻給白石一個最大的幫助，遂使此派詞學更加生色，而予後人一個模仿的榜樣。在此期內，成名的作家如高觀國、盧祖皋、孫惟信、張輯、劉光祖、汪莘、趙以夫、魏了翁、趙汝茪等，都係姜、史的附庸；一時詞人之衆，如蜂起林立，遂造成「姜夔時期」最初期的優異史蹟。

繼姜史之後，略爲晚出的吳文英，又爲此派人添了一個異樣的色彩。他是姜夔時期一貫下來的一個小小的旁枝，一個奇特的結晶。他的作風亦如姜史之雅正，而更要來得古典，更要來得溫麗，他將姜史的風調，披上一層北宋縉紳階級（晏歐等）詩歌的神貌，於是由周邦彥派以來的詞風，至此乃成一個凝固的軀殼，一個唯一的典型作品了。崇拜他的人，至稱之爲「前有清眞，後有夢窗」，而列爲兩宋詞壇中最大的兩個巨頭。

所以自從有了姜、史、吳三個大作家互相輝映發明以後，遂替後來此派詞人造了一個堅穩牢固的基礎。至於他們的歌聲與風調，均詳論於他們的傳評中，無庸再爲引證了。

第六期　爲南宋末期，是「姜夔時期」的穩定與擡高時期。這時候大作家如王沂孫、張炎、周密三個人，都係姜夔的繼承人。他們對於白石也異常崇拜，他們認爲「其高處有美成所不能及」，認爲他「如野雲孤飛，去留無迹。」他們奉之爲唯一典範。所以在此時期中，只是姜夔作風的擴大與其地位的擡高。他們除謹守上期的餘緒外，更於遣辭造語和音律上益求其工協雅正；並於吳文英的過於凝固而失之「晦澀」的詞風，更易以「空靈」「清空」之說，以相標榜，於是塡詞一道，更要受許多音律文辭及體製上的桎梏，而益離開一般社會所能瞭解的範圍了。

這時候蒙古勢力已籠罩了東亞大陸，他們久處積威之下，已失卻了民族的反抗性。他們往往於歌詞中露出一點遺民的嘆息，因而造成一個「殘蟬尾聲」的異樣作品，這是他們的唯一特色。（說詳上章及他們的傳評中）在他們旗幟之下的作家如：陳允平、蔣捷、趙崇嶓、趙孟堅、李彭老、李萊老、何夢桂、唐珏、施岳等多至不能備舉，其盛況亦無異於姜、史、吳三人所領導的時期。

在此期中亦有幾個關心時事發出一種亡國人的哭聲作家，如：文天祥、鄧剡、劉辰翁、陳德武、汪夢斗、徐一初、汪元量等，都還能說出心中的眞實話來。他們唱着：「睨柱吞嬴，回旗走懿，千古衝冠髮。伴人無寐，秦淮應是孤月。」（文天祥大江東去）他們唱着：「感古恨無窮，歎表忠無觀，古墓誰封！掉鱗錢塘，濁醪和淚灑秋風。」（陳德武望海潮）他們唱着：「追往事，滿目山河晉土，征鴻又過邊羽。登臨莫上高層望，怕見故宮禾黍。綠醑澆萬斛牢愁，淚閣新亭雨。黃花無語，畢竟是西風披拂，猶識舊時主。」（徐一初摸魚兒）他們唱着：「聽樓頭哀笳怨角，未把酒愁心先醉。漸夜深月滿秦淮，烟籠寒水。……烏衣巷口青蕪路，認依稀王謝舊鄰里，臨春結綺，可憐紅粉成灰，蕭索白楊風起！」（汪元量鶯啼序）他們唱着：「葉聲寒，飛透窗紗。懊恨西風催世換，更隨我落天涯！」（文天祥南樓令，鄧剡代作）他們仍係辛派的承續者。他們的作品，也可以說是南宋人最後的哀鳴了。

第四章　北宋與南宋詞風的一般比較和觀察

在上章內，我們對於宋詞的演變，大概是分六個階段的。其間因時代的轉變，與天才作家的出現，遂成了互爲因果與構成的狀態，我們已有了一個歷史的概念了，更進一步來作一個橫斷的研究，這個研究的對象，卽爲本章的標題。其綱目爲：

一、時代的背景不同

二、文學上的自然趨變

A自然的抒寫與刻意的藻繪

B小令與慢詞

C描寫的內容

三、「應歌」與「應社」兩大主流

現依次述之如後：

一　時代的背景不同

北宋因有長期的承平，故其詞風所表現，自有一種寬舒中和的音調與色彩。我在三四兩章內已詳爲說明了。這種歌聲，正足代表一個昇平享樂的時代。自從汴京失陷，遷都臨安以後，外受強鄰侵逼，內則權奸當路，凡是熱心祖國，過於激烈的人，都遭殺身竄謫之禍。（如岳飛被誣詔而死於非命，趙鼎、胡銓、朱熹等均遠竄嶺表及窮荒之地。）所以他們的詞中，多半是抒寫他們的內在的痛憤。到了末期，更其是國破家亡，斂迹銷聲，故其詞中亦隱露悽惻之意，和淪落之感。若與北宋承平盛世相較，顯然有一種不同的色彩與聲調了。譬如同屬一物，同係一境，自北宋人看來都欣欣有自得之趣，感着共生之樂，而自南宋人看來，則反覺觸目傷懷，對景增痛了。比方同是一個月亮，北宋人則這樣的寫出：

明月幾時有？把酒問青天：不知天上宮闕，今夕是何年？我欲乘風歸去，又恐瓊樓玉宇，高處不勝寒；起舞弄清影，何似在人間！（蘇軾水調歌頭）

但南宋人不獨無此豪興，反要唱着：

千古盈虧休問！嘆謾磨玉斧，難補金鏡。太液池猶在，淒涼處何人重賦清景，——故山夜永！（王沂孫眉嫵）

已不勝悽涼之感了。比方同是一種景象，自北宋人看來，則爲：

綵索身輕長趁燕，紅窗睡重不聞鶯，困人天氣近清明。（蘇軾浣溪沙）

舞困榆錢自落，秋千外，綠水橋平。東風裏，朱門映柳，低按小秦箏。（秦觀滿庭芳）

心境非常寬舒自得，自南宋人看來，則為：

怕上層樓，十日九風雨。斷腸點點飛紅，都無人管，更誰勸流鶯聲住！（辛棄疾祝英臺近）

君莫上古原頭，淚難收。夕陽西下，塞雁南飛，渭水東流！（康與之訴衷情令）

君莫舞！君不見玉環、飛燕皆塵土。閒愁最苦，休去倚危欄，斜陽正在烟柳斷腸處！（辛棄疾摸魚兒）

寂寞古豪華，烏衣日又斜，說興亡，燕入誰家？只有南來無數雁，和明月，宿蘆花！（文天祥南樓令鄧剡代作）

反覺觸景生愁，惹起無限的煩惱。所以他們的歌聲，自然要偏激，不能得其中和了。

二　文學上的自然趨變

大凡一種文學，其最初期總以自然與質樸勝，如三百篇、楚辭中的九歌、漢魏間的樂府以及元人的雜劇，雖經文學家為之略加删改與創製，而其風調與情趣，則仍與原始的民間文學無大差異。故凡此類作品讀之均足以「沁人心脾，豁人耳目。」「其辭脫口而出，無矯揉妝束之態。以其所見者眞，所知者深也。」（用王國維論詞語）其後漸經文人雅士之推敲研習，日在文字上求其精純，以期於「雅」，以期於「免俗」。於是所謂文學，乃非衆人之文學，僅係極少數的文人為節會或羣聚時以一種唱酬消遣的資料；對於文學本來的面目與偉大的含義，漸漸喪失。因而有所謂「文會」「詩社」「詞社」

者於以產生，而宗派義法之說，亦日趨於嚴密繁瑣，一切「開宗」「尊體」及「蜂腰」「鶴膝」「犯上」「複下」……等等機械荒謬的說法出現了。甚至謂「說桃不可直說破桃，須用紅雨、劉郎等字，說柳不可直說破柳，須用章臺、灞岸等字。」（沈伯時樂府指迷）凡是詠桃柳的人，不問其身居何時，所處何境，居然人人都見劉郎，人人都在章臺灞岸了。這種見解，眞是世界文學史上所無的怪例，㊀惟獨在我們中國，這種思想，充滿了一切自命為「文人雅士」者的頭腦，而掌有文壇上鑑賞與評判的威權。

不幸的中國詞學，也不能獨為例外，不受此種思想的牢籠與支配，於是由抒情的、寫實的、便於歌唱的北宋人詞，一變而為雕琢的、藻繪的、南宋中末期的詞了。

A自然的抒寫與刻意的雕琢　北宋詞無論是抒情或寫景寫物，總是很自然的，質樸的，眞實的。比方同是寫美人的，北宋人則謹寫她全部的姿態和風神，南宋人則偏從她的眉眼上，指甲上，甚至於纖足上，㊁作一種局部的機械的描寫，因為寫得太機械了，太瑣碎了，實在是難於着筆，於是不得不專藉古典的烘襯和辭彩的藻繪，大作其無病呻吟的文章了。結果是愈寫愈機械，愈寫愈古典，簡直將一

㊀這只是一種古典虛靡的文學，與象徵派文學不可混為一談，讀者千萬注意！

㊁劉過沁園春兩闋：一詠美人足，一詠美人指甲。

位活活的美人寫得像一座石像或木偶了。……而且要拆成片段，如生理院中所製的標本，以供人們的展覽了！比方北宋人寫雁：

驚起卻回頭，有恨無人省。揀盡寒枝不肯棲，寂寞沙洲冷。（蘇軾卜算子）

只是一種寫實的作法。南宋人寫雁：

正沙淨草枯，水平天遠，寫不成書，只寄得相思一點。料因循誤了，殘氈擁雪，故人心眼。（張炎解連環）

卻用蘇武牧羊北海、繫書雁足事來作襯文，假使未曾讀過漢書，不知道有這一段的傳說，那麼簡直不明白他在說什麼了。比方北宋人詠物：

闌干十二獨憑春，晴碧遠連雲。千里萬里，二月三月，行色苦愁人。（歐陽修少年游詠春草）

亂入紅樓，低飛綠岸，畫梁輕拂歌塵轉。為誰歸去為誰來，主人恩重珠簾捲。（陳堯佐踏莎行詠春燕）

一首係寫春草，一首係寫春燕，語語明白如話，而寫來卻自然明媚動人。南宋人詠物：

苔枝綴玉，有翠禽小小，枝上同宿。客裏相逢，籬邊黃昏，無言自倚修竹。昭君不慣胡沙遠，但暗憶江南江北。……

猶記深宮舊事，那人正睡裏，飛近蛾綠。莫似春風，不管盈盈，早與安排金屋。（姜夔疏影）

壽陽宮裏愁鸞鏡，問誰調玉髓，暗補香瘢？細雨歸鴻，孤山無限寒。離情難倩招清些，夢縞衣解佩溪邊。（吳文英高陽臺）

這兩首都係詠梅花的，一闋之內，能用許多不相連貫的典故硬來妝飾，不獨「非文人」階級看不懂他在說什麼，就是自命爲文人的，對於這樣雜湊補綴的寫法，若與上面兩首詠草詠燕的詞一比較，也可以立刻判別出高下了。這種純文人的詞，在南宋風靡一世，其影響直至淸末，而尙未少減。所以中國詞學也自此以後，漸日就式微了。

然自技巧上言之，則南宋詞因經數百年之浸染涵育，其遣辭之工巧，與鍊句之精純，與北宋詞僅以便於歌唱者之口，往往不計文辭之工拙者，顯然有一種長足的邁進了。周介存說道：

> 北宋詞下者在南宋下，以其不能空，且不知寄託也。高者則在南宋上，以其能實，且能無寄託也。南宋則下不犯北宋拙率之病，高不到北宋渾涵之詣。（介存齋論詞雜著）

所謂「空」「實」之說，卽代表「自然」與「技巧」互爲優長的意思。南宋詞既長於「技巧」之美，故絕無北宋「拙率」之病，惟因太重在遣辭，太重在技巧，反覺過於刻畫藻繪，遠不若北宋人之「涵渾」有致了。

B小令與慢詞　北宋初期，因承五代詞風的餘緒，多用詩人含蘊之筆來寫詞，往往以短雋勝。中期以後，雖經柳永、蘇軾等藉慢詞以馳騁其才華，然一般作家，其詞的量與質，仍係小令與慢詞二者並重。南渡以後，辛棄疾以縱逸的天才，來作「詞論」的詞，姜夔等以詩人的筆調，來作「雅士」的詞，遂開慢詞特盛的風氣。這時更因描寫的範圍擴大，（詳下段）可以任意抒寫，比較上慢詞當然更適合於此種新的條件和需要了。譬如我們詠唱一段歷史陳迹，或描寫一種宮觀園囿，絕非三言兩語所能發揮得盡致述說得完整的。又況文人每喜馳騁其才華，誇張其富麗，誰肯再作那樣很短的小令呢？所以慢詞在南宋更爲發展，一般成名的作家，如辛、姜、高、史、吳、張、王、周等人，無一不以慢詞見長，這種事實，你只要翻開南宋人詞來一讀，就可證明，勿庸再來舉例了。因爲慢詞特別發展，遂成了一種「縱筆直書，或刻意描繪」的詞風，無論是小令或長調，寫得總太露骨，無北宋詞的含蘊。其長處在能「盡興窮態，」其流弊往往失之「雕琢瑣碎」而落於下乘。

C描寫的內容　北宋詞所描寫的範圍很狹，他們所寫的不過是春愁、閨情、別緒、羈懷，和簡單的寫景作品而已。他們所常用的語句，則爲：

其奈風流端正外，更別有繫人心處。一日不思量，也攢眉千度！（柳永晝夜樂）

淡妝多態，更滴滴頻迴盼睞。便認得琴心先許，欲綰合歡雙帶。（賀鑄薄倖）

尊前擬把歸期說，未語春容先慘咽。人生自是有情癡，此恨不關風與月。（歐陽修玉樓春）

思往事，惜流光，易成傷。未歌先斂，欲笑還顰，最斷人腸。（歐陽修訴衷情）

傷春懷遠幾時窮，無物似情濃。離愁更恁牽絲亂，更南陌飛絮濛濛。（張先一叢花）

這不過隨便舉幾首罷了。這一類的歌詞，要占北宋作品十分之七八以上，所以我們在北宋人的詞集中，除王安石、蘇軾、毛滂等極少數的人有點異樣外，其餘的大作家如晏殊、晏幾道、歐陽修、張先、柳永、賀鑄、秦觀等，除描寫閨情別緒或春愁外，幾乎找不着別樣的作品。——縱有點例外，仍不脫此窠臼與色彩。——但我們若取南宋詞來一讀，我們覺得詞學的領域，並不以描寫春愁閨情別緒爲中心，儘可向外開展，其範圍並不如此的狹小了。例如：

將軍百戰身名裂，向河梁回頭萬里，故人長絶。（辛棄疾賀新郎）

記出塞黃雲堆雪，馬上離愁三萬里，望昭陽宮殿孤鴻沒，弦解語恨難說。（同上）

可以用來寫前代的英雄美人事蹟了。又如：

元嘉草草，封狼居胥，贏得蒼黃北顧。四十三年，望中猶記，燈火揚州路，可堪回首，佛貍祠下，一片神鴉社鼓！（辛棄疾永遇樂）

淮左名都，竹西佳處，解鞍少駐初程。過春風十里，盡薺麥青青。自胡馬窺江去後，廢池喬木，猶厭言兵。漸黃昏，清角吹寒，都在空城。（姜夔揚州慢）

登臨處喬木老，大江流，書生報國無地，空白九分頭。一夜寒生關塞，萬里雲埋陵闕，耿耿恨難休！徒倚霜風裏，落日伴人愁。（袁去華定王臺）

未把酒愁心先醉，漸夜深月滿秦淮，烟籠寒水。悽悽慘慘，冷冷清清，燈火渡頭市。慨商女不知興廢，隔江猶唱庭花，餘音亹亹；傷心千古，淚痕如洗。烏衣巷口青蕪路，認依稀王謝舊鄰里。臨春結綺，可憐紅粉成灰，蕭索白楊風

起！（汪元量鶯啼序重過金陵）

凡古今盛衰之迹，興亡之感，也都可寫入詞中了。

其他如記遊、記事、贈別、慶弔，以及花、鳥、蟲、魚、宮室、玩好、服飾等，凡可用詩與散文寫出者，均可一一倚聲製爲新詞了。其範圍之廣闊，遠非北宋人所能臆想得到的事。

三　「應歌」與「應社」兩大主流

就上面種種的分解，北宋詞與南宋詞顯然有一種極明顯的轉變了。這種轉變的原因，固然是如上面所說：受了時代與文學上的自然趨變所造成；但一大部份的原因，則在歌詞的環境上有了變易。

在北宋宣、政以前，詞學製作的領域，非常廣泛，上自帝王卿相，下至文人、學士、市儈、妓女、販夫、走卒，都是這詞學製作的中心，都是這歌唱的主角。故凡每一詞脫手，妓女卽可用以上口，如柳永、周邦彥等人的作品，當時「凡有井水之處，卽能傳唱」，無論是「貴人、學士、市儈、妓女，皆知其詞爲可愛」，所以那時候的詞學，雖然與原始的「胡夷里巷之曲」完全變了面目，但總還能與民衆接近，而且賴妓女的傳唱，於是流傳更普及於一般社會，雖不能算是純「民衆的文學」，但經此文士階級與妓女階級的聯結作用，其性質亦逐漸民衆化音樂化了。南宋自紹熙、慶元以後，詞風爲之大變，不獨不能與民衆接近，而且與妓女也絕緣了。其範圍僅限於少數的文人爲之主體，且譜調多已淪失，漸漸不能入唱。一般作家，除極少數——如姜夔、張炎等——號稱知音外，其餘則僅在文字上塡作，完全失卻了音樂上的作用。他們的領域，只限於純文人階級，所以他們唯一的結集，只有一種「詞社」以爲製作和歌唱的中心了。周介存說道：

北宋有無謂之詞以應歌，南宋有無謂之詞以應社。（論詞雜著）

這「應歌」「應社」之說，最能說出兩宋詞風變易的主要原因。北宋詞多半作過即付樂工或妓女以資歌唱，故只求聲調之諧美，往往忽於文辭的內容，此即周氏所謂「有無謂之詞以應歌」者是也。南宋詞（指中末期而言）多係文人一種團體——詞社——的聚歡酬唱之作，純爲文人雅士的消遣資料，其下等的作品，僅係一種「應社」的「無謂」作品了。他們因爲有此應歌應社兩大動機與事實上的不同，所以他們的觀點與趨向，亦向兩條路上發展了。故就大體論之：北宋詞在能得聲調之諧美，以自然入勝；南宋詞則立求體製之雅正，以技巧工麗見長。

在南宋第一個領導着向這「雅正」路上走的人，則爲姜白石（夔），他一手承續了周美成的作風，更走上了這「風雅派」的頂點。他的暗香、疏影二闋，即爲他平生的代表作。其「體製之高雅」稱爲「古今絕唱」，尤爲後人所驚羨而奉爲唯一的典型。自此以後，人人爭趨向於風雅一途，如史達祖、張輯、孫惟信、吳文英、王沂孫、陳允平、盧祖皋、高觀國、張炎、周密、蔣捷等，均係衣鉢姜氏而卓然名世者。其流風所及，直至清之中葉，更開浙派詞人之先河。其影響之鉅，與學之而成大名者之多，爲任何詞派所無。他們擡高了姜氏，嚴立了宗派，於是遂有了「開宗」之說了。自此以後，詞的地位，雖然日益昇高，而其歌詩的含義，反逐漸喪失了。它離開了民衆，離開了一般人的欣賞，只供文人於結社集會時，一種唱和與消遣的資料了。

所以我們研究南宋詞，第一要明白南渡以後，時代的背景變了，故其歌聲亦隨之變易。第二要明白姜夔的作風與其在詞壇上的重要。第三要明白北宋、南宋詞風的劃分，乃在所謂「應歌」「應社」兩大主流，有以變其趨向與發展。如此則對於此龐雜衆盛的南宋人詞，方不致眩於歧途，淵源莫辨了。

第五章　宋代樂曲概論

——北宋樂曲概況——北宋樂舞構成的部份——慢詞的創製——大晟樂府南渡以後的樂部——中末期的文人製作——歌法失傳與北曲的代起——

宋自太祖肇興，在位僅十七年，其間因戎馬倥偬，於文教上未遑設施。至太宗繼立，頗能留心禮樂，又復洞曉音律，能自製新聲，於是有宋樂制，乃始燦然大備。據宋史樂志：

宋初循舊制，置教坊凡四部，所奏樂凡十八調，四十六曲：

一曰正宮調，其曲三：曰梁州，瀛府，齊天樂。

二曰中呂宮，其曲二：曰萬年歡，劍器。

三曰道調宮，其曲三：曰梁州，薄媚，大聖樂。

四曰南呂宮，其曲二：曰瀛府，薄媚。

五曰仙呂宮，其曲三：曰梁州，保金枝，延壽樂。

六曰黃鐘宮，其曲三：曰梁州，中和樂，劍器。

七曰越調，其曲二：曰伊州，石州。

八曰大石調，其曲二：曰清平樂，大明樂。

九曰雙調，其曲三：曰降聖樂，新水調，採蓮。

十曰小石調，其曲二：曰胡渭州，嘉慶樂。

十一曰歇指調，其曲三：曰伊州，君臣相遇樂，慶雲樂。

十二曰林鐘商，其曲三：曰賀皇恩，泛清波，胡渭州。

十三曰中呂調，其曲二：曰綠腰，道人歡。

十四曰南呂調，其曲二：曰綠腰，能金鉦。

十五曰仙呂調，其曲　：曰綠腰，綵雲歸。

十六曰黃鐘羽，其曲一：曰千春樂。

十七曰般涉調，其曲二：曰長壽仙，滿宮春。

十八曰正平調，無大曲，小曲無定數。不用者有十調：一曰高宮，二曰高大石，三曰高般涉，四曰越角，五曰商角，六曰高大石角，七曰雙角，八曰小石角，九曰歇指角，十曰林鐘角。

法曲部其曲二：一曰道調宮望瀛，二曰小石調獻仙音。

龜茲部其曲二，皆雙調：一曰宇宙清，二曰感皇恩。

這是宋初樂曲的大概情形，又據樂志載，太宗前後親製大小曲及因舊曲創新聲者，總三百九十，凡製大曲十八，曲破二十九，小曲二百七十。凡所謂大曲法曲，多用之以昭示功德。小曲有因舊曲造新聲者，有隨事製曲名者，多通常習用之調。其調名如傾杯樂、朝中措、醉花間、小重山等，且均爲舊有之名。乾興以來通用的新樂凡十七調，總四十八曲，其急慢諸曲幾千數。又法曲、龜茲、鼓笛三部，凡二十有四曲。至仁宗時，自度之曲與教坊撰進者，凡五十四曲。以上均係太宗、仁宗兩朝，宮庭間的製作，而民間作新聲者，尙極衆盛，不在教坊習用之數。其數量之多，至足令人驚詫。仁宗時，因中原息兵，汴京繁庶，歌舞之勝，更過前朝。據樂志載：

每春秋聖節三大宴，其第一：皇帝升座，宰相進酒，庭中吹觱篥，以衆樂和之；賜羣臣酒，皆就坐；宰相飲，作傾杯；百官飲，作三臺。第二：皇帝再舉酒，羣臣立於席後，樂以歌起。第三：如第二之制，以次進食。第四：百戲皆作。第五：如第二之制。第六：樂工致辭，繼以詩一章，謂之口號。第七：合奏大曲。第八：皇帝舉酒，殿上獨彈琵琶。第九：小兒隊舞，亦致辭。第十：雜劇罷，皇帝起更衣。第十一：皇帝再坐，舉酒，殿上獨吹笙。第十二：蹴踘。第十三：皇帝舉酒，殿上獨彈箏。第十四：女弟子隊舞，亦致辭。第十五：雜劇。第十六：如第二之制。第十七：奏鼓吹曲，或用法曲，或用龜茲。第十八：如第二之制。第十九：用角觝。宴畢，上元觀燈及曲宴賞花習射，觀稼，游幸，慶節上壽。大宴則唱徧曲，餘適用慢曲而唱三臺。朝臣宴賞，亦用致語口號，民間化之，對酒當歌，以永朝夕。

所謂隊舞雜劇卽爲後世戲劇的雛形。

當時於大曲、法曲、諸宮調以外，更有所謂蕃曲，至徽宗朝，頗爲盛行。獨醒雜志謂：「宣和末，京師街巷鄙人多歌蕃曲，名曰異國朝、四國朝、六國朝、蠻牌序、蓬萊花等，其言至俚，一時士大夫亦皆歌之。」

北宋當年樂曲既如此繁縟，爲什麼我們在晏、歐等北宋人詞集中所看見的，仍不外唐、五代以來爲文人所習用的幾十種調子呢？這是我們所急待研究的一個問題。我們研究此問題之先，且將當年樂部，略略加以分析：

第一在太宗、仁宗朝雖曾有此巨量的製作，但其中大曲法曲，均爲朝廟之樂，儀式優隆，民間何得妄加模擬？其中小曲部份，僅付教坊樂工傳習，以供宮庭享樂之用，民間難見底本，傳播之力，爲之低減。

第二民間製作與習用者，爲小曲，爲諸宮調，數量雖衆，然多市井塵鄙之辭，不爲文人所重視。

第三大曲等奏演頗繁重。據王灼碧雞漫志載：「凡大曲有散序、靸、排遍、攧、正攧、入破、虛催、實催、衮遍、歇指、殺衮，始成一曲，此謂大遍。而涼州排遍，予曾見一本，有二十四段。後世就大曲製詞者，類從簡省。而管弦家又不肯從首至尾吹彈，甚者學不能盡。」

第四各種歌曲所用的樂器，有繁簡不同。據張炎詞源：法曲則以倍四頭管品之，其聲清越。大曲則以倍六頭管品之，其聲流美。慢引等曲，在當時名曰小唱，以啞觱篥合之，不必備衆樂器，隨時隨地皆可歌唱，尤便於平常人之用。

根據以上事實，所以北宋全部樂曲雖如此繁縟，而爲文人所採用者，則僅小令與引近兩項。慢詞則又稍遲始被採用，全部樂舞中，如大曲，各種曲舞，蕃曲，隊舞，雜劇等，則向另一條路上發展，遂構成金人的院本，元人的雜劇，爲中國戲劇源流的主幹。其構成詞的部份者，則因文人心理，多喜避難就易，舍繁用簡。故當時播諸詩歌而見諸採裁者，不外下列數種：

一、仍衍花間派與陽春集之舊調名，不外：浣溪沙、小重山、鷓鴣天、虞美人、御街行、清平樂、酒泉子、更漏子、喜遷鶯、少年游、玉樓春、踏莎行、臨江仙、蝶戀花、菩薩蠻、漁家傲、破陣子、生查子、訴衷情、點絳脣、采桑子、阮郎歸、西江月、浪淘沙、河滿子等。如晏氏父子，歐陽修等人卽屬此派謹守傳統的詞家。

二、由當年大曲法曲中揀取一部份的，其例如：梁州、伊州、甘州、石州、氐州、婆羅門、霓裳、綠腰、泛清波、六州歌頭、齊天樂、萬年歡、劍器近、大聖樂、水調歌頭、採蓮令、採雲歸、法曲獻仙音、法曲第二、感皇恩，以及甘州子、甘州徧、甘州令、八聲甘州、石州慢、伊州令、梁州令、梁州令疊韻、氐州第一、婆羅門令、婆羅門引、霓裳中序第一、六么令、六么花十八、泛清波摘徧之屬，均係就大曲法曲中因愛其聲韻之流美，又感其全徧之繁重，因取採其頭中尾的一段，以之入詞，後又經文人增衍爲令近慢序等詞，其聲調去原有樂曲，殆全變其抑揚抗墜之節了。

三、採自井市俗樂及依式創製者。此類詞調，以柳永樂章集中爲最多。現在雖無從爲之辨析，然就耆卿生平考之，集中如慢卷紬、雪梅香、黃鶯兒、夜半樂、晝夜樂、鬬百花等詞，多於歌樓娼院中倚聲試作者，其爲當年井市習用之曲，或類似的製作，殆無可疑。

宋詞的構成部份，不外上面三種來源。製詞者可以就大曲法曲及井市之作，以製引序慢近令，輕而易舉，盡人能歌，故當時尤風靡一時。然有嫌此種詞曲過於單純，不足以鋪敍故事者，於是有所謂「轉踏」（見曾慥樂府雅詞卽碧雞漫志所謂「傳踏」，夢粱錄所謂「纏達」，爲一音之轉。）取一種曲調，重疊用之，以詠一事，以歌者爲一隊，且歌且舞，以侑賓客。（見王國維宋元戲曲史，龍沐勛詞體之演進）如曾慥樂府雅詞所載，有鄭僅調笑轉踏，分詠羅敷、莫愁等十二事，晁無咎之調笑，分詠西子、宋玉等七事，以及毛滂東堂詞之調笑，分詠崔徽、泰娘等八事，洪适盤洲樂章之番禺調笑、漁家傲引等，皆屬「轉踏」一種。其徒歌而不舞者，則有歐陽修之采桑子，凡十一首，係詠西湖之勝，趙德麟之商調蝶戀花，凡十首，係詠會眞之事。

以上就當年歌曲演進的程序中，亦可略略窺見「詞」「曲」二者其始本爲一源，特進展各異其旨耳。現在更就詞由小令進爲慢詞的過程，加以系統的說明如後：

慢詞在唐、五代時，已略具雛形，其經文人創製而流傳至今者，如杜牧的八六子，鍾輻的卜算子慢，後唐莊宗的歌頭，尹鶚的金浮圖、秋夜月，李珣的中興令，薛昭蘊的離別難等詞，其字數約自八十四字至一百三十六字。所以碧雞漫志稱：「唐中葉始漸有慢曲。凡大曲就本宮調轉引序慢近令，如仙呂、甘州有八聲慢是也。」但當時因風氣未開，仿作極少。故唐、五代人詞，錄於花間、尊前及全唐詩者，仍以小令爲主，且如卜算子慢、秋夜月等調，其字數句讀，亦與後來張先、柳永的作品少異。這時只具慢詞的萌芽時期，眞正慢詞的創製，則在宋仁宗登極以後。晏、歐等人，志在擬古，故集中仍以小令爲多，珠玉集中的拂霓裳六一集中的摸魚兒、御帶花，雖係慢詞，然數量極少，且二家詞集，多雜入別人及耆卿之作，未足深擄。其次如吳感的折紅梅，關永言的迷仙引，聶冠卿的多麗，均係初期的製作，然不甚工麗。其時成績最著，辭彩最優的慢詞作家，則爲柳永，樂章集中幾全係慢引近詞，小令反占極少的部份。他係仁宗景祐元年進士，距仁宗登極僅十一年，在未登第以前，即以「淫媟」之詞，傳唱汴京，致遭仁宗的一再斥退，晏殊的當面指責（詳見柳永傳評中）所以北宋慢詞眞正肇始的人物，不是晏、歐、吳、關、聶等人，而爲此「失意無聊，流連坊曲」的柳三變（未第前原名）能改齋漫錄道：

詞自南唐以來，但有小令，其慢詞起自仁宗朝。中原息兵，汴京繁庶，歌臺舞榭，競賭新聲。耆卿失意無聊，流連坊曲，遂盡收俚俗言語，編入詞中，以便伎人傳唱。一時動聽，散佈四方。其後東坡、少游、山谷輩，相繼有作，慢詞遂盛。

於當年慢詞發生的原因，及耆卿創始的功勞，說得頗爲透闢。所以那時雖以晏歐之聲望，盡力模仿五代之作，然不能挽回此自然趨變，其影響於當年詞壇者，亦較耆卿相去遠甚。此時一般作家，每喜自度新曲。如蘇軾的哨徧、無愁可解、賀新涼、醉翁操，秦觀的夢揚州、青門引、鼓笛慢，賀鑄的薄倖、兀令、玉京秋、蕙清風、定情曲、擁鼻吟、各州引、望湘人、梅香慢、菱花怨、馬家春慢等皆是。與耆卿齊名，慢詞的製作亦最多者，則爲張子野氏，二家詞集，皆區分宮譜，尤精於音律，能自度新曲。以數量太多，不另舉例。

當年詞壇，既有此新興的途徑，用資發展，故作者蔚起，競製新聲。有從大曲法曲及舊曲中增衍爲引近慢序令者，有將舊調增減其字句，而爲攤破摘偏者，有故爲翻譜，少易平仄舊叶者。有本爲一名，而因所屬宮調不同，其詞句亦隨之變易者，如柳永樂章集中分屬冬宮調之詞牌名同而質殊者極衆，有雖同屬一調，而字句長短，亦極自由不齊者，如樂章集中輪臺子二首，相差至二十七字，鳳歸雲二首，相差至十七字。惜宋詞譜調失傳，無從質證。當年作家既得各騁其才華，廣製新曲，而其字句之繁簡，音節之抑揚抗墜，又復人各少異，則搜求、考訂、比勘、類分之功，必有待於政府以國家之力而收集成之效了。故徽宗於登極後，既設大晟府以司理此事。大晟爲崇寧四年所造新樂之名，卽用以名府。以周邦彥提舉其事，設大司樂一員，典樂二員，並爲長貳；大樂令一員，協律郎四員；又有製撰官七員，是時舊曲存者千數，相與討論古音，審定古調，由此八十四調之聲稍傳，而美成諸人又復增演慢曲、引近，或移宮換羽，爲三犯四犯之曲。案月律爲之，其曲遂繁（見張炎詞源，王易詞曲史）。所謂三犯四犯云者，卽取幾種不同的詞調，參互成之，而爲一調是也。如陸游江月晃重山詞，半爲西江月，半爲小重山，周邦彥玲瓏四犯詞，乃合四調而成，六醜詞乃合六調而成，卽其例證。所謂案月律爲之者，卽取詞情能與節令相應之謂也。如周邦彥清眞集，據涉園影宋刊陳元龍集注本及四印齋影元巾箱本，並分春景、夏景、秋景、冬景、單題、雜賦等六類，而於每調之下，各注宮調，草堂詩餘分類集詞，於春夏秋冬四季中且各分爲若干門，如初春、早春、初夏、殘夏、小冬、暮冬等節序中又分爲元宵、立春、寒食、七夕、重陽、除夕等，殆卽當年所謂「案月令爲之」之意也。至於慢詞的製作，更較仁宗一朝爲多。在清眞集中，則有拜新月慢、浪淘沙慢、浣溪沙慢、鬬蝶兒慢、長相思慢、華胥引、蕙蘭芳引、早梅芳近、隔浦蓮近、荔枝香近、紅林檎近、側犯、倒犯、花犯、玲瓏四犯等皆係自度新聲。協律郎晁端禮亦有黃河清慢、壽星明、並蔕芙蓉、百寶妝、金人捧露盤、玉樓宴、山林春慢、慶壽光、黃鸝繞碧樹、舜韶新、脫銀袍等新腔。製撰官万俟雅言亦有春草碧、三臺、戀芳春慢、平安樂慢、卓牌兒、鈿帶長等新詞。同官田不伐亦有江神子慢、惜黃花慢、探春慢等新調。即教坊大使丁現仙亦能製曲，並糾正大樂、補徵調之失。其不官樂府而競製新聲者，如杜安世的合歡帶、杜韋娘、採明珠，劉几的花發狀元紅慢，曹勳的大椿、保壽樂、賞松菊、松梢月、隔簾花、憶吹簫、秋蕊香、十六賢、杏花天、蜀溪春、倚樓人、夾竹桃花、峭寒輕、二色蓮、八音諧、清風滿桂樓、隴偎雲慢、索酒、錦標歸、六花飛、四檻花等調皆是，故有宋一代樂曲之盛，莫過於宣、政前後。

自汴京被陷，太常所存儀章鐘磬樂簴，全爲金人掣去。南渡以後，故老尚存，歌詞之法，未致隕替。高宗雅愛文辭，獎掖才士，如康與之、張掄、吳琚之倫，皆以詞受知遇。又嘗自製舞楊花及漁歌子，風教所播，詞人蔚起。又因在位三十餘年，偏安江左，禮樂文教，漸漸恢復宣、政舊觀。當時於北宋人諸宮調之外，更有「賺詞」。碧雞漫志云：

熙寧、元豐間，澤州孔三傳始創諸宮調古傳，士大夫皆能誦之。

此風至南渡後尚流傳未絕，故夢粱錄云：

說唱諸宮調，昨汴京有孔三傳，編成傳奇靈怪，入曲說唱，今杭城有女流熊保保，及後輩女童皆效此說唱。

賺詞唱法與諸宮調頗相似，取一宮調之曲若干，合之以成一全體。大約二者與近代說唱大鼓書詞正相同。據夢粱錄云：

紹興年間，有張五牛大夫，因聽動鼓板中有太平令或賺鼓板，——即今拍板大節抑揚處是也。——遂撰爲「賺」，賺者，誤賺之之義，正堪美聽中，不覺已至尾聲，是不宜片序也。又有「覆賺」，其中變花前月下之情及鐵騎之類。

此種諸宮調與賺詞唱法，影響於詞壇者甚微，後遂開元人北曲的先聲。南宋樂制，仍多衍北宋大晟府之舊，惟音調與樂器未必能充分適應，故深爲姜白石所不滿，特於慶元三年上大樂議，略謂：

紹興大樂，用大晟所造三鐘三磬，未必相應。壎有大小，簫篪篴有長短，笙竽之簧有厚薄，未必能合度。琴瑟絃有緩急燥濕，軫有旋復，柱有進退，未必能合調。

可見南渡以後，歌曲的中心已由政府移轉於布衣名士，所謂「詩亡求諸野」了。故南宋中期以後，詞學漸成雅士文人所專享，非復北宋當年概付教坊樂工或歌院妓女，以資傳習爲一般人所共賞了。故詞漸漸離開一般民衆，不獨文辭的內容，遠非村夫俗子所能了解，即歌詞的聲調，亦因爲文人所獨享，而成陽春和寡之勢，終致式微了。當時最號知音者首推白石，其次則爲張叔夏。姜、張二氏均精通樂律，於前人的謬誤，及宋代樂曲的流變，皆有極精邃之見解。白石自度詞曲尤多，詳後本人傳評中，不另舉例。叔夏詞源一書，尤爲研究宋代樂曲所必讀之專籍。繼白石而起的作家，如史達祖、盧祖皋、吳文英、楊守齋、周密、王質、馮艾子等，皆能自度新曲。史則有壽樓春、玉簟涼、月當廳、湘江靜、換巢鸞鳳等詞，盧則有錦園春三犯詞（又名月城春，即劉過龍洲詞之四犯翦梅花者是也）吳則有西子妝慢、江南春、夢芙蓉、高山流水、霜花腴、澡蘭香、玉京謠、探芳新、秋思、暗香疏影（合白石二調爲一者）惜秋華、夢行雲等詞。周則有采綠吟、綠蓋舞風輕、月邊嬌、等詞，楊則有被花惱詞。王則有無月不登樓、別素質、鳳時春、紅窗怨等詞，馮則有春風嫋娜、春雲怨、雲仙引等詞，他如史浩之鄮峯真隱詞，反以大曲著稱矣。

所以詞至南宋中期後完全變爲文人的專業了。其作家之衆，儼如雨後春筍，遠非北宋所可比擬。其文辭的內容亦雅正精工，遠過前此作家。故朱彝尊謂：「詞至南宋始極其工，至宋季始極其變」，實在是一種很深透的觀察。但經此「窮工極變」之後，中國詞學，反而日就式微了。式微的原因，不外上述離開了民衆所能了解之範圍，離開了公共欣賞的地域，失卻了一般人詠唱的機會，以致詞的領域日狹，生機日促，漸成詩匠的典型機械之作，非復詩人抒寫心靈的歌聲了。當此文人製作日益枯竭沒落之時，正是民間新文學漸漸擡頭之時，故前則有金人的院本出現，後則有元人的雜劇代興。其所寫者，均爲民間習見的兒女之情與前代興亡掌故之事，其辭脫口而出，極通俗自然，無文人矯揉造作之態，而自有沁人心脾，豁人耳目之魔力，於是道宮薄媚、錄鬼簿等作，乃漸成藝苑珍品，關、王、馬、鄭之倫，亦列爲文壇巨擘了。這時候詞的唱法，不獨一般人不了解，即文士階級於大曲、法曲、慢曲及引近之均拍節奏，亦少知其急慢溪同者，故仇山村致誠於不知宮調，謹能四字沁園春，五字水調，七字鷓鴣天了。自此以後，中國詞學乃由樂府詩歌的地位，成爲純粹文學的擬古作品，而入於沒落狀態，遠不如元曲之出色當行了。

參考書目

毛晉：宋六十一家詞。　有原刊本，有廣州刻本。

王鵬運：四印齋所刻詞及四印齋彙刻宋元三十一家詞。　有自刊本。

吳昌綬：雙照樓影刊宋元明本詞及續刊景宋元本詞。　有自刊本，及陶湘編刊本。

江標：宋元名家詞十卷　有光緒間湖南刻本。

朱祖謀：彊村叢書　有自刊本。

近人趙萬里：校輯宋金元人詞　有中央研究院刊本。

宋黃昇：花庵詞選二十卷　有清內府藏本，及汲古閣刊詞苑英華本。

宋曾慥：樂府雅詞三卷拾遺一卷　有四部叢刊本。

宋趙聞禮：陽春白雪八卷外集一卷　有粵雅堂叢書本。

宋周密：絕妙好詞七卷　有清查爲仁厲鶚箋注本。

草堂詩餘四卷　有詞苑英華本及通行本。

花草粹編：此書傳本絕稀，近南京盋山精舍出所得錢唐丁氏八千卷樓舊藏明刊本，用石版景印，共兩函十二冊。

清朱彝尊：詞綜三十八卷（王昶補遺附）有原刊本及坊間通行本。

歷代詩餘一百二十卷　清乾隆間館臣奉命撰，有內刊本及石印本。

清張宗橚：詞林紀事二十二卷　有上海掃葉山房刊本。

元脫克脫：宋史樂志　有二十五史本。

宋張炎：詞源二卷　有粵雅堂叢書本。

宋陳振孫：直齋書錄解題二十二卷　有清武英殿刊本。

宋王灼：碧雞漫志一卷　有知不足齋叢書本。

宋胡仔：苕溪漁隱叢話前集六十卷，後集四十卷　有海山仙館叢書本，有康熙趙氏耘經堂仿宋本。

宋阮閱：詩話總龜前後集九十八卷　有四部叢刊本。

宋楊偍古今詞話　此書向無專書，僅散見於各家詩話詞話中，近趙萬里始爲彙集爲一卷，刊於校輯宋金元人詞本中。

宋周密：浩然齋雅談三卷　下卷爲詞話，有清武英殿叢書本。

齊東野語二十卷　有開明書店校印本。

宋釋惠洪：冷齋夜話十卷　有稗海本及文明書局印本。

近代王國維：宋元戲曲史　有商務印書館鉛印本。

近人王易：詞曲史　有神州國光社鉛印本。

第二編　宋詞第一期

——公元九七六—一〇四〇——

——蓓蕾時期——

本期由宋太宗登極起，直到仁宗天聖、慶曆間，約六十餘年，是北宋詞的蓓蕾含苞時期。其間最大的幾個作家，如晏殊、歐陽修、張先、晏幾道、范仲淹等乃始走進了宋詞的軌範；然已在本期的最後期間了。宋初太祖肇興，日事戎馬，未遑文教，故在開基十餘年中，詞壇現象，異常寥落。太宗登極，頗能留心禮樂。本人又精通音律，宋代樂曲，乃由此漸臻繁縟。當時各國降臣廢主之擅於歌詞者，亦漸次奔赴輦下。●此時詞壇現象雖較開國之初燦爛多了，然只係幾個五代作家的尾聲，不能代表宋人自己的創作。直到晏、歐出現，遂使此長期——約六十年——的岑寂狀態，爲之一變。在晏、歐以前的作家，均非專精的詞人，偶爾作得幾首，均係規模花間尙未變體者。

晏、歐時期，適值仁宗登極以後，爲北宋最昇平的盛世。此時舊曲新聲，各臻極詣，前則有晏、歐踵起，後則有柳永代興。於是宋代詞學，乃由此劃爲截然兩個不同的時期。柳詞詳後期篇中，現在專論晏歐。他們都係當年縉紳階級的典範。花間集外，馮延巳的陽春集更爲他們所愛好。他們的歌聲，正足代表此階級享樂生活的反映，他們是保守的，貴族的，典雅的，富有溫婉情緒的，具有端麗風調的。她如一朵將要開放的蓓蕾，她如少女之羞澀靜默。在他們的歌聲裏只聽到「金風細細，葉葉梧桐墜，綠酒初嘗人易醉，一枕小窗濃睡；」（晏殊清平樂）只聽到「梧桐昨夜西風急，淡月朧明，好夢頻驚，何處高樓雁

●如李煜、歐陽炯、張泌等人。

一聲；」（晏殊采桑子）只聽到「芳菲次第長相續，自是情高無處足，尊前百計留春歸，莫爲傷春眉黛促；」（歐陽修玉樓春）只聽到「秋千散後朦朧月，滿院人閒，幾處雕闌，一夜風吹杏粉殘；」（晏幾道采桑子）只聽到「沙上並禽池上暝，雲破花月來弄影，重重簾幙密遮燈，風不定，人初靜，明日落紅應滿徑。」（張先天仙子）他們的歌聲，有這樣溫和而舒寬的情調，有這樣含蘊而淸雋的辭彩，因爲他們的精神是保守的，所以在他們的詞集中，看不出什麼特創和自度的腔調來。他們的作品，只是五代詞風的最大的光輝集結與終了。

第一章　晏歐以前的作家

——徐昌圖——蘇易簡——潘閬——錢維演——王禹偁——寇準——陳堯佐——陳亞——林逋——

我們爲欲明瞭晏、歐以前的詞學醞釀和胚胎的情形，所以不能不作一種史的探討，而於上面幾個作家，加以評述。除他們九人之外，尚有幾個作家，如：丁謂、陳彭年、李遵勗等未曾徧舉。

徐昌圖

昌圖莆陽人，本爲五代時人，後降宋爲國子博士，遷至殿中丞。他的詞很淸幽雋美，有唐人詩的風調。如臨江仙：

飲散離亭西去，浮生長恨飄蓬。回頭烟柳漸重重。淡雲孤雁遠，寒日暮天紅。　今夜畫船何處？潮平淮月朦朧。酒醒人靜奈愁濃。殘燈孤枕夢，輕浪五更風。

蘇易簡

易簡字太簡，梓州銅山人，太平興國五年進士，累知制誥，充翰林學士，遷給事中，參知政事，有集。相傳宋太宗頗愛琴曲十小詞，令近臣十八各探一調，撰一詞。易簡作了一首越江吟：㊀

非烟非霧瑤池宴，片片碧桃冷落誰見？黃金殿，蝦鬚半卷天香散。 春風和，孤竹清婉，入霄漢，紅顏醉態爛漫。金輿轉，霓旌影亂，簫聲遠。

王禹偁㊁公元九五四——一〇〇一

禹偁字元之，鉅野人。九歲能文，太平興國八年進士，歷右拾遺。遇事敢言，以直躬行道為己任，文章贍敏，當時推為獨步。有小畜集三十卷，外集七卷。㊂

元之為宋初一大詩人並散文家。他幼年是一個窮苦的孩子，相傳他父親曾開過磨坊，命他送麵給一位州從事的畢士安家。時畢方命諸子屬句云「鸚鵡能言爭比鳳」，他立在庭下，便抗聲對曰：「蜘蛛雖巧不如蠶。」於是這位州從事大加驚異，稱他：「精神滿腹，將來必可名世！」後來果然他也與畢

㊀見湘山野錄，惟其辭不同，此從花草粹編訂定。

㊁見宋史卷二百九十三。

㊂有乾隆刊本。

士安先後都作了當時的顯宦。（見西淸詩話）他的詞也很淸麗而別致。茲錄其點絳脣一闋於下：

雨恨雲愁，江南依舊稱佳麗。水村漁市，一縷孤烟細。　天際征鴻，遙認行如綴。平生事，此時凝睇，誰會憑欄意？

潘　閬

閬字逍遙，大名人。嘗居錢塘。太宗召對，賜進士第。坐事遁中條山，後收繫。眞宗釋其罪，以爲滁州參軍。有詩集，詞集。㊀

他是一個很風雅放逸的詩人，他的足迹嘗往來於浙杭。當時好事者因他曾有遊浙江詠潮詩，因以輕綃寫其形容，謂之「潘閬詠潮圖」。㊁又長安許道寧嘗畫「潘閬倒騎驢圖」。㊂可見他當年被人欽羨的情形了。他因追念西湖名勝，作了三首憶餘杭。茲錄二首於後：

長憶孤山，山在湖心如黛簇。僧房四面向湖開，輕棹去還來。　芰荷香細連雲閣，閣上淸聲檐下鐸。別來塵土汚人衣，空役夢魂飛。

長憶西湖，盡日憑欄樓上望。三三兩兩釣魚舟，島嶼正淸秋。　笛聲依約蘆花裏，白鳥數行忽驚起。別來閒想整

㊀他的詞集名逍遙詞，有四印齋彙刻宋元三十一家詞本。
㊁見皇朝類苑。
㊂見圖畫見聞錄。

論辛，思入水雲寒。

二詞清麗放逸，足與張志和漁歌子並傳。古今詞話說他「往往有出塵之語，」的是知言。後來蘇東坡因愛此詞，特書於玉堂屏風，石曼卿並使畫工繪之作圖。㊀

錢維演㊁

維演字希聖，吳越王錢俶之子。歸宋，累官翰林學士，樞密使等職。有擁旄集伊川集。他暮年曾作玉樓春詞，頗爲悽惋。詞云：

城上風光鶯語亂，城下烟波春拍岸，綠楊芳草幾時休，淚眼愁腸先已斷！ 情懷漸變成衰晚，鸞鏡朱顏驚暗換。昔年多病厭芳樽，今日芳樽惟恐淺。

寇準㊂公元九六一——一〇二三

準字平仲，華州下邽人。太平興國中進士，淳化五年，參知政事。眞宗朝，累官尚書右僕射，集賢殿大

㊀見古今詞話。

㊁見東都事略卷二十四，宋史卷三百十七。

㊂見東都事略卷三十九，宋史卷二百九十三。

學士，封萊國公。卒謚忠愍，有巴東集。

萊公至性忠耿，爲北宋名臣。他一生功業，以「澶淵之盟」爲最煊赫，時契丹入寇，公勸眞宗親征，禦於澶淵，結盟而還。此實爲宋人不示弱於北族的第一段光榮的記載。

他的詞境很澹遠有致，如：

波渺渺，柳依依，孤村芳草遠，斜日杏花飛。江南春盡離腸斷，蘋滿汀洲人未歸。（江南春）

春早柳絲無力，低拂青門道。暖日籠啼鳥，初坼桃花小。遙望碧天淨如掃，曳一縷輕烟縹緲。堪惜流年謝芳草，任玉壺傾倒。（甘草子）

陳堯佐

堯佐字希元，閬中人，端拱二年進士，歷官同中書門下平章事，卒贈司徒，謚文惠，有愚邱集、遺興集。

他因呂公著的援引，薦於仁宗，乃得大拜。陳因感其薦引之德，乃撰了一首踏莎行詞，有「主人恩重珠簾捲」句，蓋藉燕自寓，以表感激之情也。㊀其詞云：

二社良辰，千家庭院，翩翩又覩雙飛燕。鳳凰巢穩許爲鄰，瀟湘烟暝來何晚。　亂入紅樓，低飛綠岸，畫梁輕拂歌

㊀見湘山野錄。

塵轉。爲誰歸去爲誰來，主人恩重珠簾捲。

陳　亞

亞字亞之，維揚人，咸平五年進士，嘗爲杭之於潛令，仕至太常少卿。好爲藥名詩，有澄源集。他是一位很風雅的詞人，據澠水燕談所載：他家藏書數千卷，名畫數十軸。晚年退居，有華亭雙鶴，怪石一株，尤奇崎，並雜植異花數十本於庭。他曾作藥名詩百首，足以見其優遊閒適的過了一生。他的一首生查子詞，也是集藥名作的。

相思意已深，白紙書難足。字字苦參商，故向檀郎讀。　分明記得約當歸，遠至櫻桃熟。何事菊花時，猶未同鄉曲？

詞中如白紙、苦參、當歸、菊花，均係藥名。此類的文章，只是清閒的文士一種消遣之作，若有意去仿作，即落纖巧下乘了。

林　逋[一]　公元九六七——一〇二八

逋字君復，錢塘人，生於宋太祖乾德五年（公元九六七年）結廬西湖之孤山，恬淡好古，不趨榮

[一] 見東都事略卷一百十八，隱逸傳，宋史卷四百五十。

利。二十年足不及城市。工書畫，善爲詩。卒於仁宗天聖六年（公元一〇二八年）享壽六十有二。卒謚和靖先生。

和靖先生生卒，約早晏殊、歐陽修二十年，故亦列爲此期的作家。向來選家都將他置在晏、歐一起，大約未曾注意到他的生卒時期的。他爲北宋的名士及詩人。相傳他寄迹孤山，嘗養兩鶴，縱之則飛入雲霄，盤旋久之，復入籠中。他有時出遊山寺，遇客至，則應門童子即縱鶴空中，和靖必反棹歸舍就客。（見夢溪筆談）他最愛梅花，平生不娶無子，以梅爲妻，以鶴爲子，足以見其高潔之懷。他的點絳脣爲詞中詠草的傑作，詞境極冷豔淒楚，與歐陽修的少年游，梅堯臣的蘇幕遮，都爲詠春草的絕唱。其詞云：

金谷年年，亂生春色誰爲主。餘花落處，滿地和烟雨。 又是離歌，一闋長亭暮。王孫去，萋萋無數，南北東西路！

第二章　北宋初期四大開祖

——晏殊——晏幾道——歐陽修——張先——

我們知道詞學到了北宋，乃始跨進了黃金時代的階段。而最先跨進此階段，並手造此燦爛的初頁史蹟者，則爲晏殊與子幾道，和歐陽修三個人。這大約是一般後來詞人所共認的了。——所不同者，或有將幾道擯於二人之外，不與同此開創殊勳。其實小晏造詣之高，且過乎乃父，其作風亦極相類近，故並述之。（其詳見下面晏幾道傳評中。）於晏、歐之外，復有張子野（先）氏。其氣魄雖少遜，然造語頗纖麗儇媚，別開一種蹊徑，其影響於二三期詞人者甚鉅（詳下張氏傳評中，）故亦列入三家之後，以爲殿軍。

晏　殊[一]

——公元九九一年——一〇五五年

殊字同叔，江西撫州臨川人，生於宋太宗淳化二年，（公元九九一年）七歲能屬文。眞宗景德初，

[一]見東都事略卷五十六，宋史卷三百十一。

（公元一〇〇四年，時殊年僅十三歲）張知白以神童薦，眞宗召見，與進士千餘人，並試庭中，殊神氣不懾，援筆立成，帝異之，賜進士出身。使盡讀祕閣書；每有所咨訪，率用寸方小紙問之。繼事仁宗，尤加信愛，受特遇之知。歷居顯官要職，拜集賢殿學士，同中書門下平章事，兼樞密使。後以疾歸，留侍經筵。卒於仁宗至和二年，（公元一〇五五年）享壽六十五歲。帝臨奠，猶以不親視疾爲恨；特罷朝二日，以誌哀悼。贈謚元獻。

殊賦性剛峻，遇人以誠。一生自奉如寒士。爲文贍麗，應用不窮；尤工於詩詞。其在政治上建樹，雖無顯赫功績，而能汲引賢俊，以成北宋昇平之治，其功亦甚偉異。當時如：范仲淹、歐陽修皆出其門，富弼、楊察皆其婿，均係當年的儒將賢相學者及外交專才。

他生平的著述有臨川集、紫薇集、珠玉詞，約二百四十餘卷。惟多散佚，僅存文集一卷。❶其珠玉詞，有明毛晉汲古閣本，最爲完善，約一百二十餘首。

他雖係北宋名臣，但他成名之處，尤在他的詞學。他生當北宋昇平之世，去五代未遠，故於溫、韋等大詞人，獨能得其奧蘊，而加以融洽。他是第一個用自己的天才，最先走入宋詞領域的作家。他是北宋初期詞家的開祖。他的兒子叔原復能繼承家學，更光大此派的作風。

❶名晏元獻遺文一卷，有四庫全書本。

他的詞，抒情溫厚處，頗得力於溫、韋，又因平生喜讀馮延巳的詞，所以也很受馮氏作風的影響。其最特異之處，即在能於一切平易之境，含有一種極舒緩閒適的情緒。如微風之拂輕塵，如曉荷之扇幽香，令人暴戾之氣爲之頓消。這與他的剛峻個性，和循循然儒者的氣度，完全相反。我們試讀他的：

一曲新詞酒一杯，去年天氣舊亭臺，夕陽西下幾時迴。無可奈何花落去，似曾相識燕歸來，小園香徑獨徘徊。

（浣溪沙）

玉椀冰寒滴露華，粉融香雪透輕紗。晚來妝面勝荷花！ 鬢嚲欲迎眉際月，酒紅初上臉邊霞，一場春夢日西斜。

（又）

燕子來時新社，梨花落後清明。池上碧苔三四點，葉底黃鸝一兩聲，日長飛絮輕。 巧笑東鄰女伴，采桑徑裏逢迎。疑怪昨宵春夢好，元是今朝鬥草贏，笑從雙臉生！（破陣子）

他榨取了花間派與陽春集的精髓，而跨進了宋詞的領域了。他即在這樣的微笑聲中，帶上了「北宋第一流作家」的冠冕了！我們看他所描寫的女性，是何等輕柔細膩！通篇不着一句俗豔語，卻將小兒女的神態，寫得如畫；看了令人心境很寬舒閒適，無一點刺激性。這便是他抒情溫厚的明證。歐陽修寫女性，很得此種妙訣，後來詞家，多失之俗豔，若與晏、歐的詞相較，便有淑女與娼妓之別了。

他說他平生不慣作「拈針伴伊坐」的小詞，他的兒子晏幾道也替他聲辯道：「先君平日小詞雖多，未嘗作婦人語也！」其實這只是晏氏父子一種道學家的門面話，我們若翻開珠玉詞來一看，我們就知道這話不能成立了。他全部的作品，皆異常綺豔，而描寫女性的作品亦最多。如「為我轉回紅臉面，」（浣溪沙）「且留雙淚說相思，」（同上）「那堪更別離情緒，羅巾掩淚任粉痕霑污，爭奈向，千留萬留留不住，」（殢人嬌）以及上面所舉的後兩闋，都不是「婦人語」麼？不過他雖寫的是女性，卻別有一種婉妙含蓄的境界。與柳永、張先、賀鑄、黃庭堅等毫無顧忌的恣意描寫，又大異其趣了。所以畫墁錄曾有一段記載道：

柳三變（即柳永）既以詞忤仁廟，吏部不放改官，三變不能堪，詣政府。晏公曰：「賢俊作曲子麼？」三變曰：「祇如相公亦作曲子。」公曰：「殊雖作曲子，不曾道『綵線慵拈伴伊坐』！[一]」柳遂退。

這一段記載，不獨代表晏柳二家詞采的不同及描寫的有所謂雅俗之別；亦正足表現當年一般士大夫階級們對於文學的觀念。亦與五代以來，花間一派人的見解，完全相同。他們對於「雅」「鄭」二字，已深入腦中，而認為係判斷一切文學的唯一標準了。

他除描寫女性外，其他作品，亦婉柔而富詩意，有時且含蘊着一種淒婉的詩人情緒。如：

時光只能催人老，不信多情，長恨離亭，滴淚春衫酒易醒。　梧桐昨夜西風急，淡月朧明，好夢頻驚，何處高樓雁一聲！（采桑子）

昨夜西風凋碧樹，獨上高樓，望斷天涯路。欲寄彩鸞無尺素，山長水闊知何處！（後闋蝶戀花）

[一] 柳永定風波。

他雖在悽傷中，卻無絲毫怨毒的意思，此卽其抒情的溫厚處。這樣作風，歐陽修秦觀和他的兒子幾道，都很受他的影響，——尤以歐詞爲甚。歐詞中的蝶戀花，（詠春暮）秦詞中的踏莎行，（郴州旅舍作）都與上詞極類近。

晏幾道

幾道字叔原，號小山，爲殊第七子。生卒無可考。他雖有這樣一個顯赫的父親，但他於仕途上，僅僅作了一個最低小的官，——一個監潁昌許田鎮的小小監官！很平常的過了一生，遠無他父親的聲望。他所以如此者，亦正由他的性情使然。黃山谷說得很詳盡道：

> 余嘗論：叔原固人英也，其癡處亦自絕人。愛叔原者，皆慍而問其旨。曰：「仕宦連蹇，而不能一傍貴人之門，是一癡也。論文自有體，不肯作一新進語，此又一癡也。費資千百萬，家人寒饑，而面有孺子之色，此又一癡也。人百負之而不恨，已信之終不疑其欺己，此又一癡也。」乃共以爲然。（小山詞序）

我們看這所謂四癡，正代表他一種孤芳自潔的個性，和忠純貞摯的癡情，他仍未失卻童心，他難與一般塵俗的人合其流汚。他一生的心血性情，都表現在他的詞裏，故能「精壯頓挫，能動搖人心。上者高唐、洛神之流，下者不減桃葉、團扇。」（黃山谷小山詞序）

周介存謂「晏氏父子仍步伍溫、韋，小晏精力尤勝。」但我們若把叔原的：

夢後樓臺高鎖，酒醒簾幕低垂，去年春恨卻來時，落花人獨立，微雨燕雙飛。 記得小蘋初見，兩重心字羅衣，琵琶弦上說相思。當時明月在，曾照彩雲歸。（臨江仙）

秋千散後朦朧月，滿院人閒，幾處雕闌，一夜風吹杏粉殘。 昭陽殿裏春衣就，金縷初乾，莫信朝寒，明日花前試舞看！（采桑子）

用作例證，與其說他步伍溫、韋，勿寧說他步伍馮延巳爲更確當。但他雖受馮氏的影響，還不如受他父親——同叔——的影響大。我們試看上面臨江仙詞，若與老晏比較，一定可以見出他們作風相同的地方。不過叔原的詞，比較更覺風流嫵媚些，更輕柔自然些，他有一部份很像南唐後主和秦少游，這是與他父親不同的地方。例如他的：

家近旗亭酒易酤，花時長得醉工夫，伴人歌扇懶妝梳。 戶外綠楊春繫馬，牀頭紅燭夜呼盧，相逢還解有情無？（浣溪沙）

彩袖殷勤捧玉鐘，當筵拚卻醉顏紅，舞低楊柳樓心月，歌盡桃花扇底風。 從別後，憶相逢，幾回魂夢與君同。今宵賸把銀釭照，猶恐相逢是夢中！（鷓鴣天）

我們讀後，可以想見他那種翩翩的少年風度！所謂「金縷初乾，莫信朝寒，明日花前試舞看」，所謂「舞低楊柳樓心月，歌盡桃花扇底風」，與李後主「鳳簫聲斷水雲間，重按霓裳歌遍徹……歸時休放燭花紅，待踏馬蹄清夜月」，不獨辭彩同一工豔，而豪與清賞，亦復宛然神似，無怪毛子晉氏會以晏氏父子，追配南唐二主了。他刊刻宋六十家詞詩，於其他作家多所「删選」獨於小山詞最致愛賞之意，說他：

> 字字娉娉嫋嫋，如攬嬙施之袂。恨不能起蓮、鴻、蘋、雲，㊀按紅牙板唱和一過！

最能道出叔原的作風。又如他的鷓鴣天後半闋云：

> 春悄悄，夜迢迢，碧雲天共楚宮腰。夢魂慣得無拘檢，又踏楊花過謝橋。

更覺悽豔異常，無怪伊川先生聞人誦此而笑爲鬼語了。以一個「嚴毅」的道學家，竟亦爲其詩情所誘引，而要爲之「心賞」了。

他的詞，最善融化詩句，與後期的周美成正復遙遙相映。例如他的浣溪沙「戶外綠楊春繫馬，牀頭紅燭夜呼盧」二句，完全用唐韓翃的詩句，僅將原詩「牀前」的「前」字易一個「頭」字而用來直如天衣無縫。其鷓鴣天「今宵剩把銀釭照，猶恐相逢是夢中」蓋用老杜「夜闌更秉燭，相對如夢寐」，戴叔倫「還作江南客，翻疑夢裏逢」及司空曙「乍見翻疑夢，相悲各問年」等詩句，而少化其辭意者㊁所以黃山谷說他的樂府「多寓以詩人句法」正指此等處而言。

㊀當時的兩個歌姬名。

㊁見野客叢書。

他的詞名小山集，有毛晉汲古閣本，約二百五十餘首。

歐陽修㊀ 公元一〇〇七——一〇七二

修字永叔，江西廬陵人。生於宋眞宗景德四年（公元一〇〇七年）仁宗天聖八年，舉進士甲科，時年方二十四歲。初爲諫官，論事切直，後拜參知政事。論事與王安石不合，徙靑州，晚年判滁州，號醉翁，又號六一居士。卒於神宗熙寧五年（公元一〇七二年）享壽六十有六。謚文忠。修博極羣書，以文章爲天下冠，三蘇、曾王多出其門。撰有新唐書、新五代史及六一居士集。

我們知道：歐陽永叔本以古文家先進者，領導着當時的中國文壇，走向韓、柳一派作家的領域，而將自唐以來的文學復古運動，作一個光榮的結局，從此展開了正統派——八家——的坦路；同時他又是一位歷經三朝的名臣碩望，而負着領袖儒林的道學家。他在北宋，隱然造成了一個重心——一個肩任文統道統的中心人物。我們在他的詩與散文裏面，只看見他那副嚴肅護道的面孔，使我們將要疑心他是怎樣一個古板而頑強的人呵！但我們一讀他的詞集，這種推斷立刻就要推翻了。當我們沈醉在他那種輕柔而嫵媚的作風裏時，我們深深的認識了他的本來面目與心靈，——一顆極強烈

㊀見東都事略卷七十二，宋史卷三百十九。

顫動的心，——我們才知道他的文章眞正價值與風調。

他的詞雖然從馮延巳與晏殊二人蛻變來的，但確能代表出他的個性，完成他那種流利柔媚而雋永的作風。他是温、韋、馮、晏以來，上流社會的一派——所謂正統派——詞學的總結束。他一生的性格和作品，可用他的玉樓春：

> 芳菲次第長相續，自是情高無處足。尊前百計留春歸，莫爲傷春眉黛促。（後闋）

來作代表。他的抒情作品，哀婉綿細，最富彈性。如：

> 幾日行雲何處去？忘卻歸來，不道春將暮？百草千花寒食路，香車繫在誰家樹！ 淚眼倚樓頻獨語：「雙燕來時，陌上相逢否？」撩亂春愁如柳絮，依依夢裏無尋處！（蝶戀花）㊀

> 庭院深深深幾許，楊柳堆烟，簾幕無重數。玉勒雕鞍游冶處，樓高不見章臺路。 雨橫風狂三月暮，門掩黃昏，無計留春住。淚眼問花花不語，亂紅飛過秋千去！（又）

將暮春的景況，和內在的情緒，以含蘊的詩筆出之，故寫來極婉約沈着，如對一幅暮春圖，覺得有無限的亂花飛絮，飄過眼前，有無窮的春愁離緒，撩繞心頭。王靜庵說道：

> 「終日馳車走，不見所問津，」詩人之憂世也。「百草千花寒食路，香車繫在誰家樹，」似之。（人間詞話）

批評得極爲精透。他的玉樓春：

㊀此詞或刻入陽春集。

尊前擬把歸期說，未語春容先慘咽。人生自是有情癡，此恨不關風與月。　離歌且莫翻新闋，一曲能教腸寸結。只須看盡洛城花，始信春光容易別！

可謂道盡人間一段幽恨閒愁。結語更於豪放中寓沈痛之意。

以上所引，均係悲苦之作，故多蘊愁思。我們若讀他的「綠楊樓外出秋千，」「碧琉璃滑淨無塵」等作，我們的胸襟，必定要爲之一變，茲選錄此類的作品如下：

柳外輕雷池上雨，雨聲滴碎荷聲。小樓西角斷虹明。闌干倚處，待得月華生。　燕子飛來窺畫棟，玉鉤垂下簾旌。涼波不動簟紋平，水精雙枕，旁有墮釵橫。（臨江仙）

闌干十二獨憑春，晴碧遠連雲。千里萬里，二月三月，行色苦愁人。（少年游春草上闋）

候館梅殘，溪橋柳細，草薰風暖搖征轡。離愁漸遠漸無窮，迢迢不斷如春水。　寸寸柔腸，盈盈粉淚，樓高莫近危闌倚。平蕪盡處是春山，行人更在春山外。（踏莎行）

以上數闋，都極晶瑩綿細，爲任何詞人所不能仿效的，尤爲一種獨特的風調。

此外他還有一種特異之處就是他的作品含帶的女性色彩很重。我們可以稱他爲「女性詞的作家。」例如南歌子：

鳳髻金泥帶，龍紋玉掌梳，去來窗下笑相扶，愛道：「畫眉深淺入時無？」　弄筆偎人久，描花試手初，等閒妨了繡工夫，笑問「雙鴛鴦字怎生書？」

寫得極細膩婉和,最能傳出女兒家的心事。這種女性化的作家,到了李易安——一位最大的女作家,並且很受歐詞影響的作家,——便發揮盡致了。

因爲他的詞寫得太柔媚,太女性化,似乎與他的「文以載道」的古文家身份不相稱,後來推崇他的人,認爲是一種褻瀆,多方爲之辯解,以爲「當是仇人無名子所爲。」㊀以爲「其詞之淺近者,多係劉煇僞作」㊁其實歐公的詞與陽春集、珠玉集等互相混合處是有的,內中參雜別人的僞作也是有的,若一定就他的人品,以定詞的去取,那就很危險了。以晏元獻之剛峻,而詞則柔媚類十七八女郎,司馬温公與寇萊公之耿介,而其詞亦婉柔澹遠,不類其爲人。何況是最富感情的歐陽永叔呢?

他的詞集名六一詞,有毛晉宋六十家詞本;又名歐陽文忠公近體樂府及醉翁琴趣外編,有吳昌綬雙照樓景宋元明本詞本。

張先 公元九九〇——一〇七八

先字子野,烏程㊂人。生於宋太宗淳化元年,(公元九九〇年)爲人「善戲謔,有風味。」(見東

㊀見陳振孫直齋書錄解題。
㊁羅長源語。
㊂今浙江吳興縣。

坡集）四十一歲始登進士第。（仁宗天聖八年）歷官宿州掾，知吳江縣，知渝州。其爲都官郎中時，年已七十二，入京見宋祁、歐陽修，約在此時。晚年優遊鄉里，壽八十九卒。（神宗元豐元年，公元一〇七八年）

子野著述，有文集一百卷，（見張鐸湖州府志）詩二十卷，（見宋史藝文志）又有詩集名安陸集一卷。（見齊東野語）但今已散佚，所存詩不踰十首，文則一篇不傳。

他的詞集，有四庫全書本，有清鮑廷博綠斐軒鈔本，凡百有六闋，區分宮調，猶屬宋時編次。鮑氏後，又得侯文燦亦園十家樂府，有子野詞，凡百二十九闋，去其與綠斐軒本複出者，得十三闋，爲補遺上，又雜他書得十六闋，爲補遺下，共百八十四闋，張詞以此爲最完備。

以上並見近人夏承燾君中國十大詞人年譜張子野年譜。[1]

子野是一個享大齡而又極風流的詞人，據石林詩話所載，東坡倅杭時：「先年已八十餘，視聽尙精強，猶有聲妓。東坡嘗贈詩云：『詩人老去鶯鶯在，公子歸來燕燕忙。』蓋全用張氏故事戲之。」他嘗自稱曰「張三影，」因其詞有「雲破月來花弄影，」「嬌柔懶起簾壓捲花影，」「柳徑無人墮飛絮無影」等句，皆平生得意之作也。因爲他的年齡活得最長久，他一方面與晏、歐等人相分庭抗禮，（仍

[1] 見詞學季刊創刊號。

係小令時期。）一方面與柳永齊名㊀跨進了慢詞寖盛的時期。所以在他的作品中，也時有慢詞的製作，如：翦牡丹、山亭怨、謝池春慢、卜算子慢等調子，但數量甚少，且其氣格，仍未脫盡第一期的小令風調。所以他暮年雖與柳永、蘇軾等並時，我們仍把他列在第一期的作家中。

他的詞氣魄不大，他既無晏、歐之蘊藉和雅，又無耆卿（柳永字）之清暢森秀，更不似東坡之豪放晶潔，他只是一個平穩的作家。但他好爲豔辭，好爲膩聲，他於晏、歐與柳、蘇之間，別開一個蹊徑。後來如賀鑄、周邦彥等無不受其影響，而形成了一個新的系統——北宋豔冶一派的詞人。茲舉例如下：

垂螺近額，走上紅裀初趁拍。只恐驚飛，擬倩遊絲惹住伊。　文鴛繡履，似風流塵不起。舞徹梁州，頭上宮花顫未休。（減字木蘭花）

遠牆重院，時有流鶯到。繡被掩餘寒，畫閣明新曉。朱檻連空闊，飛絮無多少。徑莎平，池水渺，日長風靜，花影閒相照。　塵香拂馬，逢謝女城南道。秀豔過施粉，多媚生輕笑。鬥色鮮衣薄，碾玉雙蟬小。歡難偶，春過了。琵琶流怨，都入相思調。（謝池春慢）

傷春懷遠幾時窮，無物似情濃。離愁正恁牽絲亂，更南陌飛絮濛濛。歸騎漸遙，征塵不斷，何處認郎蹤？　雙鴛池沼水溶溶，南北小橈通。梯橫畫閣黃昏後，又還是新月簾櫳。沈恨細思，不如桃李，猶解嫁東風。（一叢花）

沙上並禽池上暝，雲破月來花弄影，重重翠幕密遮燈。風不定，人初靜，明日落紅應滿徑。（天仙子下闋）

㊀見詞林記事卷四引晁无咎語云：「子野與耆卿齊名，而時以子野不及耆卿；然子野韻高，是耆卿所乏處。」

其造語之纖巧豔冶，如風過花枝，滴滴嬌顫，可謂極盡藻繪刻畫的能事了！但其短處，則在風格不高，氣魄不大，往往失之淺薄漂易。直至賀鑄、周邦彥出，又寓以詩人沈鬱頓挫之筆，遂臻辭格兼美的境界。

他的作品亦有與周邦彥極相近者，如山亭怨「……落花蕩漾怨空樹，曉山靜，數聲杜宇。天意送芳菲，正黯淡疏烟短雨。」漁家傲「天外吳門清霅路，君家正在吳門住。賜我柳枝情幾許，春滿縷，爲君將入江南去」以及

野綠連空天青垂水，素色溶漾都淨。柔柳搖搖，墜輕絮無影。汀洲日落人歸，修巾薄袂，擷香拾翠相競。如解凌波，泊烟渚春暝。　綵絡朱索新整，宿繡屏畫船風定。金鳳響雙槽，彈出古今幽思誰省？玉盤大小亂珠迸，酒上妝面，花豔眉相並。重聽盡漢妃一曲，江空月靜。（翦牡丹舟中聞雙琵琶）

此等作品與晏、歐迥異，大約是他後期的作品，已走入慢詞的領域了。其山亭怨「曉山靜，數聲杜宇。天意送芳菲，正黯淡疏烟短雨。」與翦牡丹結局「重聽盡漢妃一曲，江空月靜，」都極雄渾頓挫，與美成長調，尤相神似。此等處是他全集中調格最高曠的作品。

所以我們毫無遲疑的把他列在第一期的最大作家中，而與晏、歐等人相並峙。

第三章 一般作家

——韓琦——范仲淹——宋祁——王琪——劉敞——張昇——梅堯臣——謝絳——鄭獬——李冠——葉清臣——

韓琦（公元一〇〇八——一〇七五）

琦字稚圭，安陽人，生於宋眞宗大中祥符元年（公元一〇〇八年）弱冠舉進士。西夏反，琦爲陝西經略招討使，與范仲淹率兵拒戰，久在兵間，名重當時，爲朝廷所倚重。後爲相，臨大事，決大策，不動聲色。執政十年，光輔三后，封魏國公。卒於神宗熙寧八年（公元一〇七五年）享壽六十八，謚忠獻，有安陽集。

韓琦在北宋是一位出將入相的最偉大的人物。他生爲三朝元老，言行舉措，都足爲當世的典範，歐陽修稱之爲「社稷臣」，嘗嘆曰：「累百歐陽修，何敢望韓公！」（見語林）他與范仲淹鎭守西夏時，嘗有民謠道：「軍中有一韓，西賊聞之心膽寒；軍中有一范，西賊聞之驚破膽。」其爲當年中外人所欽服如此！他雖是一位文武全才的大政治家，但他的詩詞，卻很風韻閒適，並不乾苦乏味。他鎭揚州時，撰維揚好，有「二十四橋千步柳，春風十里上珠簾」之句，爲一時所傳誦。玆錄二詞於後：

病起懨懨，庭前花影添憔悴，亂紅飄砌，滴盡眞珠淚。　惆悵前春，誰向花前醉。愁無際，武陵凝睇，人遠波空翠。

（點絳脣）

安陽好形勢魏西州。曼衍山川環故國，昇平歌吹沸南樓，和氣鎭飛浮。　籠畫陌，喬木幾春秋，花外軒窗排遠岫，竹間門巷帶長流，風物更清幽。（安陽好）㊁

范仲淹㊂　公元九八九——一〇五四

仲淹字希文，其先邠人，後徙吳縣。生於宋太宗端拱二年（公元九八九年）八月。眞宗大中祥符間進士，仁宗時與韓琦率兵同拒西夏，爲朝廷所倚重，後召拜樞密副使，進參知政事。卒於仁宗皇祐四年，（公元一〇五四年）享壽六十四歲。追贈兵部尙書，諡文正。有丹陽集。爲秀才時，嘗言：「士當先天下之憂而憂，後天下之樂而樂，」其以天下自任如此。當其鎭守延安，夏人相戒莫敢犯曰：「小范老子胸中有十萬甲兵！」

文正功業勳隆，與韓琦並稱「韓、范。」他爲北宋最大名臣之一。他的詞與韓詞的風調，完全不同。

㊀見東都事略卷二十七，宋史卷二百二十。

㊁別本有題爲他人作者，此據能改齋漫錄訂定。

㊂見東都事略卷五十九，宋史卷三百十四。

他是一個憂時而富至情的人，所以他的漁家傲、蘇幕遮和御街行三闋，或寫邊塞秋思，或述羈旅情懷。都極蒼涼沈鬱，而爲不朽的名作，不獨較韓詞爲高，卽列在宋代最大作家中，亦確能自成一格。不過他平生的作品極少，並非「專業」的詞人，所以未將他列入晏氏父子與歐、張之林，眞是一件憾事。但我們要知道他雖僅以此三詞名世，而其作品之俊邁，實能俯視羣流。其漁家傲一闋，更能遠接「西風殘照，漢家陵闕」㊀之壯闊雄偉，下開東坡「大江東去」㊁與王荆公桂枝香的豪縱先河。茲將三詞錄後：

塞下秋來風景異，衡陽雁去無留意，四面邊聲連角起，千嶂裏，長烟落日孤城閉。　濁酒一杯家萬里，燕然未勒歸無計。羌管悠悠霜滿地，人不寐，將軍白髮征夫淚。（漁家傲）

描寫宋時邊戍狀況，淒蒼黯淡，令人對戰爭發無限深省。

碧雲天，黃葉地，秋色連波，波上寒烟翠。山映斜陽天接水，芳草無情，更在斜陽外。　黯鄉魂，追旅思，夜夜除非好夢留人睡。明月樓高休獨倚，酒入愁腸，化作相思淚。（蘇幕遮）

紛紛墜葉飄香砌，夜寂靜，寒聲碎。珍珠簾捲玉樓空，天淡銀河垂地。年年今夜，月華如練，長是人千里。　愁腸已斷無由醉，酒未到，先成淚。殘燈明滅枕頭欹，諳盡孤眠滋味！都來此事，眉間心上，無計相迴避。（御街行）

㊀李白憶秦娥詞。
㊁蘇軾念奴嬌赤壁懷古。

以上三詞都能把他當日的環境，和內在的情緒，一一寫出，故能眞切動人。彭羨門說他：

> 蘇幕遮一調，前段都入麗語，後段純寫至情，遂成絕唱。「將軍白髮征夫淚」亦復蒼涼悲壯，慷慨生哀。

他的詞集有朱刻彊村叢書本的范文正公詩餘一卷，然僅集得六首而已。

宋祁㊀　公元九九八——一〇六一

祁字子京，安州安陸人，徙開封之雍邱。生於宋眞宗咸平元年（公元九九八年）仁宗天聖二年，與兄庠同舉進士時號「大小宋」。修唐書十餘年出入以槀目自隨。累官至工部尚書。卒於仁宗嘉祐六年，（公元一〇六一年）享壽六十四歲。謚景文。有出麾小集、西洲猥稿。其詞集宋板已矢。近人趙萬里始爲彙輯成一卷名曰宋景文公長短句，共詞六首附錄二首。刊於校輯宋金元人詞中。

子京是一個風流而有福澤的詞人，據東軒筆錄所載他晚年知成都府時：

> 每宴罷，盥漱畢開寢門垂簾燃二椽燭，媵婢夾侍，和墨伸紙，遠近觀者，知尙書修唐書矣。——望之如神仙焉！

又說他：

> 多內寵，後庭曳羅綺者甚衆。嘗宴於錦江，偶微寒，命取半臂。諸婢各送一枚，凡十餘枚皆至。子京視之茫然，恐有厚薄之嫌，竟不敢服，忍冷而歸！

㊀見東都事略卷六十五，宋史卷二百八十四。

他的一生，於此可見一斑了。他與張子野同時，兩人的生平和性格都很相似，而詞風尤與子野爲近。他們的詞，不啻是他們一個小小的寫照。玆舉二詞如下：

燕子呢喃，景色乍長春晝。覩園林萬花如繡，海棠　雨胭脂透，柳展宮眉，翠拂行人首。　向郊原踏青，恣歌攜手。醉醺醺尚尋芳酒。問牧童遙指孤村道：杏花深處那裏人家有？（錦纏道）

結句用唐詩「借問酒家何處有，牧童遙指杏花村」一意而作一反問口氣。一則充滿了春愁，一則極盡春日遊樂的酣暢。一則淒婉悱惻，爲詩中勝境，一則柔媚儇巧，不失作詞的本色。

東城漸覺風光好，縠皺波紋迎客棹。綠楊烟外曉寒輕，紅杏枝頭春意鬧！　浮生長恨歡娛少，肯愛千金輕一笑。爲君持酒勸斜陽，且向花間留晚照。（玉樓春）

在晏氏父子與歐、秦等集中詠春之作，總不免爲離情愁緒所縈遶，而深透着詩人悲惋的意緒。在張、宋詞中，則只見春日之酣樂，令人心醉，如上面兩詞，寫春郊之明媚，春意之撩人，均浮現在紙上。王靜安評二氏之作，謂：

「紅杏枝頭春意鬧」，着一「鬧」字，而境界全出。「雲破月來花弄影」，着一「影」字，而境界全出。（人間詞話）

僅道出兩家作詞的技巧，而尚未深明於兩詞人的心靈也。

王　琪

琪字君玉，華陽人，徙舒。舉進士。調江都主簿，歷官知制誥，加樞密直學士。晏殊爲南郡太守時，琪曾爲其幕客，賓主極相得，日以賦詩飲酒爲樂。㊀相傳晏公作浣溪沙詞，其「無可奈何花落去」句書牆上，彌年未能對，琪應聲曰：「似曾相識燕歸來，」由是遂邀知遇。㊁他的詞仍未脫唐、五代的餘緒。如望江南：

江南好，風送滿長川。碧瓦烟昏沈柳岸，紅綃香潤入梅天，飄灑正蕭然。　朝與暮，長在楚峰前。寒夜愁倚金帶枕，春江深閉木蘭船。烟緒遠相連。

劉敞

敞字原父，臨江新喻人，慶曆六年進士。累官知制誥，翰林學士。卒後門人私謚曰公是先生。有集。相傳敞守維揚時，宋子京赴壽春，道出治下，敞曾作踏莎行詞以侑歡。㊂詞云：

蠟炬高高，龍烟細細，玉樓十二門初閉。疏簾不捲水晶寒，小屏半掩琉璃翠。　桃葉新聲，榴花美味，南山賓客東山妓。名利不肯放人閒，忙中偷取工夫醉。

㊀見石林詩話。
㊁見復齋漫錄。
㊂見能改齋漫錄。

下闋寫得頗雋快而別致。

張　昇㊀

昇字杲卿，韓城人，第進士。累官參知政事，後以太子太師致仕。贈司徒兼侍中，謚康節。昇詞以離亭燕爲最有名，與王安石桂枝香作風極酷似，可稱「懷古覽勝」詞中的雙璧。其詞云：

> 一帶江山如畫，風物向秋蕭灑，水浸碧天何處斷霽色冷光相射。蓼嶼荻花洲，掩映竹籬茅舍。　雲際客帆高挂，烟外酒旗低亞。多少六朝興廢事，盡入漁樵閑話。悵望倚危樓，寒日無言西下。

於冷雋中寓悲涼之感。闋中如「霽色冷光相射」「寒日無言西下」句，尤覺冷豔觸人心目，而語意無窮。

梅　堯　臣㊁　公元一〇〇二——一〇六〇

堯臣字聖俞，宣城人。生於宋眞宗咸平五年，（公元一〇〇二年）仁宗嘉祐初，召試賜進士，擢國子直講，歷尙書都官員外郎，有宛陵集。卒於仁宗嘉祐五年，（公元一〇六〇年）享壽五十九歲。

㊀見東都事略卷七十一，宋史卷三百十八。

㊁見東都事略一百十五文藝傳，宋史卷四百四十三文苑五。

聖俞本以詩名，詞不多見，以蘇幕遮（詠草）最爲歐陽永叔所稱賞。詞云：

露隄平烟墅杳，亂碧萋萋，雨後江天曉。獨有庾郎年最少，窣地春袍，嫩色宜相照。　接天亭，迷遠道，堪怨王孫，不記歸期早。落盡梨花春事了，滿地殘陽，翠色和烟老。

謝絳[一]　公元九九五——一〇三九

絳字希深，其先陽夏人，其祖及父，均葬於富陽，因家焉。登大中祥符八年進士，仁宗朝，累官知制誥，出知鄧州。有集。

據富春遺事載，希深居富陽小隱山，別築室曰「讀書堂」，構雙松亭於前。倚山臨江，雜植花果，沼荷稻圩，環流佈種，頗稱幽人之居。其詞亦「藻然輕黠」（見儒林公議）與衆特異。如夜行船：

昨夜佳期初共，鬢雲低翠翹金鳳。尊前和笑不成歌，意偷傳眼波微送。　草草不容成楚夢，漸寒深翠簾霜重。相看送到斷腸時，月西斜畫樓鐘動。

黃花庵云：「後段語最奇！」

鄭獬

[一]見東都事略卷六十四，宋史卷二百九十五。

獬字毅夫，安陸人。仁宗皇祐五年進士。累官翰林學士，出爲侍讀學士，知杭州。有鄖溪集。獬詞以好事近爲最雋俏：

> 江上探春回，正値早梅時節。兩行小槽雙鳳，按涼州初徹。　謝娘扶下繡鞍來，紅靴踏殘雪。歸去不須銀燭，有山頭明月。

李冠

冠字世英，歷城人，以文學稱，與王樵賈齊名。官乾寧主簿。有東皋集，冠詞以蝶戀花爲最婉約多姿：

> 遙夜亭皋閒信步，才過清明，漸覺傷春暮。數點雨聲風約住，朦朧淡月雲來去。　桃杏依稀香暗度，誰在秋千，笑裏輕輕語？一寸相思千萬縷，人間沒個安排處。

此詞與張先、宋祁作風極相類，設混於子野詞中，幾乎無從辨認。

葉清臣

清臣字道卿，長洲人。天聖初進士。歷官翰林學士，權三司使，他的賀聖朝：

> 滿斟綠醑留君住，莫匆匆歸去。三分春色二分愁，更一分風雨。　花開花謝，都來幾許？且高歌休訴。不知來歲牡丹時，再相逢何處？

詞中「三分春色二分愁，更一分風雨」句，則爲東坡水龍吟「一池萍碎，春色三分，二分塵土，一分流水，」及賀方回青玉案「一川烟草，滿城風絮，梅子黃時雨」的藍本了。

此外尙有幾個詞人，略一述及。

夏竦字子喬，歷官眞宗、仁宗兩朝，位至宰輔，封英國公，曾作有喜遷鶯宮詞。王益字舜良，王安石之父，曾作有訴衷情詞。石延年字曼卿，爲歐陽修的好友，曾作有燕歸梁詞。李師中字誠之，仁宗朝曾作待制及郎中等官。他有菩薩蠻詞。聶冠卿字長儒，新安人，其多麗一詞，爲慢詞最初期的創製。吳感字應之，吳郡人，有折紅梅詞。

參考書目

元脫克脫：宋史四百九十六卷　有二十五史本。
宋王偁：東都事略一百三十卷　有掃葉山房刊本。
宋僧文瑩：湘山野錄三卷續錄一卷　有說庫本，有文明書局鉛印本。
宋陳振孫：直齋書錄解題二十二卷　有江蘇書局刊本。
清張宗橚：詞林紀事二十二卷　有掃葉山房石印本。

近人王國維：人間詞話。　有樸社鉛印本。

宋潘閬：逍遙詞一卷　有王鵬運四印齋彙刻宋元三十一家詞本。

宋晏殊：珠玉詞　有毛晉宋六十家詞本。

宋晏幾道：小山詞　有毛晉宋六十家詞本。

宋歐陽修：六一詞　有毛氏本，又名歐陽文忠公近體樂府及醉翁琴趣外編，有吳昌綬雙照樓景宋元明本詞本。

宋張先：張子野詞　有朱祖謀彊村叢書本，

宋范仲淹：范文正公詩餘　有彊村叢書本。

第三編　宋詞第二期

——公元一〇二三—一〇九九——

——花之怒放時期或柳永時期——

第一章　柳永時期的意義與五大詞派的並起

第一節　引言

由宋仁宗天聖中起，因大詞人柳永的創作，宋詞階段乃始由小令時期，漸進入慢詞時期。其時中原承平，汴京繁庶，歌臺舞席，競睹新聲，宮中每逢春秋大宴，必有樂語及各種隊舞，以資慶賞。（詳上總論編宋代樂曲概論章）朝臣相宴，亦得用樂語的一部份。（如致語口號是）風氣所播，民間化之，於是慢詞乃應運而生。最先經文人製作者，則有歐陽修摸魚兒、聶冠卿多麗、吳感折紅梅等詞，但歐氏之作，字句錯誤，恐係時人僞託，或雜入柳詞，亦未可知。㊀吳氏折紅梅詞爲紀念歌姬紅梅因以名閣之作。㊁辭彩不甚工麗。聶氏多麗一詞，論者向推爲慢詞之祖，然一考聶、柳二氏成名之始，則都係並時之人。㊂其多麗的製作，恐亦不能較柳詞爲早。其他如張先的謝池春慢、卜算子慢、剪牡丹、山亭怨等詞，亦係晚年的製作，

㊀西清詩話謂歐詞淺近者是劉煇僞託，又多雜入柳詞。

㊁見中吳紀聞。

㊂按柳永於仁宗景祐元年登第，登第前名三變，以善歌豔曲致遭革斥。聶冠卿入翰林時爲慶曆中，則二人爲並世人懷疑了。

所以慢詞眞正肇始的人物，則爲一個不齒及於縉紳階級的「多游狹邪」的舉子柳永。因爲他能接近民衆，他能於三教九流最雜亂的倡寮歌院之中，取裁了市井流行的歌調，創造一種「旖旎近情」「鋪敍展衍」的新曲。古今詩話載：

> 眞州柳永少讀書時，以無名氏眉峯碧詞題壁，後悟作詞章法，一妓向人道之。永曰：「某於此亦頗變化多方也。」然遂成屯田蹊徑。㊀

他當年作詞的淵源，既不是花間集，又不是陽春錄，而是民間無名之作，如眉峯碧等類的作品，他因終朝沈酣於「偎紅倚翠」的妓院生活，於彼輩流衍的豔歌膩曲，耳熟其音而心知其意，當年「教坊樂工，每得新腔，必求永爲辭，」更予以試作的機會。他遂開始寫他的新詞了。他敢用通俗的字句，來寫他的漂泊的詩人情緒，與肉體的追求。他脫盡了花間以來所習用的塡詞術語、腔調及其內容。他的精神比能「逐弦吹之音，爲側豔之曲」的温庭筠更爲解放。他的天才則與温氏向相反的兩條路上走去。他從五代以來「詩客曲子詞」的登峯造極時代，又轉向這條民衆化與音樂化的「里巷之曲」路上了。所以詞自温庭筠乃始眞正成立，至柳永乃始大爲解放，而其在詞學的演變與昇降上，則二人同爲一個時代的最大導師，一個最有關鍵的人物，正復遙相輝映。不過温氏由原始時代，——民間文學

㊀見詞林紀事卷十八。

時代用晚唐詩人之筆來寫綺豔而「香軟」的歌聲，深爲士大夫階級所愛賞，故能造成一個文彩燦爛的花間系統，而受着百世的崇敬。柳氏的作風，不獨驚倒了並時的人物，且深遭後世的笑罵，（詳見柳永傳評中）其個人的聲譽，與温氏則大相懸殊了，這種結果，並不足爲柳氏的「不幸」，正足代表他一種革命和創造的精神。假使中國詞學，不經柳氏的改造，則充其量，仍不過模仿温、韋、馮延巳等人的作品罷了。其勢亦成末流，必致陳陳相因，黯然無復生氣。則中國詞學，不獨無北宋之雄奇瑰麗，照耀古今，且早入於沒落衰歇之時，不待南宋中末期以後了。

在柳氏領導的時期，不獨變換了詞的格式，（由小令變爲慢詞）而且變換了詞的內容，在唐、五代一直到晏、歐一貫下來的作風，均以含蘊爲高短雋入勝，末流所至，則篇篇不出「烟柳」「殘夢」「羅衾」等庸濫的描寫，不獨無一新意，而且無一新詞，即以晏、歐等人的作品，雖感其詞風之端麗婉和，但讀起來，總不免有意義相複，或非身歷其境的浮泛描寫之處，其他各家，則更不必論了。柳氏以忠實與清婉的筆調，寫出內在眞摯的情緒。他雖篇篇不出「羈旅悲怨之辭，閨帷淫媟之語，」但我們只感到他的眞實與酣暢，卻不覺其有重複因襲的可厭。這是他與晏、歐以前的作家，僅以模仿堆滯見長者，完全變了一個描寫的方式了。其天才之獨到處，亦正於此等處表現出來。所以在當時他雖遭許多人的譏評，但無形中卻人人受了他的暗示及反映，開始來作他們自己的歌詞，開始來寫他們要說的話了。於是五代以來的詞風，至此乃爲之一變；而向爲北宋人崇奉的花間集與陽春集，至此乃不復更放其光焰了。

在本期（周邦彥成名以前），受柳氏的影響和反映而雄起詞壇的，則有蘇軾、秦觀、賀鑄、毛滂四個最大的作家。在他們五個人的作品中，已將全部的北宋詞風，概括無餘——也可以說概括了後來一切的作風。他們五個人各有獨到的境界，與不同的色彩，造成了中國「抒情詞」的頂點，遂使南宋中期以後（姜夔所領導的一派）的作家，不得不另換一個新的途徑，專在文辭與刻畫上努力了。這五家之中，比較上柳、秦、賀三家只算一個系統，蘇與毛則另爲一派，茲爲述其源流如後。

柳氏的特長，既如上述。是北宋慢詞造始的人物，是詞家革命的巨子。其風調之「森秀幽暢，」如繁蕙中一顆清蒽的棕櫚，如濃妝豔抹隊裏的一位淡雅多情的少婦。他的最高作品，則爲「楊柳岸，曉風殘月，」一類幽倩的新詞，爲「桐江好，烟漠漠，波似染，山如削，」「望中酒旆閃閃，一簇烟村，數行霜樹，殘日下，漁人鳴榔歸去，……兩兩三三浣紗遊女，避行客，含羞相笑語」一類蒽秀而婉細的詩句。當時受他影響最大的，首推秦少游與賀方回兩個人。秦詞中的「消魂，當此際，香囊暗解，羅帶輕分，」與賀詞中的「淡妝多態，更滴滴頻迴盼睞，」一類的作品，即取柳詞「多情自古傷離別，更那堪冷落清秋節，」與「執手相看淚眼，竟無語凝咽」作爲藍本的。此種例子很多，試讀三家詞集，即知在慢詞方面，秦、賀二家受耆卿影響之大了。（小令不在此例）少游的詞最淒婉柔媚，「情辭兼勝，」實集古今婉約派的大成，其造詣之高，更過柳、賀、蘇、毛及一切詞人，足可步伍南唐後主。其最高作品爲其滿庭芳、望海潮等詞。小令尤所擅長，方回的詞極濃豔沈鬱，「如游金、張之堂，」別人只能學其豔麗，卻無其沈着。他們三個人，都有一個共同之點，他們都屬柔媚綺豔一派的作家，至周邦彥出，更兼取三家之長，用成「集成」之譽，於是柳氏所領導的時期，至此乃臻光輝的總集結之時了。

東坡以超絕的天才，採取柳氏的創調，而變換其描寫的內容，將柳氏柔媚綺豔之作，易爲「清麗舒徐」的歌聲，而成爲詞中「橫放傑出」的另一個派別。其影響於後期的作家者，則有晁補之、葉夢得、向鎬、張元幹、張孝祥，直到辛棄疾出，遂臻此派絕詣。與柳、秦、賀、周一派詞人相並峙。

在柳、蘇、秦、賀之外，尚有一個毛滂，向不爲各選家所重視，而擯在二等作家中的。我將他列爲本期最大作家之內，其理由有三，第一：我們若將晏、歐以後，周邦彥以前的詞家專集或總集，細心加以覽誦，則除上四大家各有其特殊的風調外，能有東堂詞之明淨瀟灑，通體一律的鉅著麽？第二：他的作風與賀方回之濃豔沈鬱，恰相輝映，而各成一格，以補柳、蘇、秦三家所未有的境界。第三：他影響於後期的作家者，雖不如東坡之顯著，與柳、秦、賀等之普遍廣大，但如謝逸、蘇庠、僧仲殊、陳與義、朱敦儒、范成大、楊萬里等人，其詞風之瀟灑清曠，不沾世態，毛氏實有以開其先河。他們既不作豪壯之語，又不爲冶蕩之聲，確能另成一個系統，而以清逸放達入勝，他們的歌詞爲：

小屏風畔冷香凝，酒濃春入夢，窗破月尋人。（毛滂臨江仙）

濃香斗帳自永漏，任滿地月深雲厚，夜寒不近流蘇，祇憐他後庭梅瘦。（毛滂上林春令）

隱几岸烏巾，細葛含風軟，不見柴桑避俗翁，心共孤雲遠。（謝逸卜算子）

楓落河梁野水秋，淡烟衰草接荒邱，醉眠小塢黃茅店，夢倚高城赤葉樓。（蘇庠鷓鴣天）

憶昔午橋橋上飲，坐中都是豪英；長溝流月去無聲，杏花疎影裏，吹笛到天明。（陳與義臨江仙）

晚來風定釣絲閒，上下是新月，千里水天一色，看孤鴻明滅。（朱敦儒好事近）

燒香曳簟眠清樾，花影吹笙，滿地淡黃月。（范成大醉落魄）

這些作品，既不是柳、賀、周、秦的柔媚綺豔之作，更不是蘇、辛一派的豪縱之歌，而爲詞中的逸品，向來不爲人所注意，不認其能成一派的。我所以特爲舉例者，亦正爲此派介紹之故。至南宋中期以後，如姜、史、吳、張、王、周六大家，其作品實融合柔媚綺豔派（即柳、賀、秦、周等人）的外形，（格調）與清逸放達派的神髓。所以他們的詞集中，雖有那樣典麗而工細的風調，卻無北宋人淫媟豔膩的歌聲。

由上種種方面看起來，可見這柳、蘇、秦、賀、毛五家，在當年不獨造成北宋詞中最燦爛絢麗的一段，而且概括了中國整個詞學的作風。然推源其肇始之因，則不能不歸功於耆卿的大膽創作了。

第二節 淺斟低唱的柳三變

柳永字耆卿，崇安人，宋仁宗景祐元年（公元一〇三四年）進士。初名三變，以「喜作小詞，薄於操行，」未能致身科第，後改名永，方得登第，磨勘轉官。❶官至屯田員外郎，故世號柳屯田。生卒無可考。生平除作詞外，他無所著述。其詞名樂章集，有毛氏宋六十家詞本，朱氏彊村叢書本，最爲完善。其葬處，據獨醒雜志則在棗陽縣（今湖北屬縣）花山，據方輿勝覽則在襄陽南門外，惟據避暑錄話，則謂其死於潤州（今江蘇丹徒縣）僧寺，郡守求其後不得，乃爲出錢葬之，雖未言葬於何地，但可推知其必葬於潤州無疑。三說雖未可據信孰爲正確，然柳氏生前之潦倒與死後之凄涼，於此可見一斑。

葉夢得在他的避暑錄話裏說道：

> 柳耆卿爲舉子時，多游狹邪，善爲歌詞。教坊每得新腔，必求永爲辭，始行於世，於是聲傳一時。余仕丹徒，嘗見一西夏歸朝官云：「凡有井水之處，即能歌柳詞。」

大約耆卿少年生活之放浪，散見於宋人雜記中者，不僅葉氏所謂「多游狹邪」一語，其爲當時人所不滿，更較「士行塵雜」的溫庭筠爲甚。但他的作品在當日則流傳得極爲廣遍，凡遐方異域及「有

❶見藝苑雌黃與能改齋漫錄。

井水之處，」無不在歌唱着，詠誦着，眞是一個空前絕後的事例了。他的望海潮詠錢塘富麗，致啓後來金主亮「欣然起投鞭渡江之志」的野心。㊀其作品之偉異於此可見。貴耳集有一段記載道：

詩當學杜詩，詞當學柳詞：蓋詞本管弦冶蕩之音，永所作，旖旎近情，尤使人易入也。

這「旖旎近情」四字，最能道出柳詞的特長，與當日流傳廣遍的原因。

因爲他的操行放蕩，不爲時人所重，故一生功名不揚，而展轉遷徙於仕途羈旅冶遊中，度着他那狂放浪漫的生活。他把他的漂泊的生涯，旅中愁緒和頹廢的、縱恣的肉的享樂與追求，都大膽的赤裸裸寫入他的詞中。他衝破因襲着執掌詞壇威權的花間壁壘，超出一般拘守五代餘緒的宋初詞人藩籬，而創一種旖旎忠實的鋪敍與抒情的作風。這當然要被囿於成見的人們所震驚而要加以譏評了。在晏殊傳評中，我們已看見晏柳二氏相詰難的情形，而卒爲晏氏所斥退了。現在更舉數事如下：

少游自會稽入都，見東坡。東坡曰：「不意別後，公卻學柳七作詞。」少游曰：「某雖無學，亦不如是。」東坡曰：「銷魂當此際，非柳七語乎？」（高齋詩話）

王逐客詞格不高，以冠柳自名，則可見矣。（直齋書錄解題）

他受當時人的輕視，以至如此。卽後來如黃花庵、孫敦立輩，亦謂其「多近俚俗，」「多雜以鄙語。」而同樣致其不滿之意。但譏抨者儘管譏抨，謾罵者儘管謾罵，而無形中都受了他——直接或間接——

㊀見錢塘遺事。

的影響與暗示，漸漸走向這條新的途徑來了。所以少游被東坡指出學柳的確據，也只好俯首無言了。東坡雖然不甚服氣，但亦因柳氏的暗示，來試寫他的豪縱不羈的慢詞了。至讀柳氏「霜風淒緊，關河冷落，殘照當樓」等句，亦驚賞其「不減唐人高處」，而代爲分辨其「非俗」了。㊀於是王觀的詞集，也取名冠柳了。即如蘇、黃之敢用俗語入詞，秦、賀等之鋪敍長調，無不受柳氏的影響；而周美成則更爲顯著。其他二三等的作家，在模仿他的風格的，更不勝枚舉了。

他是一個極浪漫而不加檢束的人。我們在鶴冲天詞內，讀他的「何須論得喪，才子詞人，自是白衣卿相！……且恁偎紅倚翠，風流事，平生暢。……忍把浮名，換了淺斟低唱？」不啻是他的一個忠實自白。他的狂放不羈的情懷，也於此可見一般！他所以能爲一世的開山，爲詞學解放的巨子，也正賴此種精神有以成其偉大。他因作此詞，曾被「務本向道」的仁宗皇帝斥爲浮華而加以擯棄，以致終身的功名淪落。他這樣的過着，寫着，……消磨了他的一生。他死後還留下兩段很悽豔的記載。

柳耆卿風流俊邁，聞於一時，既葬於棗陽縣花山，遠近之人，每遇淸明日，多載酒肴飲於耆卿墓側，謂之「弔柳會」。（獨醒雜志）

仁宗嘗曰：「此人（指耆卿）任從風前月下，淺斟低唱，豈可令仕宦！」遂流落不偶。卒於襄陽。死之日，家無餘財，羣妓合金葬之於南門外。每春月上冢，謂之「弔柳七」。（方輿勝覽）

㊀見侯鯖錄。

但他平生得意的詞句，還依然留在後來詩人們的胸臆，而深深致其憑弔之懷，我們試一讀漁洋山人「殘月曉風仙掌路，無人爲弔柳屯田」句，能勿爲之神往！

他的作品，可以分爲兩大類。第一類係描寫狹邪的生涯與放浪心緒的；第二類則係寫他的旅況與遊程。茲選錄其第一類的作品四首於後：

洞房記得初相遇，便只合長相聚。何期小會幽歡，變作別離情緒。況値闌珊春色暮，對滿目亂花狂絮。直恐好風光，盡隨伊歸去。 一場寂寞憑誰訴，算前言總輕負。早知恁地難拚，悔不當初留住。其奈風流端正外，更別有繫人心處。一日不思量也攢眉千度！（晝夜樂）

閒窗燭暗，孤幃夜永，攲枕難成寐。細屈指尋思，舊事前歡，都來未盡平生深意。到得如今，萬般追悔，空祗添憔悴。對好景良宵，皺着眉兒，成甚滋味！ 紅茵翠被，當時一一堪垂淚。怎生得依前似，恁偎香倚暖，抱着日高猶睡！算得伊家也應隨分煩惱，心兒裏又爭似從前，澹澹相看，免恁縈繫？（慢卷紬）

前時小飲春庭院，悔放笙歌散。歸來中夜醉醺醺，惹起舊愁無限。雖看墜樓換馬，爭奈不是鴛幃伴。 朦朧俱妙暗花面，欲夢還驚斷。和衣擁被不成眠，一枕萬回千轉。惟有畫梁新來雙燕，徹曙聞長歎。（御街行）

當初聚散，便喚作無由再逢伊面，近日來不期而會重歡宴。向尊前閒暇裏，斂着眉兒長嘆，惹起舊愁無限。 盈盈淚眼，漫向我耳邊，作萬般幽怨。奈你自家心下事難見。待音信眞個恁別無縈絆，不免收心共伊長遠。（秋夜月）

我們在上面幾首詞內，可以看出柳氏完全變換了描寫的方式。他所寫的不是文人貴族的典雅堆滯之詞，而是一種最普遍，最細緻，最忠實的民衆歌曲了。他做到「我手寫我口」的極純熟境地。雖篇篇都是「閨帷淫媟之語」（毛子晉跋語）但寫來卻無一重複或相因之處，可謂白描聖手。在他的詞集中，已無復花間派的絲毫餘息了。但他平生最得意而傑出的作品，仍在他的行役羈旅諸作，而其影響於當時及後來詞人者，也以此等作品爲最偉大。周美成的長調慢詞的格局，幾乎全都從他蛻變出來的。他描寫旅中景色，如：

匆匆策馬登途，滿目淡烟衰草。前驅風觸鳴珂，過霜林漸覺驚棲鳥。冒征塵苦況，自古淒涼長安道。（輪臺子）

寫得秋意蕭疏，確係身臨其境之作。又如：

泛畫鷁翩翩過南浦，望中酒旆閃閃，一簇烟村，數行霜樹。殘日下，漁人鳴榔歸去。敗荷零落，衰柳掩映，兩兩三三浣紗遊女，避行客含羞相笑語。（夜半樂）

則更清幽細緻了。茲更錄數闋於后：

寒蟬淒切，對長亭晚，驟雨初歇。都門帳飲無緒，方留戀處，蘭舟催發。執手相看淚眼，竟無語凝咽。念去去千里煙波，暮靄沈沈楚天闊。 多情自古傷離別，更那堪冷落清秋節？今宵酒醒何處？——楊柳岸曉風殘月！此去經年，應是良辰好景虛設。便縱有千種風情，更與何人說？（雨霖鈴）

對瀟瀟暮雨灑江天，一番洗清秋。漸霜風淒緊，關河冷落，殘照當樓。是處紅衰綠減，苒苒物華休。惟有長江水，無

語東流。（八聲甘州上闋）

暮雨初收，長江靜，征帆夜落。臨島嶼，蓼煙疏淡，葦風蕭索。幾許漁人橫短艇，盡將燈火歸村郭。遣行客到此念回程，傷漂泊。 桐江好，煙漠漠，波似染，山如削。遶巖陵灘畔，鷺飛魚躍。遊宦區區成底事，平生況有林泉約。歸去來，一曲仲宣樓，從軍樂。（滿江紅桐川）

遠岸收殘雨，雨殘稍覺江天暮。拾翠汀洲人寂靜，立雙雙鷗鷺。望幾點漁燈，掩映蒹葭浦。停畫橈，兩兩舟人語。道去程今夜，遙指前村煙樹。 遊宦成羈旅，短檣吟倚閒凝佇。萬水千山迷遠近，想鄉關何處。自別後，風亭月榭孤歡聚，剛斷腸，惹得離情苦。聽杜宇聲聲，勸人不如歸去。（安公子）

周介存說他「鋪敍委婉，言近意遠，森秀幽淡之趣在骨，」證之以上數闋，實覺精當不易了。近人馮夢華也說他「曲處能直，密處能疏，高處能平。狀難狀之景，達難達之情，而出之以自然，自是北宋巨手！」

吳瞿安先生說他，「多直寫，無比興，亦無寄託。見眼中景色，卽說意中人物，便覺直率無味。……且通體皆摹寫豔情，追述別恨，見一斑已具全豹。」實能說出柳氏的缺點，然他的比興之說，卻仍以花間派及歐、晏作品的眼光來評判柳詞。須知柳氏的特長卽在能「無比興」卽在能「敍鋪展衍，備足無餘。」（李端叔語） 花間一派的長處，在能含蓄不盡，柳詞的長處，在能奔放盡興，二者各成一格，正不必用以互相非難。所謂「見一斑已具全豹，」實其作風太覺單調之處。然須知凡一種文學，有她的精邃獨到之處，卽不免失之偏狹，世上斷無全才全能的天才作家。何況他雖篇篇不外「摹寫豔情，追述別恨，」但並無一首相複的格調與相因的字句，與一般模仿堆滯的作品，相去何啻霄壤呢？所以我們就大體上說，對於他那種毅然脫去傳統的描寫方式和審音度曲的天才以及慢詞的精心創製，覺得他於中國詞壇上，實在是少有的一位傑出人物。

第三節　橫放傑出的蘇軾

蘇軾❶字子瞻，眉山人。生於宋仁宗景祐三年（公元一〇三六年）十二月。嘉祐二年進士，時年二十四。英宗時直史館，神宗時與王安石議不合，貶黃州，築室東坡，號東坡居士。哲宗時召還，累官翰林學士兵部尚書。紹聖初，坐訕謗，安置惠州，徙昌化。元符初，北還，卒於常州，時爲徽宗建中靖國元年（公元一一〇一年）七月，享壽六十六歲。高宗朝贈太師，謚文忠。與父洵弟轍並稱「三蘇，」爲中國古文家中鉅子。有東坡前後集。其詞集名東坡詞，有毛氏宋六十家詞本，凡一卷，又名東坡樂府，有王氏四印齋所刻詞本，凡二卷，及朱氏彊村叢書本，凡三卷。

東坡是一個最稱全才的大文藝家。他的散文與詩，亦足使其不朽。他的字，亦卓然成爲一派。畫雖不多，（善畫淡墨竹石等小品）亦極名貴。他是中國文藝界中的一顆明星，他是中國文壇上一位怪傑。無

❶見東都事略卷九十三，宋史卷三百三十八。

論是任何朝代，任何人，——甚至婦女小孩，——只要說起「蘇東坡」三個字，沒有不知道的；雖然他們並不詳細他的生平。因爲他是最富才藝而聰明絕頂的人，所以他的詞，也於不經意中，放出異樣的光芒。他佔在晏、歐一派婉約詞人與豔冶派（張先、柳永等）詞人之外，另成一個新的局面。他一生瀟灑狂放，而其詩詞與散文，亦能充分表現出他的個性來。他有一次在一個中秋節的晚上，吃了一夜的酒，吃得醺醺大醉，對着一輪明月，忽然想起他的弟弟子由，他因而作了一首水調歌頭：

明月幾時有？把酒問青天；不知天上宮闕，今夕是何年？我欲乘風歸去，又恐瓊樓玉宇，高處不勝寒。起舞弄清影，何似在人間！　轉朱閣，低綺戶，照無眠。不應有恨，何事偏向別時圓？人有悲歡離合，月有陰晴圓缺，此事古難全，但願人長久，千里共嬋娟！

把他醉後飄逸的胸懷，和對景懷人的情緒，全盤托出。音節和格調，也極清新自然。他的

大江東去，浪聲沈，——千古風流人物！故壘西邊——人道是，三國孫吳赤壁，——亂石崩雲，驚濤掠岸，卷起千堆雪。江山如畫，一時多少豪傑！　遙想公瑾當年，小喬初嫁了，雄姿英發！羽扇綸巾，談笑處檣櫓灰飛煙滅。故國神遊，多情應是笑我生華髮。人生如寄，一尊還酹江月。（念奴嬌赤壁懷古）㊀

我們讀此詞後，便覺有萬里江濤，奔赴眼底，千年興感，齊上心頭。別人不獨無此胸襟，亦且無此筆力，所

㊀此詞係根據容齋隨筆記黃魯直所書詞，與一般通行本頗有出入。

以陸放翁說他的詞，讀後有「天風海雨逼人」之感。胡致堂說他：

一洗綺羅香澤之態，擺脫綢繆宛轉之度，使人登高望遠，舉首高歌，而逸懷浩氣，超乎塵垢之外；於是花間為皂隸，而耆卿為輿臺矣！

此類作品，實為詞中創格。以柳永之解放，然亦僅變換了花間派描寫的方式，並未改變描寫的內容，所以仍不出閨帷行役的傳統範圍。東坡則不獨變其格式，而且衝出向來的詞學領域。這是最值得我們注意的兩點。他在詞學中，遂成了「橫放傑出」（晁无咎語）的另一個派別。不滿於此種寫法的，則謂其「以詩為詞，如教坊雷大使之舞，雖極天下之工，要非本色！」（陳无己語）他在當年與耆卿隱然有並峙之勢。（他較耆卿略晚出）所以吹劍錄曾有一段記載道：

東坡在玉堂日，有幕士善歌，因問「我詞何如柳七？」對曰：「柳郎中詞只合十七八女郎，執紅牙板，歌『楊柳岸，曉風殘月。』學士詞須關西大漢，銅琵琶，鐵綽板，唱『大江東去。』」東坡為之絕倒。

這是柳蘇兩家不同的地方。可見東坡雖詆毀柳氏，然無形中亦頗露推崇之意，所以對幕士也不免有「我詞何如柳七」的探問了。幕士的答語，恰中其心意，大有「天下英雄惟使君與操」的情形，足可與柳氏爭雄，無怪東坡要為之「絕倒」，而加以默認了。不過幕士的關西大漢鐵板銅琶之喻，只是指壯豪不可一世，與「粗豪」不可混為一談。東坡的作品，儘有許多極清幽秀韻的地方，即以「大江東去」一詞論，亦只覺其豪放超逸，絕無「粗拙」的表現，這是研究蘇詞的人應當加以辨明的。比方他

的浣溪沙

山下蘭芽短侵溪，松間沙路淨無泥，蕭蕭暮雨子規啼。

及同調：

綵索身輕遠趁燕，紅窗睡重不聞鶯，困人天氣近清明。

不獨不見其粗豪而且非常韻致。茲更錄數詞於后：

霜降水痕收，淺碧鱗鱗露遠洲。酒力漸消風力軟，颼颼，破帽多情卻戀頭。　佳節若爲酬，但把清尊斷送秋。萬事到頭都是夢，休休，明日黃花蝶也愁。（南鄉子重九涵輝樓呈徐君猷）

夜飲東坡醒復醉，歸來彷彿三更。家童鼻息已雷鳴，敲門都不應，倚杖聽江聲。　長恨此身非我有，何時忘卻營營。夜闌風靜縠紋平。小舟從此逝，江海寄餘生。（臨江仙）

這些作品，影響於後期作家如陳與義、朱敦儒、范成大等人者甚大。他們雖無東坡的豪縱，而卻得其曠逸。至於晁補之、張元幹、張孝祥等人，則僅具東坡的豪縱，而無其瑩秀。直至稼軒一出，遂合衆長，蔚爲一派殿軍。

缺月挂疏桐，漏斷人初靜。時見幽人獨往來，縹緲孤鴻影。　驚起卻回頭，有恨無人省。揀盡寒枝不肯棲，寂寞沙洲冷。（卜算子雁）

似花還似非花，也無人惜從教墜。……縈損柔腸，困酣嬌眼，欲開還閉。夢隨風萬里，尋郎去處，又恐被鶯呼起。

不恨此花飛盡，恨西園落紅難綴。曉來雨過，遺蹤何在，一池萍碎。春色三分，二分塵土，一分流水。細看來，不是楊花，點點是離人淚。（水龍吟楊花）

乳燕飛華屋，悄無人槐陰轉午，晚涼新浴。手弄生綃白團扇，扇手一時似玉。漸困倚孤眠清熟，簾外誰來推繡戶，枉教人夢斷瑤臺曲；又卻是風敲竹。　石榴半吐紅巾蹙，待浮花浪蕊都盡，伴君幽獨。濃豔一枝細看取，芳意千重似束；又恐被秋風驚綠。若待得君來向此，花前對酒不忍觸，共粉淚兩簌簌。（賀新涼）

以上三闋，作得極清幽瑩潔，不獨想像之高，而造語尤冷雋幽倩，爲他人所不能企及。其楊花一詞，已開南宋白石等人之漸，賀新涼詞，據東坡自記，則爲歌妓秀蘭應徵後至，致觸府僚之怒，爰爲此曲，命即席歌以侑觴，僚怒乃解。詞中「晚涼新浴」及榴花句，係妓自述來遲之由，並折榴花一束，以示府僚也。此詞寫來極紆迴纏綿，一往情深。麗而不豔，工而能曲，毫無刻劃斧斵之痕。以視「大江東去」之作，不啻出自兩人手筆。其天才向多元方面發展，自非他人所可比擬了。張叔夏說他「清麗舒徐，高出塵表，」即指上面三闋一類的作品而言。

以上均係表明蘇詞的優長特異之處。他的短處，則在往往以不經意出之，只是偶然遣興之作，與耆卿、美成等專力爲之者不同。所以雖有極高潔的作品，然多半都是信手寫來的歌辭，頗直率無含蓄，且有時近於散文的縮小，而無詩詞的意趣。如哨遍「雲出無心，鳥倦知還，本非有意，」醉翁操「荷蕢過山前，曰有心哉此賢」一以及江城子「老夫聊發少年狂，左牽黃，右擎蒼」等詞，即其顯著的例證。又因不甚顧及音律，其詞往往多不調協，樂工難以入奏，遂成爲「曲子內縛不住」的另一樣的作品，這是當時詞人所不能十分滿意的。其原因則在「不能唱曲」這也是東坡嘗自遜謝爲「生平有三不如人」的一點了。

第四節 集婉約之成的秦觀

秦觀㊀字少游，號太虛，高郵人。生於宋仁宗皇祐元年。（公元一〇四九年）元祐初，蘇軾薦於朝，除太學博士，後累官國子編修。紹聖初，坐黨籍削秩，監處州酒稅，徙郴州，編管橫州，又徙雷州，放還至藤州卒。時爲哲宗元符三年，（公元一一〇〇年）享壽五十有二。㊁有淮海集凡四十卷，後集六卷。詞集名淮海詞，有毛氏宋六十家詞本凡一卷，約八十餘首。又名淮海居士長短句，有朱氏彊村叢書本凡三卷。

北宋詞自晏氏父子至歐陽永叔，已成了一個婉約派的完整系統。——所謂正統派的詞人。——

㊀見東都事略卷一百十六文藝傳，宋史卷一百四十四文苑六。

㊁歷代名人年譜謂少游卒於建中靖國元年八月，日較東坡卒時後一月。如此則東坡題扇悼辭（哀悼少游）何由而作，今改從別說，訂爲先東坡一年卒。

至少游則更登峯造極，遂使此派詞風，益復煥其異彩。然後此因繼踵無人，遂漸成絕響了——其實亦無能再繼！他的詞極輕柔婉約，在當時幾無人敢與比肩。我們若讀過他的詞，便覺別的作家總不免有點火氣未脫，不能做到他那「爐火純青」的境界。張叔夏說他的詞：

體製淡雅，氣骨不衰，清麗中不斷意脈，咀嚼無滓，久而知味。

批評最爲精當。我們若讀他的：

山抹微雲，天黏衰草，畫角聲斷譙門。暫停征棹，聊共引離尊。多少蓬萊舊事，空回首，煙靄紛紛。斜陽外，寒鴉數點，流水遶孤村。　消魂！當此際，香囊暗解，羅帶輕分。漫贏得青樓薄倖名存。此去何時見也？襟袖上，空染啼痕。傷情處，高城望斷，燈火已黃昏！（滿庭芳）

晚色雲開，春隨人意，驟雨才過還晴。高臺芳榭，飛燕蹴紅英。舞困榆錢自落；秋千外，綠水橋平。東風裏，朱門映柳，低按小秦箏。　多情，行樂處，珠幡翠蓋，玉轡紅纓。漸酒空金榼，花困蓬瀛。豆蔻梢頭舊恨，十年夢，屈指堪驚。憑闌久，疏煙淡日，寂寞下蕪城。（又）

梅英疏淡，冰澌溶洩，東風暗換年華。金谷俊遊，銅駝巷陌，新晴細履平沙。長記誤隨車，正絮翻蝶粉，芳思交加；柳下桃蹊，亂分春色到人家。　西園夜飲鳴笳，有華燈礙月，飛蓋妨花。蘭苑未空，行人漸老，重來事事堪嗟。煙暝酒旗斜，但倚樓極目，時見棲鴉。無奈歸心，暗隨流水到天涯。（望海潮）

覺得他抒情的委婉，寫景的清麗，確能做到「體製淡雅」和「咀嚼無滓，久而知味」的地步。他的風調是極輕柔的，婉細的，充滿了詩人情緒的，他能融情景為一，他的寫景處，即蘊藏着他的情操，把他的聲容面貌，全透露在我們的面前了。這些詞都是他平生精心結構的創作，最足以代表他的作風，不獨過去和並時的人作不出來，即後來的人亦無能仿效呵！所以蔡伯世說道：

子瞻辭勝乎情，耆卿情勝乎辭，辭情相稱者，唯少游一人而已！

可謂推崇備至了。

他的詞翩翩如少年公子，他與南唐李煜和晏幾道可稱為詞中的「三位美少年」。他平生的作品，無論係小令或慢詞，都作得極好而又精於樂律，洗於運思，故其詞幾至無疵可指。雖然東坡曾說他用了「小樓連苑橫空下窺繡轂雕鞍驟」十三個字僅說得一個人騎馬樓下過，以為譏笑，但慢詞本以敷衍成章，亦不足為少游深病；況且此種缺點，在全部詞學中——尤其是慢詞——幾乎是任何詞人所難免的呢。後來李易安又說他「專主情致，少故實，譬諸貧家美女，雖極妍麗丰逸，而終乏富貴態」。這樣嚴格的批評，亦只能指其某一部，而不能概括他的全體作品。（其實易安一生的作品多半從這種「少故實的抒情詞中學來）！我們試略舉他平生的名句如下：

水龍吟：……破暖輕風，弄晴微雨，欲無還有。賣花聲過盡，垂楊院落，紅成陣飛鴛甃。

風流子：……斜陽半山，暝煙兩岸，數聲橫笛，一葉扁舟。

南柯子：……水邊燈火漸人行，天外一鉤殘月帶三心。

八六子：……濛濛殘雨籠晴，正銷凝黃鸝又啼數聲。

浣溪沙：自在花飛輕似夢，無邊絲雨細如愁，寶簾閒掛小銀鉤。

此等句均輕柔婉細，運思綿密，百鍊出之，故能如「好花媚春，自成馨逸」（吳瞿庵語）又安能以寒薄（與富貴態對稱）目之？又如他的：

門外鴉啼楊柳，春色著人如酒。睡起熨沈香，玉腕不勝金斗。消瘦！消瘦！還是褪花時候。（憶仙姿）

遙夜沈沈如水，風緊驛亭深閉。夢破鼠窺燈，霜送曉寒侵被。無寐！無寐！門外馬嘶人起。（又）

鶯嘴啄花紅溜，燕尾點波綠皺，指冷玉笙寒，吹徹小梅春透。依舊，依舊，人與綠楊俱瘦！（又）

烟濛輕舟，信流引到花深處。塵緣相誤，無計留春住。　煙水茫茫，回首斜陽暮。山無數，亂紅如雨，不記來時路。（點絳脣）

春路雨添花，花動一山春色。行到小溪深處，有黃鸝千百！　飛雲當面化龍蛇，夭矯轉空碧。醉臥古藤花下，了不知南北！（好事近夢中作）

這些詞作得是何等的幽倩而婉細！小令作風至此已臻絕詣，遂使後人無從下筆了。其好事近一闋，更奇俏清警，且能脫盡花間及晏、歐風調，尤覺可愛。

他是一個多情的詞人，他的一生，都在纏綿熱戀的環境中過着。他的詞充滿了別情離緒，充滿了

春意的撩繞而間亦透露着肉的煎逼他的河傳卽開始這樣寫着

恨眉醉眼，甚輕輕覷着，神魂迷亂。常記那回，小曲闌干西畔，鬢雲鬆，羅襪剗。 丁香笑吐嬌無限，語軟聲低，道：我何曾慣?雲雨未諳，早被東風吹散。瘦殺人，天不管！

此詞與南唐後主之寫小周后事，（菩薩蠻調）有異曲同工之妙。因為他平生「不耐聚稿，間有淫章醉句，輒散落青窗紅袖間」，所以此類的作品，流傳得很少了。他的懷人傷別的詞，更占全集很大的部份。如上面所舉滿庭芳及望海潮三詞，卽係此例。又如：

高城望斷塵如霧，不見聯驂處。夕陽村外小灣頭，只有柳花無數送歸舟。 瓊枝玉樹頻相見，只恨離人遠。欲將幽恨寄青樓，怎奈無情江水不西流！（虞美人）

西城楊柳弄春柔，動離憂，淚難收。猶記多情曾為繫歸舟。碧野朱橋當日事，人不見，水空流！ 韶華不為少年留，恨悠悠，幾時休?飛絮落花時候一登樓，便做春江都是淚，流不盡，許多愁！（江城子）

以及水龍吟「名韁利鎖，天還知道，和天也瘦。花下重門，柳邊深巷，不堪回首」等句，都屬這一類的作品。此比較講起來，秦詞以此等作品為最浮泛，誠如易安所謂「專主情致，而少故實」了。但易安的漱玉詞，則全都由此脫胎出來。（其詳見後李清照傳評中）

我們知道少游既是一個情種，自不免因落拓的宦途，羈旅的生涯，和失戀的縈繞所侵襲，而使他變爲一個傷心厭世的詞人。所以他的作品，往往於淸麗淡雅中帶出一種悽婉哀怨的情緒，最足表現他是一個多愁多怨的少年詞人。如上面滿庭芳「……傷情處，高城望斷，燈火已黃昏，」望海潮「……無奈歸心，暗隨流水到天涯，」都含蘊著極濃厚的悽婉情緒。但此尙未十分顯著，自從他屢遭貶謫以後，心緒更苦惱，故其詞境更覺悽厲，不堪寓目。如：

> 鄉夢斷，旅魂孤，崢嶸歲又除。衡陽猶有雁傳書，郴陽和雁無！（阮郎歸後闋）
>
> 霧失樓臺，月迷津渡，桃源望斷無尋處。可堪孤館閉春寒，杜鵑聲裏斜陽暮！　驛寄梅花，魚傳尺素，砌成此恨無重數。郴江幸自遶郴山，爲誰流下瀟湘去！（踏莎行郴州旅舍作）
>
> 水邊沙外，城郭春寒退。花影亂，鶯聲碎。飄零疏酒盞，離別寬衣帶。人不見，碧雲暮合空相對。　憶昔西池會，鵷鷺同飛蓋。攜手處，今誰在？日邊淸夢斷，鏡裏朱顏改。春去也，飛紅萬點愁如海！（千秋歲謫虔州日作）

以上均係遷謫郴州及過衡陽時作，故詞境極爲悽婉，不勝天涯謫戍之思。後來不久，他果然死於藤州，結束了一個淪落詞人的一生！我們讀東坡悼辭：「少游已矣！雖萬人何贖？高山流水之悲，千載而下，令人腹痛，」能無爲之潸然！㊀

第五節　豔冶派的賀鑄

㊀見詞林紀事卷六引倚聲集。

賀鑄㊀字方回，衛州（今河南汲縣）人。生於宋仁宗皇祐四年。㊁（公元一〇五二年）爲太祖孝惠后族孫。長七尺，眉聳拔，面鐵色。（葉傳宋史）喜談天下事，可否不略少假借，雖貴要權傾一時，少不中意，極口詆無遺詞，故人以爲近俠。（葉傳宋史）十七歲始離衛州，宦遊汴京。其娶宗室趙克彰之女，及授官右殿班直，當在二十四歲以前。四十前後，嘗宦遊於豫、魯及江、淮一帶。五十以後，乃始寓居杭州及蘇、常等處，自稱爲春秋時吳王子慶忌之後，故嘗謂爲越人，號慶湖遺老。其東山詞集之彙成，則在六十一歲以後。於宣和七年（公元一一二五年）二月，以疾卒於常州僧舍，享壽七十有四，死後葬於宜興縣東篠嶺。

史稱他：博學強識，嘗言「吾筆端驅使李商隱、温庭筠常奔命不暇。」老學庵筆記亦謂方回「詩文皆高，不獨長短句。」但他的詩在宋時已不多見。（見陸放翁跋秦淮海集）他的文集亦因遭亂離被「虜僧攜去」（見寇翼慶湖遺老集序）今無一篇了。他的樂府辭有五百首，（見墓誌）但今只存二百八十四闋，已亡失五分之二以上了。

以上均見近人夏承燾君所著中國十大詞人年譜賀方回年譜。

方回狀貌奇醜，當時有「賀鬼頭」之稱，但他的詞則極豔麗幽索，有神功鬼斧之巧，頗不類其外

㊀見東都事略卷一百十六文藝傳，宋史卷四百四十三文苑五。

㊁方回生年據歷代名人年譜作嘉祐八年，今據夏承燾賀方回年譜改正。

表。他所著的東山寓聲樂府，宋板從未見過，僅有粟香室本、四印齋本、彊村叢書本。所謂「寓聲」云者，係將所作詞中語擇其三四字用為題名，其實仍係舊調，宮譜韻律，全未少度。後來張輯的東澤綺語債即係仿此例作的。

他的詞最濃豔着色彩。張文潛的東山詞集序曾謂其：

樂府妙絕一世，盛麗如游金、張之堂，妖冶如攬嬙、施之袪。

比喻極為精當。例如他的：

淡妝多態，更滴滴頻迴盼睞。便認得琴心先許，欲綰合歡雙帶。記畫堂風月逢迎，輕顰淺笑嬌無奈；向睡鴨爐邊，翔鴛帳裏，羞把香羅暗解。　自過了燒燈後，都不見踏青挑菜。幾回憑雙燕丁寧，深意往來卻恨重簾礙，——約何時再？正春濃酒困，人閒晝永無聊賴；厭厭睡起，猶有花梢日在。（薄倖）

芳草青門路，還拂京塵東去。回想當年離緒，送君南浦愁幾許。尊酒流連薄暮，簾捲津樓風語。　憑闌語，草草蘅皋賦，分手驚鴻不駐。燈火虹橋，難尋弄波微步。漫凝竚，莫怨無情流水，明月扁舟何處。（下水船）

暮雨收寒，斜照弄晴，春意空闊。長亭柳蓓纔黃，倚馬何人先折？煙橫水漫，映帶幾點歸鴻，平沙銷盡龍沙雪。猶記出關時，恰而今時節。　將發，畫樓芳酒，紅淚清歌，便成輕別。回首經年，杳杳音塵都絕。欲知方寸共有幾許愁？芭蕉不展丁香結。憔悴一天涯，兩厭厭風月。（柳色黃）

於言情，寫景，敍別中，布出如許景色來，寫得如一枝臨風牡丹，豔麗照人！又如他的：

凌波不過橫塘路，但目送芳塵去。錦瑟年華誰與度？月臺花榭，綺窗朱戶，唯有春知處。　碧雲冉冉衡皋暮，綵筆空題斷腸句。試問閒愁都幾許：一川煙草，滿城風絮，梅子黃時雨！（青玉案）

松門石路秋風掃，似不許飛塵到。雙攜纖手別煙蘿，紅粉清泉相照。幾聲歌管，正須陶寫，翻作傷心調。　巖陰暝色歸雲悄，恨易失千金笑。更逢何物可忘憂，爲謝江南芳草。斷橋孤驛，冷雲黃葉，想見長安道！（御街行別東山）

並於濃麗中帶出一副幽淒的情緒，最爲賀詞勝境。如「斷橋孤驛，冷雲黃葉，想見長安道」，其詞境之高曠，音調之響凝，筆鋒之遒鍊，不獨耆卿與少游所無，卽東坡亦無此境界。此等詞，允稱東山集中最上乘之作。較最負盛名的薄倖、青玉案、柳色黃還要高一籌，只可惜全篇不能相稱罷了。吳瞿安謂：「北宋詞以縝密之思得遒鍊之致者，惟方回與少游耳」（詞學通論）　此語惟方回當之無愧，少游縝密有之，馨逸有之，遒鍊則爲秦詞所無。因爲他太柔媚了，太清秀了，絕無陽剛遒鍊的氣魄。方回所以能獨臻此境者，蓋於豔冶中能運以沈鬱頓挫之筆，故語氣不覺單弱，自無輕佻膚淺之失，這是他過乎張子野的地方。所以張文潛又說他於豔冶之外，更能「幽潔如屈、宋，悲壯如蘇、李」，的係知言，如下面幾闋，其幽安悱惻之處，確能略具騷雅之遺：

紅杏飄香，柳含烟翠拖金縷。水邊朱戶，門掩黃昏語。（點絳脣上闋）

三更月，中庭恰照梨花雪。——梨花雪，不勝淒斷，杜鵑啼血。　王孫何許音塵絕，柔桑陌上吞聲別，——吞聲別，隴頭流水，替人嗚咽！（憶秦娥）

傷心南浦波，回首青門道。記得綠羅裙，處處憐芳草。（綠羅裙下闋）

他的作品，均偏於抒情的，純粹的寫景作品極少，但寫來亦有一種恬靜的美。如：

鴉背夕陽山映斷，綠楊風掃津亭，月生河影帶疏星，青松巢白鳥，深竹逗流鶯。（雁歸後上闋）（卽臨江仙）

午醉厭厭醒自晚，鴛鴦春夢初驚，閒花深院聽啼鶯。斜陽如有意，偏傍小窗明。（鴛鴦夢上闋）（卽臨江仙）

陰晴未定，薄日烘雲影。臨水朱門花一徑，盡日鳥啼人靜。（清平樂上闋）

這眞是一種極可欣賞的恬靜雋美的小詩了。

第六節　瀟灑派的毛滂

毛滂字澤民，衢州人。嘗知武康縣，又知秀州。東坡守杭時，滂曾爲法曹。世傳其曾以惜分飛詞受知於東坡。其實滂受東坡賞識，遠在守杭以前，惜分飛一詞，亦不能爲東堂集中最高作品。淸人張宗橚論之頗詳。（見詞林紀事卷七）滂後復出汴京之門。政和中守嘉禾，有東堂詞一卷，有毛氏宋六十家詞本及朱氏彊村叢書本。

澤民的作風很瀟灑明潤，他與賀方回適得其反：賀氏濃豔，毛則以清疏見長；賀詞沈鬱，毛則以空靈自適。他有耆卿之清幽，而無其婉膩；有東坡之疏爽，而無其豪縱；有少游之明暢，而無其柔媚。他是一個俯仰自樂，不沾世態的風雅作家。在他的詞集裏，找不着狂熱的戀歌，找不着肉麻的膩語，找不着一切傷春悲秋的頽唐作品或撫時感事的牢騷語調。他因具有這樣的特異與個性，所以他的詞雖無耆卿、東坡、少游、方回的偉大，而在風格上，範圍上，確實是另外一個進展。這種作風，實爲陳與義、朱敦儒、范成大、僧祖可、蘇庠等人作品的藍本，而間接影響於南宋姜、張等一般風雅作家者，亦於此略示其辭彩的端倪。

他作武康縣令時，賓主唱和甚樂。張宗橚曾有下面一段記載：

其（指澤民）令武康，東堂驀山溪詞最著，其小序亦工。此外陽春亭、寒秀亭、松齋、花塢、定空寺、富陽水寺，一吟一詠，莫不傳唱人間。而衢州孫八太守雙石堂倡和尤多，東堂集載十又二闋。此卽蘇（東坡）尺牘中公素人來寄雙石堂記者是也。迄今讀山花子、剔銀燈、西江月諸詞，想見一時主賓試茶、勸酒、競渡、觀燈、伐柳、看山、插花、劇飲，風流跌宕，承平盛事。試取「聽訟陰中苔自綠，舞衣紅」之句，曼聲歌之，不禁低徊欲絶也！（詞林紀事卷七）

可見其當年生活的情形，茲將其東堂的唱酬，擇錄如下：

曾教風月，催促月邊烟棹發。不管花開，月白風清始肯來。　旣來且住，風月閒尋秋好處。收取淒清，暖日闌干助夢吟。（原注：耘老夢中嘗作詩。）（減字木蘭花留賈耘老）

老景蕭條，送君歸去添淒斷。贈君明月，滿前谿直到西湖畔。　門掩綠苔應遍，爲黃花頻開醉眼。橘奴無恙，蝶子相迎，寒窗日短。（原注：會中小齋名夢蝶，前植橘東偏甚廣。）（燭影搖紅送會宗）

綠暗藏城市，清香撲酒尊。淡煙疎雨冷黃昏，零落酴醾花片損春痕。　潤入笙簫膩，春餘笑語溫。更深不鎖醉鄉

門，先遺歌聲留住欲歸雲。（南歌子席上和衢州守李師文）

杏花時候，庭下雙梅瘦。天上流霞凝碧袖，起舞與君爲壽。（清平樂上闋）

以上各詞都能擺脫世態，而意度蕭閒，其最高的作品則爲：

聞道長安燈夜好，雕輪寶馬如雲。蓬萊清淺對孤稜，玉皇開碧落，銀界失黃昏。　誰見江南憔悴客，端憂懶步芳塵。小屏風畔冷香凝，酒濃春入夢，窗破月尋人。（臨江仙都城元夕）

這是在柳、蘇、秦、賀的詞集中找不出的一種瀟灑而明潤的風調。像「酒濃春入夢，窗破月尋人」的詩句，尤極明倩韻致，風度蕭閒，令人百讀不厭。又如他的生查子「烟暖柳惺忪，雪盡梅清瘦，恰似可憐時，好似花濃後」（後闋）和上林春令「濃香斗帳自永漏，任滿地月深雲厚。夜寒不近流蘇，祇憐他後庭梅瘦」（後闋）更蕭然有塵外之想。後來如白石、玉田諸人作風尤與此爲近。

東坡守錢塘時，澤民嘗作過他的刑掾。（當時所謂法曹郎今司法官）秩滿辭去，因戀戀於歌妓瓊芳，遂作了一首惜分飛：

淚溼闌干花着露，愁到眉峯碧聚。此恨憑分取，更無言語空相覷。　斷雨殘雲無意緒，寂寞朝朝暮暮。今夜山深處，斷魂分付潮回去。

此詞雖未着一句香豔語，但一往情深，隱隱含露，故有「語盡而意不盡，意盡而情不盡」（周煇語）的評

語。他的生查子

春晚出山城，落日行江岸。人不共潮來，香亦臨風散。　花謝小妝殘，鶯困清歌斷。行雨夢魂消，飛絮心情亂。

也是一首隱約不露的情歌。此等詞爲東堂集中很少見的作品。我們不是說過他是一個俯仰自樂，不沾世態的風雅作家麼？爲什麼他也在「愁眉」「相覷」「心情亂」竟動了凡心呢？這個問題，除非讓他自己來解答，別人是無從代爲辯析的。他或者正如一個修道的尼姑，本是個清淨的身子，無端的卻動了「思凡」的念頭。——幸而我們這位毛先生必竟是理智戰勝了情感，尙未演到第二幕的實行「下山」。這或者因爲他是一個法曹，頭腦總要較凡人冷靜些呵！

第二章　一般作家

——王安石——黃庭堅與黃大臨——司馬光——王觀——舒亶——章楶——王詵——趙令畤——朱服——張耒——陳師道——李之儀——晁補之——晁冲之——張舜民——王安禮安國與王雱——劉弇——葛勝仲——秦觀與秦湛——謝逸——蘇過——米芾——魏夫人——李清臣——僧仲殊等——幾首無名作家詞——略去的作家——

王安石㊀（公元一〇二一——一〇八六）

安石字介甫，號半山，臨川人。生於宋眞宗天禧五年，（公元一〇二一）博覽強記，賦性崛強。神宗時爲相，封荊國公，改革時政，試行新法，當時物議沸騰，一般反對新法名臣，均被革斥。卒於哲宗元祐元年（公元一〇六八年）四月，享壽六十六歲，謚曰文，崇寧間，追封舒王。有臨川集一百卷，有四部叢刊本。詞集名臨川先生歌曲，凡一卷，又補遺一卷，有彊村叢書本。

介甫爲北宋最有魄力和深謀遠慮的大政治家。他受知於神宗，而不能見諒於當日一般守舊的名臣和碩彥，以致孤立無助；而新法又因其引用非人，亦遭失敗，釀成北宋黨爭之局，他遂爲後來一般

㊀見東都事略卷七十九，宋史卷三百二十七。

腐儒們罵得「體無完膚」了。他的文章亦峭折橫恣，而爲古文中一大家數。詩詞亦作得淸俊異樣。他的詞以桂枝香爲最有名，係金陵懷古之作，頗蕭練而有氣魄。詞云：

> 登臨送目，正故國晚秋，天氣初肅。千里澄江似練，翠峯如簇。征帆去棹斜陽裏，背西風酒旗斜矗。綵舟雲淡，星河鷺起，畫圖難足。　念自昔豪華競逐，歎門外樓頭，悲恨相續。千古憑高對此，謾嗟榮辱。六朝舊事如流水，但寒烟衰草凝綠。至今商女，時時猶唱，後庭遺曲。

假使現在我們在南京城內，走上一個最高的地方，放目一觀，則見眼前景物，仍宛如當年，足見其寫景之眞切，無怪東坡要驚嘆爲「野狐精」㊀了。他的菩薩蠻雖係集句之作，然頗韻致，無隙可尋。

> 數間茅屋閒臨水，窄衫短帽垂楊裏。花是去年紅，吹開一夜風。　娟娟新月偃，午醉醒來晚。何物最關情，黃鸝三兩聲。（菩薩蠻）

黃庭堅與黃大臨

庭堅㊁字魯直，又號山谷道人，分寧人。生於宋仁宗慶曆五年。（公元一〇四五年）舉進士。紹聖初，知鄂州，爲章惇等所惡，貶宜州。詩爲宋代大家，與蘇軾並稱「蘇黃」。又善行草書，亦有名於世。卒於徽宗

㊀詞林紀事卷四引古今詩話：「金陵懷古，諸公寄調桂枝香者三十餘家，獨介甫爲絕唱。東坡見之歎曰：此老乃野狐精也！」

㊁見東都事略卷一百十六文藝傳，宋史卷四百四十四文苑六。

崇寧四年（公元一一〇五年）九月，於宜州任所。享年六十一歲。有山谷詞一卷，有毛氏宋六十家詞本。又山谷琴趣外篇三卷，有涉園景宋金元明本詞續刊本。

大臨字元明，山谷之兄。紹聖中萍鄉令。

山谷是一個天資極高的人，他一生處處都模仿東坡，所以人們提起了「蘇東坡，」就要聯想到「黃山谷。」他一生最足以自豪的表現，則為他的詩詞與行草書。他的詩竟開了一派的作風，——所謂江西詩派。因為他在當時名望很高，所以連他的詞也與少游並稱為「秦七黃九。」其實山谷詞遠不如耆卿、少游的專精，他有時寫來也極新警峭健，成為最高的作品，但多半都是信手寫來的短歌俚曲，或變相的詩。所以晁補之說他「不是當行家語，是著腔子詩。」——這或者由於他的聰明過高，寫時不免太近於兒戲了罷？

他的詞特異處，在極有嘗試的精神，他敢用極俚俗的句子寫出，更過於柳耆卿。例如他的江城子：

新來曾被眼奚搐，不甘伏，怎拘束？似夢還眞煩亂損心曲。見面暫時還又見，看不足，惜不足。　不成歡笑不成哭，戲人目，遠山蹙。有分看伊，無分共伊宿。一貫一文蹺十貫，千不足，萬不足。

都是毫無拘檢的寫出來，所以往往失之渾褻浮濫，且雜以當時土語，多費解之處，所以陳師道就說他「時出俚淺，可稱傖父，」法秀道人說他「筆墨勸淫，應墮犂舌地獄。」又如他的念奴嬌「共倒金尊家萬里，難得尊前相屬。老子平生，江南江北，愛聽臨風曲」一只具東坡的外形，卻無東坡的秀韻。往往流於粗率，不免少帶傖氣了。總之在他的詞集裏品類極雜，他有時作豪壯語，有時作解脫語，有時又作極淫褻的豔情語，而尤以淫豔之作爲最多。這都是他的太兒戲的態度，太不經意的作品。但有時亦有極秀美而晶潔的篇什，如，

鴛鴦翡翠小小思珍偶。眉黛斂秋波，儘湖南山明水秀。娉娉嫋嫋，恰近十三餘，春未透，花枝瘦，正是愁時候。　尋芳載酒，肯落他人後？只恐歸來晚，綠成陰，青梅如豆。心期得處每自不由人，長亭柳，君知否？千里猶回首。（驀山溪贈衡陽妓陳湘）

斷送一生唯有，破除萬事無過，遠山微影蘸橫波，不飲旁人笑我。　花病等閒瘦惡，春來沒個遮闌，行杯到手莫留殘，不道月明人散？（西江月戒酒後席上作）

春歸何處？寂寞無行路。若有人知春去處，喚取歸來同住。　春無蹤跡誰知？除非問取黃鸝；百囀無人能解，因風飛過薔薇。（清平樂）

一弄醒心弦，情在南山斜疊。彈到古人愁處，有真珠承睫。　使君來去本無心，休淚界紅頰。自恨老來怕酒，負十分金葉。（好事近）

此等作品，頗明淨峭健，爲山谷獨具的風格。尤以清平樂爲最新警，通體無一句不俏麗，而結句「百囀無人能解，因風飛過薔薇」不獨妙語如環，而意境尤覺清逸，不着色相。爲山谷詞中最上上之作，即在

兩宋一切作家中亦找不着此等雋美的作品。世人只知賞其驀山溪一詞，尤非深知山谷者。且如「恰近十三餘，春未透，花枝瘦，正是愁時候，」亦形容得太尖刻而着色相，若用在十六七歲的少女身上，尙覺貼適，以「十三餘」的童稚，有何春情的洩透，如此窮相的描寫，實在有失作家眞誠的態度。不獨有傷輕薄，亦且令人肉麻，無怪法秀道人要加以告誡了。與其讀他的此種淫豔作品，遠不如讀他的：

瑤草一何碧！春入武陵溪。溪上桃花無數，枝上有黃鸝。我欲穿花尋路，直入白雲深處，浩氣展虹霓。祇恐花深裏，紅霧溼人衣。　坐玉石，倚玉枕，拂金徽。謫仙何處？無人伴我白螺杯。我爲靈芝仙草，不爲朱脣丹臉，長嘯亦何爲？醉舞下山去，明月逐人歸。（水調歌頭）

一種幽曠豪逸，超脫塵寰的胸襟，直淩紙背，爲確有境界之作，非泛泛寫幾句紀遊遣興的字句所可比擬。卽以長才的東坡，亦不易有此等作品。在詩中惟有昌黎的山石，與東坡的臘日遊孤山訪惠勤惠思二僧，和此詞風趣，尙稱隣類。茲將韓蘇二家之作，節錄數句如下，以爲互證的資料：

山石犖确行徑微，黃昏到寺蝙蝠飛。升堂坐階新雨足，芭蕉葉大梔子肥。……夜深靜臥百蟲絕，新月出嶺光入扉。天明獨去無道路，時見松櫪皆十圍。當流赤足踏澗石，水聲激激風生衣。……嗟哉吾黨二三子，安得至老不更歸。……（韓愈山石）

天欲雪，雲滿湖，樓臺明滅山有無。水清石出魚可數，林深無人鳥相呼。……出山廻望雲木合，但見野鶻盤浮圖。……（蘇軾臘日遊孤山訪惠勤惠思二僧）

他用土語及白說來寫詞，亦有一部份成功的作品如：

銀燭生花如紅豆，占好事如今有。人醉曲屏深，借寶瑟輕招手。一陣白蘋風，故滅燭教相就。花帶雨，冰肌香透。恨啼烏轆轆聲曉，柳岸微涼吹殘酒。斷腸人依舊，鏡中銷瘦。恐那人知後，鎮把你來僝僽。（憶帝京）

江水西頭隔烟樹，望不見江東路。思量只有夢來去，更不怕江攔住。燈前寫了書無數，算沒個人傳與。直饒尋得雁分付，又還是秋將暮。（望江東）

對景惹起愁悶，染相思病成方寸。是阿誰先有意，阿誰薄倖？斗頓恁少喜多嗔！合下休傳音問，你有我，我無你分。似合歡桃核，眞堪人恨。心兒裏有兩個人人。（少年心）

寫得質樸而又能婉曲，且毫無堆滯因襲之病。此等作品，豈能概以「俚淺」而遽加擯棄？

他的哥哥元明，詞雖不多見，然亦很風灑清麗。玆錄其弟昆在宜州贈別時唱和之作如下：

千峯百嶂宜州路，天黯淡，知人去。曉別吾家「黃叔度」，弟兄華髮，舊山修水，異日同歸處。尊罍飲散長亭暮，別語丁寧不成句。已斷離腸知幾許。水村山館，酒醒無寐，滴盡空階雨。（青玉案元明作）

烟中一線來時路，極目送歸鴻去。一曲陽關雲外度。山胡聲轉，子規言語，正是愁人處。別恨朝朝連暮暮，憶我當筵醉時句。渡水穿雲心已許，晚年光景，小窗南浦，共捲西山雨。（青玉案山谷和詞）

司馬光 公元一〇一九——一〇八六

光字君實，陝州夏縣涑水鄉人，生於宋眞宗天禧三年（公元一〇一九年）十一月。仁宗寶元初進士，歷仕仁宗、英宗，至神宗時，以議王安石新法之害，出守洛。高太后臨朝，光入爲相，盡改新法。在相位八月而卒。時爲哲宗元祐元年（公元一〇八六年）九月朔，享壽六十八歲，贈太師溫國公，謚文正，著資治通鑑，詳於治亂興亡之迹，爲中國編年史之最善者，世稱涑水先生。

他是一個誠篤穩鍊的大政治家，同時又是一個身體力行的純正的大儒。他是當年舊黨唯一的領袖。他因目睹王安石一派的新黨之擾民亂政，而主張一切安於故常。當他引退十年時，天下日冀其復用，所以蘇子瞻曾有「先生獨何事，四海望陶冶。兒童誦君實，走卒知司馬」的紀實詩句，足以見其德望之重，與民衆信仰之深。以他這樣一個修養純篤的長者，居然作了一首很輕倩的小詞，——西江月——這似乎令人有點懷疑：他怎樣會有這樣的作品呢？所以後來崇拜他的人，竟指爲係別人的謠作❶——簡直認爲是一種汚辱！今將原詞錄後：

寶髻悤悤梳就，鉛華淡淡妝成。青烟紫霧罩輕盈，飛絮遊絲無定。　相見怎如不見，有情還似無情。笙歌散後酒初醒，深院月明人靜。

王　觀

❶詞林紀事卷四引姜明叔語曰：此詞絕非溫公作；宣和間恥溫公獨爲君子，作此詞誣之耳！

觀字通叟，高郵人。（一作如皋人）嘉祐二年進士，累遷大理丞，知江都縣。嘗著揚州賦、芍藥譜，有冠柳集一卷，見趙萬里校輯宋金元人詞，共詞十五首，附錄二首。

相傳通叟應制作清平樂詞，高太后以爲媟瀆神宗，翌日罷職，後世遂稱之爲「王逐客」。㊀他的詞作得很工細輕柔，不失詞人本色，他完全是一個「當行家」。如他的雨中花令：

百尺清泉聲陸續，映瀟灑碧梧翠竹，面千步回廊重重簾幕，小枕欹寒玉。試展鮫綃看畫軸，見一片瀟湘凝綠。待玉漏穿花，銀河垂地，月上闌干曲。

溫叟詩話說他：「不用浮瓜沈李等事，而天然有塵外涼思。」又如他的：

調雨爲酥，催冰做水，東君分付春還。何人便將輕煖點破殘寒。結伴踏青去好，平頭鞋子小雙鸞，烟郊外，望中秀色，如有無閒。　晴則個，陰則個，餖飣得天氣有許多般。須教撩花撥柳，爭要先看。不道吳綾繡襪，香泥斜沁幾行斑。東風巧，盡收翠綠，吹上眉山。（慶清朝慢踏青）

則更工細嫵媚了。即使耆卿爲此，亦不能作得如此自然妥貼，宜乎詞名冠柳了。

舒亶㊁

㊀見能改齋漫錄。

㊁見東都事略卷九十八，宋史卷三百二十九。

亶字信道，明州慈谿人，英宗治平二年進士，神宗朝爲御史中丞。徽宗朝累除龍圖閣待制。有舒學士詞一卷，見趙氏校輯宋金元人詞，凡四十八首，附錄一首。亶詞仍具花間神韻，如其菩薩蠻云：

畫船搥鼓催君去，高樓把酒留君住。去住若爲情，江頭潮欲平。　江潮容易得，卻是人南北。今日此樽空，知君何日同。

江梅未放枝頭結，江樓已見山頭雪。待得此花開，知君來未來？　風帆雙畫鷁，小雨隨行色。空得鬱金裙，酒痕和淚痕。

章楶[一]

楶字質夫，浦城人。英宗治平四年進士，哲宗朝歷集賢殿修撰，知渭州。徽宗立，拜同知樞密院事。卒謚莊簡。他的水龍吟爲吟柳花絕唱，最爲東坡所稱賞。詞云：

燕忙鶯懶芳殘，正堤上柳花飄墜。輕飛亂舞，點畫青林，全無才思。閒趁遊絲，靜臨深院，日長門閉。傍珠簾散漫，垂垂欲下，依前被風扶起。　蘭帳玉人睡覺，怪春衣雪沾瓊綴。繡牀漸滿，香毬無數，才圓卻碎。時見蜂兒仰黏輕粉，魚吞池水。望章臺路杳，金鞍遊蕩，有盈盈淚。

詞中如「傍珠簾散漫，垂垂欲下，依然被風扶起。……繡牀漸滿，香毬無數，才圓卻碎。時見蜂兒仰黏輕

[一]見東都事略卷九十七，宋史卷三百二十八。

粉，魚吞池水。」刻畫柳絮，可謂工細委婉之至。

王詵㊀

詵字晉卿，太原人。後徙開封。尙英宗女魏國大長公主，爲駙馬都尉。卒謚榮安。能書畫屬文，又工於棋，與蘇軾等爲友，因坐黨籍被謫。相傳晉卿有歌姬名囀春鶯，後因外謫，姬爲密縣人得去。晉卿南還，至汝陰道中，聞歌聲，知係故戀，訪之果然。因作詩云：「佳人已屬沙吒利，義士曾無古押衙，」有爲足成者云：「囘首音塵兩沈絕，春鶯休囀上林花！」後來囀春鶯復歸舊主。㊁

他的詞近人趙萬里始爲彙成一卷，刊於校輯宋金元人詞中，共十二首，附錄二首。有人月圓、燭影搖紅、（卽憶故人）花發沁園春諸調。茲錄其憶故人於后：

燭影搖紅，向夜闌乍酒醒心情懶。尊前誰爲唱陽關，離恨天涯遠。　無奈雲沈雨散，憑闌干，東風淚眼。海棠開後，燕子來時，黃昏庭院。

黃山谷說他「淸麗幽遠，工在江南諸賢季孟之間，」信然。此詞本名憶故人。徽宗喜其詞意，猶以不豐

㊀附見宋史卷二百五十五王全斌傳中。

㊁見西淸詩話。

容宛轉爲憾，遂命大晟府別撰腔，周美成增益其詞，而以首句爲名，謂之燭影搖紅云。❶

趙令時

令時字德麟，太祖次子燕王德昭玄孫。哲宗元祐中簽書潁州公事，坐與蘇軾交通，罰金入黨籍。紹興初襲封安定郡王。有侯鯖錄。其詞名聊復集，有趙氏校輯宋金元人詞本，共三十六首。

德麟與秦觀、王詵、張耒、晁補之、李之儀、朱服等，均以接近蘇軾，致遭新黨排斥，而被革退或遠謫。他們的詞，時有晶瑩傑出的篇什，正如一羣悽豔的小花，閃閃的光耀在幽默的晨曦裏，除少游更瑩煌外，其次如晁補之、李之儀二人，造詣尤較儕輩爲高。德麟詞以婉柔勝，其烏夜啼一闋，則悽婉極近少游。其詞云：

樓上縈簾弱絮，牆頭礙月低花。年年春事關心事，腸斷欲棲鴉。　舞鏡鸞衾翠減，啼珠鳳蠟紅斜，重門不鎖相思夢，隨意繞天涯。

朱服❷

❶見能改齋漫錄。

❷見宋史卷三百四十七。

服字行中，烏程人。熙寧六年進士，哲宗朝歷中書舍人，禮部侍郎。徽宗朝加集賢殿修撰，知廣州，黜袁州，再貶蘄州。當他坐蘇黨，貶海州，到東陽郡時曾作了一首漁家傲，頗寓悽蒼遣謫之情：

小雨纖纖風細細，萬家楊柳青烟裏。戀樹溼花飛不起。愁無際，和春付與東流水。　九十光陰能有幾，金龜解盡留無計。寄語東陽沽酒市，拚一醉，而今樂事他年淚。（漁家傲東陽郡齋作）

詞風極似永叔蝶戀花詠春暮諸作。

張耒❶ 公元一〇五二——一一一二

耒字文潛，楚州淮陰人，生於宋仁宗皇祐四年。（公元一〇五二年）第進士。元祐初仕至起居舍人，紹聖中謫監黃州酒稅。徽宗召爲太常少卿，坐元祐黨，復貶房州別駕，黃州安置。有柯山集五十卷，其詞集有趙氏校輯宋金元人詞本名柯山詩餘，僅六首。宛丘集十三卷。卒於徽宗政和二年，（公元一一一二年）享壽六十一歲。

文潛詞流傳甚少，作風與柳秦爲近，茲錄二闋於後：

亭皐木葉下，重陽近，又是擣衣秋。奈愁入庾腸，老侵潘鬢，謾簪黃菊，花也應羞。楚天晚，白蘋烟近處，紅蓼水邊頭。芳草有情，夕陽無語，雁橫南浦，人倚西樓。（風流子上闋）

❶見東都事略卷一百十六文藝傳，宋史卷四百四十四文苑六。

簾幙疎疎風透，一線香飄金獸。朱闌倚遍黃昏後，廊上月如晝。　別離滋味濃於酒，著人瘦。此情不及東牆柳，春色年年依舊。（秋蕊香）

陳師道㊀ 公元一〇五三——一一〇一

師道字無己，一字履常，彭城人，號后山居士。生於宋仁宗皇祐五年（公元一〇五三年）八月。元祐中，以蘇軾等薦授徐州教授，紹聖初歷祕書省正字。卒於徽宗建中靖國元年，（公元一一〇一年）享壽四十九歲。有后山詞一卷，係毛氏宋六十家詞本。

相傳無己平時出行，覺有詩思，便急歸擁被臥，苦思呻吟如病者，或累日而後起，故當時有「閉門覓句」之稱。㊁他的詞很纖細平易而少氣魄。集中如蝶戀花「路轉河回寒日暮，連峯不計重回顧」南鄉子「花樣腰身宮樣立，婷婷，困倚闌干一欠伸」等句，尚屬得意之作，但最足代表他的詞風的，則為他的清平樂：

秋光燭地，簾幕生秋意。露葉翻風驚鵲墜，暗落青林紅子。　微行聲斷長廊，薰爐衾換生香。滅燭卻延明月，攬衣先怯微涼。

㊀見東都事略卷一百十六文藝傳，宋史卷四百四十四文苑六。

㊁見詞林紀事卷六引葉石林語及朱文公語錄：「黃山谷詩云：閉門覓句陳無己，對客揮毫秦少游。」

李之儀[一]

之儀字端叔，滄州無棣人。神宗元豐中進士，元祐初，爲樞密院編修官，從蘇軾入定州幕府。元符中監內香藥庫。徽宗朝提舉河東常平。後入黨籍。有姑溪詞，有毛氏宋六十家詞本，凡八十八闋。

他的詞很雋美俏麗，另具一個獨特的風調。如憶秦娥：「淸溪咽，霜風洗出山頭月；迎得雲歸，還送雲別，」亦爲別家所無之境。他的卜算子：

我住長江頭，君住長江尾。日日思君不見君，共飮長江水。　此水幾時休，此恨何時已。只願君心似我心，定不負相思意。

寫得極質樸晶美，宛如子夜歌與古詩十九首的眞摯可愛。又如他的：

避暑佳人不著妝，水晶冠子薄羅裳，摩綿撲粉飛瓊屑，濾蜜調冰結絳霜。　隨定我，小蘭堂，金盆盛水遶牙牀。時時浸手心頭熨，受盡無人知處涼。（鷓鴣天）

柔腸寸折，解袂留淸血。藍橋動是經年別。掩門春絮亂，敧枕秋蛩咽，檀篆滅，鴛衾半擁空牀月。（千秋歲上闋）

亦時有警策動人之語。

[一]見東都事略卷一百十六文藝傳。

晁補之❶（公元一〇五三——一一一〇）

補之字无咎，鉅野人。生於宋仁宗皇祐五年（公元一〇五三年）年十九，從父端友宰杭州之新城，著錢塘七述，受知蘇軾。舉進士。元祐中爲著作郎，紹聖末，謫監信州酒稅，起知泗州。入黨籍。卒於徽宗大觀四年（公元一一一〇年）八月，享壽六十八歲。有雞肋集。詞集名琴趣外篇，凡六卷，有毛氏宋六十家詞本，有吳氏雙照樓景宋元明本詞本。

无咎爲蘇門四學士之一，他的詞多追模東坡，不喜作豔語。如他的：

買陂塘旋栽楊柳，依稀淮岸湘浦。東皋雨足輕痕漲沙觜鷺來鷗聚。堪愛處，最好是一川夜月光流渚，無人自舞。任翠幕張天，柔茵藉地，酒盡未能去。　青綾被休憶金閨故步，儒冠曾把身誤。弓刀千騎成何事，荒了邵平瓜圃。君試覷滿青鏡星星鬢影今如許。功名浪語便做得班超，封侯萬里，歸計恐遲暮。（摸魚兒東皋寓居）

黯黯青山紅日暮，浩浩大江東注。餘霞散綺回向烟波路。使人愁，長安遠在何處？幾點漁燈，小迷近塢，一片客帆，低傍前浦。　暗想平生，自悔儒冠誤。覺阮途窮，歸心阻；斷魂縈目，一千里傷平楚。怪竹枝歌，聲聲怨，爲誰苦！猿鳥一時啼，驚島嶼，燭暗不成眠，聽津鼓。（迷神引貶玉溪對江山作）

❶見東都事略卷一百十六文藝傳，宋史卷四百四十四文苑六。

都於豪爽中寓沈鬱之意，不獨規模東坡，更爲南渡後于湖、稼軒等作先驅了。又如：

謫宦江城無屋買，殘僧野寺相依。松間藥臼竹間衣。水窮行到處，雲起坐看時。　一個幽禽緣底事，苦來耳邊啼？月斜西院愈聲悲。青山無限好，猶道不如歸。（臨江仙信州作）

綠暗汀洲三月暮，落花風靜帆收。垂楊低映木蘭舟。半篙春水滑，一段夕陽愁。　灞水橋東回首處，美人新上簾鉤。青鸞無計入紅樓。行雲歸楚峽，飛夢到揚州。（又）

則又清幽瀟灑，宛似東坡重九南鄉子與臨江仙、「倚杖聽江聲」諸作。總之，他是已據有坡仙之壘，而爲當年傑出的作家。所以四庫全書總目提要也稱「其詞神姿高秀，與軾實可肩隨。」

晁沖之

沖之字用叔，一字川道，爲補之之弟。其詞極聰俊明媚，與伊兄豪健之作相反。如「相思休問定何如，情知春去後，管得落花無」以及「昨宵風雨，尚有一分春在，今朝猶自得陰晴快」等句，即與小山、淮海並列，亦何多讓？

憶昔西池池上飲，年年多少歡娛。別來不寄一行書。尋常相見了，猶道不如初。　安穩錦屏今夜夢，月明好渡江湖。相思休問定何如。情知春去後，管得落花無！（臨江仙）

寒食不多時，牡丹初賣，小院重簾燕飛礙。昨宵風雨，尚有一分春在，今朝猶自得陰晴快。　熟睡起來，宿醒微帶，

不惜羅襟揾眉黛。日長梳洗，看看花影移改，笑拈雙杏子，連枝戴。（感皇恩）

近人趙萬里始將其詞彙輯爲一卷，名晁用叔詞，刊於校輯宋金元人詞中，共十六首。

張舜民㈠

舜民字芸叟，邠州人。第進士。元祐初，除監御史。徽宗朝爲吏部侍郎，知同州，坐元祐黨貶商州卒。高宗朝追贈寶文閣直學士。自號浮休居士，又號矴齋。娶陳師道之姊，有書墁詞一卷，有朱氏彊村叢書本。芸叟生平嗜畫，評題精確，晚年頗好樂府，有百餘篇，㈡尤以賣花聲（詠岳陽樓）爲最傑出

木葉下君山，空水漫漫，十分斟酒斂芳顏。不是渭城西去客，休唱陽關。醉袖撫危欄，天淡雲閑，何人此路得生還？回首夕陽紅盡處，應是長安。

末語蓋從白香山題岳陽樓詩「春岸綠時連夢澤，夕波紅處是長安」一句中變換出來，然較原詩更覺韻致矣。

王安國安禮與王雱㈢

㈠東都事略卷九十四，宋史卷三百四十七。
㈡見郡齋讀書志。
㈢見東都事略卷七十九，宋史三百二十七。

安國字平甫，安石弟。舉進士，熙寧初，除西京國子教授，祕閣校理。嘗勸介甫勿一意孤行，以招海內之嫉。一日與章惇等閒談，道及晏元獻嘗爲豔詞，介甫謂：爲政當先放鄭聲。章惇亦曰：爲國宰輔，亦宜作小詞麼？平甫抗聲道：「放鄭聲，猶不若遠佞人也」！惇以爲譏己。所著有王校理集。茲錄其減字木蘭花於后：

畫橋流水，雨溼落紅飛不起。月破黃昏，簾裏餘香馬上聞。徘徊不語，今夜夢魂何處去？不似垂楊，猶解飛花入洞房。

安禮字和甫，亦安石弟，累官尚書左丞。其點絳脣云：

秋氣微涼，夢迴明月穿羅幕。井梧蕭索，正遶南枝鵲。寶瑟塵生，金雁空零落。情無託，鬢雲慵掠，不似君恩薄。

雱字元澤，爲安石子，舉進士。累官天章閣待制兼侍講。遷龍圖閣直學士。早卒。贈左諫議大夫。錄其倦尋芳後半闋：

倦遊燕，風光滿目，好景良辰，誰共攜手？恨被榆錢，買斷兩眉長皺。憶得高陽人散後，落花流水仍依舊。這情懷，對東風，盡成消瘦。

他們叔姪詞雖不多見，然較介甫蘊藉婉媚多矣；足見當年臨川王氏家學一斑。

劉弇

彛字偉明，江西安福人，神宗元豐二年進士。歷官知峨嵋縣，改太學博士。元符中有事南郊，進大禮賦，除祕書省正字。徽宗立，改著作郎實錄院檢討。有龍雲集。詞有彊村叢書本龍雲先生樂府一卷。據復齋漫錄載：偉明喪愛妾，不能忘情，乃作清平樂詞，頗淒婉有致：

東風依舊，著意隋堤柳。搓得鵞兒黃欲就，天氣清明時候。　去年紫陌青門，今朝雨魄雲魂。斷送一生憔悴，能消幾個黃昏。

葛勝仲㊀

勝仲字魯卿，丹陽人。紹聖四年進士，累遷國子司業，終文華閣待制，知湖州。卒謚文康。有丹陽詞一卷，有宋六十家詞本。

魯卿詞風處處追模二晏，但才力不高，僅得其平穩而已。丹陽集中以點絳脣、蓦山溪二詞爲最傑出。茲選錄如下：

秋晚寒齋，藜牀香篆橫輕霧。閒愁幾許，夢逐芭蕉雨。　雲外哀鴻，似替幽人語。歸不去，亂山無數，斜日荒城鼓。

（點絳脣縣齋愁坐作）

春風郊外，卯色天如水。魚戲舞綃紋，似出聽清聲北里。追風駿足，千騎卷高門，一箭過，萬人呼，雁落寒空裏。（蓦

㊀見宋史卷四百四十五文苑七，南宋書卷十九。

山溪上闋天穿節和朱刑掾）

秦覯與秦湛

覯字少章，少游弟，元祐六年進士，調臨安簿。湛字處度，少游子。他們的詞在當時無專集，頗能繼芳其兄父家風，儼然成了一個嫡傳的秦派詞學。少章的黃金縷一闋尤悽豔婉細，傳誦人口。詞云：

妾本錢塘江上住，花落花開，不管流年度。燕子銜將春色去，紗窗幾陣黃梅雨。　斜插犀梳雲半吐，檀板輕敲，唱徹黃金縷。夢裏綵雲無覓處，夜涼明月生南浦。

據春渚紀聞所載，此詞本司馬仲才詠錢塘蘇小小事，（據云係在夢中聞小小歌此）而少章又爲續成之云。處度的卜算子，雖從山谷「春未透，花枝瘦，正是愁時候」句中融變出來的，但其神髓，仍係秦家氣脈。茲錄其詞如下：

春透小波明，寒峭花枝瘦，極目烟中百尺樓，人在樓中否？　四和裊金凫，雙陸思纖手，擬倩東風浣此情，情更濃於酒！

謝逸

逸字無逸，臨川人，屢舉不第，以詩文自娛。有溪堂詞，有宋六十家詞本。他的詞遠規花間，逼近溫、韋。

渾化無痕。與陳克並爲花間派唯一的傳統人物。在同時和後來的此派詞人，都不足望其項背。他既具花間之濃豔，復得晏、歐之婉柔；他的最高作品，即列在當時第一流的作家中亦毫無遜色。例如他的：

臨風遲日春光鬧，葡萄水綠搖輕棹。兩岸草烟低，靑山啼子規。　歸來愁未寢，黛淺眉痕沁。花影轉廊腰，紅添酒面潮。（菩薩蠻）

烟雨幕橫塘，紺色涵淸淺。誰把并州快翦刀，翦取吳江半？　隱几岸烏巾，細葛含風軟。不見柴桑避俗翁，心共孤雲遠。（卜算子）

豆蔻梢頭春色淺，新試紗衣，拂袖東風軟。紅日三竿簾幙捲，畫樓影裏雙飛燕。　攏鬢步搖靑玉碾，缺樣花枝，葉葉蜨兒顫。獨倚闌干凝望遠，一川烟草平如翦。（蝶戀花）

是何等的輕倩！何等的飄逸！又如他的：

楝花飄砌，蔌蔌淸香細。梅雨過，蘋風起。情隨湘水遠，夢繞吳峯翠。琴書倦，鷓鴣喚起南窗睡。　密意無人寄，幽恨憑誰洗？修竹畔，疎簾裏。歌餘塵拂扇，舞罷風掀袂。人散後，一鉤新月天如水。（千秋歲）

杏花村館酒旗風，水溶溶，野渡舟橫，楊柳綠陰濃。望斷江南山色遠，人不見，草連空。　夕陽樓下晚烟籠，粉香融，淡眉峯，記得年時相見畫屛中。只有關山今夜月，千里外，素光同。（江城子題黃州杏花村館驛壁）

其婉約處不亞少游矣。詞中如「鷓鴣喚起南窗睡」、「人散後，一鉤新月天如水」以及「只有關山今夜月，千里外，素光同」一等句，淸新韶藉，婉秀多姿，即置在小山、淮海集中，亦爲上乘之選。其江城子一詞，據復齋漫錄載，係題於黃州杏花村館驛壁者，過客抄謄，向驛卒索筆，卒頗以爲苦，因以汚泥塗之，足見當年愛賞者之多了。

蘇過

過字叔黨，軾季子。仕爲權通判中山府。家潁昌，營湖陰水竹數畝，名曰「小斜川」，自號斜川居士，有斜川集。叔黨翰墨文章，能傳其家學，故當時有「小坡」之稱。他的點絳脣作得很秀媚有致。

高柳蟬嘶。采菱歌斷秋風起。晚雲如髻，湖上山橫翠。　簾捲西樓，過雨涼生袂。天如水，畫闌十二，少個人同倚。

米芾 ㊀ 公元一〇五一——一一〇七

芾字元章，襄陽人，因嘗居蘇，宋史遂訛爲吳人。生於宋仁宗皇祐三年。（公元一〇五一年）以母侍宣仁后藩邸恩，補校書郎，太常博士，出知無爲軍。踰年召爲書畫博士，擢禮部員外郎，後知淮陽軍。卒於徽宗大觀元年，（公元一一〇七年）享壽五十七歲。㊁ 有寶晉英光集。詞集有彊村叢書本寶晉長短句一卷。

元章爲中國大書畫家之一。他的畫多用淺墨寫雨中山景，別成一派。字則與蘇軾黃庭堅蔡襄並

㊀見東都事略卷一百十六文藝傳，宋史卷四百四十四文苑六。

㊁根據翁方綱米海嶽年譜。

稱北宋四大家。他的詞不多，以滿庭芳詠茶爲最圓細。

稚燕飛觴，清談揮麈，使君高會羣賢。密雲雙鳳，初破縷金團。窗外爐烟自動，開缾試一品香泉。輕濤起，香生玉塵，雪濺紫甌圓。（滿庭芳上闋與周熟仁試贈茶甘露寺）

魏夫人

夫人襄陽人，道輔之姊，丞相曾布之妻，封魯國夫人。詞林紀事（卷十九）引雅編云：「魏夫人有江城子、捲珠簾諸曲，膾炙人口。其尤雅者，則爲菩薩蠻……深得國風卷耳之遺」。但她的詞見於詞綜者僅菩薩蠻、好事近、點絳脣三闋，其捲珠簾、江城子諸曲，則從未見過。她的天才，已由此僅存的三闋，略一窺見。她深得力於花間集，其婉柔蘊藉處，極近少游。朱晦庵謂：「本朝婦人能文者，惟魏夫人及李易安二人而已」。她雖不能與易安並論，但在女作家中，確爲超羣出衆之才。茲將三詞錄後：

溪山掩映斜陽裏，樓臺影動鴛鴦起。隔岸兩三家，出牆紅杏花。　綠楊堤下路，早晚溪邊去。三見柳綿飛，離人猶未歸。（菩薩蠻）

雨後曉寒輕，花外曉鶯啼歇。愁聽隔溪殘漏，正一聲淒咽。　不堪西望去程賒，離腸萬回結。不似海棠花下，按涼州時節。（好事近）

波上清風，畫船明月人歸後。漸消殘酒，獨自凭欄久。　聚散匆匆，此恨年年有。重回首，淡烟疏柳，隱隱蕪城漏。

詞中名句如：「隔岸兩三家，出牆紅杏花，」「愁聽隔溪殘漏，正一聲淒咽，」「淡烟疏柳，隱隱蕪城漏，」（點絳脣）即與並時諸賢相較，亦爲出色當行之作。

李清臣

清臣字邦直，魏人。舉進士。歷官翰林學士，尚書左丞。徽宗初立，入爲門下侍郎，出知大名府。其謁金門一詞，亦甚婉媚：

楊花落，燕子橫穿朱閣。苦恨春醪如水薄，閑愁無處着。綠野帶紅山落角，桃杏參差殘萼。歷歷危檣沙外泊，東風晚來惡。

在此期內，有幾個方外的作家，詞亦精工，且有專集行世。玆分述如後：

僧仲殊

仲殊字師利，俗姓張氏，名揮，安州進士。因事出家，住蘇州承天寺、杭州吳山寶月寺。有寶月集。能文，善歌詞，皆操筆立就。蘇軾曾與之遊。（見東坡志林）黃花庵稱其訴衷情一調，（詞林紀事共錄五首）「篇篇奇麗，字字清婉，高處不減唐人風致。」然尚不及其柳梢青南柯子二詞更爲清逸也。

岸草平沙，吳王故苑，柳裊烟斜。雨後寒輕，風前香軟，春在梨花。　行人一棹天涯，酒醒處殘陽亂鴉。門外秋千，牆頭紅粉，深院誰家？（柳梢青）

十里青山遠，潮平路帶沙。數聲啼鳥怨年華。又是淒涼時候在天涯。　白露收殘月，淸風散曉霞。綠楊堤畔鬧荷花。記得年時沽酒那人家。（南柯子）

在他的詞裏只感到一種出家人的清逸和婉情緒，東坡所謂「此僧胸中無一毫髮事者，」可以看出他的爲人。他的詞集，有趙氏校輯宋金元人詞本名寶月集一卷，共三十首，附錄四首。

僧祖可

祖可字正平，丹陽人，蘇伯固之子，養直之弟。住廬山，被惡疾，人號「癩可。」有東溪集瀑泉集。「工詩，長短句尤佳。」（能改齋漫錄）曾與陳師道謝逸等結江西詩社。其小重山詞最爲東溪詩話所稱賞：

誰向江頭遺恨濃，碧波流不斷，楚山重。柳烟和雨隔疏鐘。黃昏後，羅幕更朦朧。　桃李小園空，阿誰猶笑語，拾殘紅？珠簾捲盡夜來風。人不見，春在綠蕪中。

釋惠洪

惠洪字覺範，俗姓彭，筠州人。以醫識張天覺。大觀中，入京，乞得祠部牒爲僧。往來郭天信之門，政和元年，張郭得罪，覺範決配朱崖。著有石門文字禪、筠溪集、天廚禁臠、冷齋夜話等書。少年時嘗爲縣小吏，黃山谷喜其聰慧，教令讀書。後爲海內名僧。韓駒所作寂音尊者塔銘，即其人。❶

其詩詞多豔語，爲出家人未能忘情絕愛者。如「十分春瘦緣何事，一掬鄉心未到家。」（上元宿嶽麓寺詩）「海風吹夢，嶺猿啼月，一枕相思淚」（青玉案謫海外作）皆是。茲更引其青玉案和賀方回韻一闋於次：

綠槐烟柳長亭路，恨取次分離去。日永如年愁難度。高城回首，暮雲遮盡，目斷知何處。 解鞍旅舍天將暮，暗憶丁寧千萬句。一寸柔腸情幾許？薄衾孤枕，夢回人靜，侵曉瀟瀟雨。

此外尚有幾首詞，極秀美婉和可愛，惜不知作者姓氏，茲錄如後：

秦樓東風裏，燕子還來尋舊壘。餘寒猶峭，紅日薄侵羅綺。嫩草方抽碧玉茵，媚柳輕窣黃金縷。鶯囀上林，魚游春水。 幾曲闌干遍倚，又是一番新桃李。佳人應怪歸遲，梅妝淚洗。鳳簫聲絕沈孤雁，望斷清波無雙鯉。雲山萬重，寸心千里。（魚游春水）

❶見玉照新志。

此詞作得頗爲婉麗，據復齋漫錄載：「政和中，一貴人使越州回，得辭於古碑陰，無名無譜，亦不知何人作也。錄以進。御命大晟府塡腔，因詞中語，賜名魚游春水。」

簾捲曲闌獨倚，江展暮雲無際，淚眼不曾晴，家在吳頭楚尾。　數點落花亂委，撲鹿沙鷗驚起，詩句欲成時，沒入蒼煙叢裏。（江亭怨）

詞境極冷雋幽倩，如子規啼月，哀猿夜嘯，爲一切詞家所無之境。即兩宋最大手筆，亦不能寫得如此淒冷動人。詞綜、詞譜俱引冷齋夜話云：「黃魯直登荆州亭，柱間有此詞。夜夢一女子云：有感而作。魯直驚悟曰：此必吳城小龍女也。」但張宗橚則云：「考冷齋夜話並無此記載。」（詞林紀事卷十九）大約向來以爲係龍女所作者，以詞境過於悽冷，殊不類人間語，因有此傳說耳。

綠暗紅稀春已暮，燕子銜泥，飛入垂楊處。柳絮欲停風不住，杜鵑聲裏山無數。　竹枝芒鞋無定據，穿過溪南，獨木橫橋路。樵子漁師來又去，一川風月誰爲主？（鳳栖梧）

此詞口吻似隱逸方外之士所作，曠逸之氣，流露紙上。

此外尚有柘枝引、誤桃源、眉峯碧、撲蝴蝶、玉瓏璁、踏青遊、浣溪沙、鷓鴣天、擷芳詞，及無調名之作數首，（俱錄於詞林紀事卷十九）因辭華少遜，不備錄。

本期除以上諸家外，尙有許多人因其詞無甚特異處，或僅係隻詞，非詞家專詣，故均略而不論。茲爲簡括的介紹如下：

韓縝，字玉汝，歷官英宗、神宗、哲宗三朝，仕至相輔，爲當時顯宦，其詞僅有芳草一闋，尙婉麗。蔡挺，字子政，宋城人。神宗朝官樞密副使，卒贈工部尙書，諡敏肅，曾以喜遷鶯一詞恩邀崇拜。沈括，字存中，錢塘人，官至龍圖閣待制，有長興集、夢溪筆談。孔平仲，字毅父，歷官神宗、哲宗、徽宗三朝，其和秦觀千秋歲詞，尙婉秀。韋驤，字子駿，錢塘人，仁宗皇祐五年進士，官至主客郎中，有韋先生詞一卷。（彊村叢書本）張景修，字敏叔，常州人，神宗元豐間爲饒州浮梁令。詞不多，惟選冠子詠柳「恨客舍靑靑，江頭風笛，亂雲空晚，」尙高潔。謝邁，字幼槃，逸弟，爲布衣，有竹友詞。（彊村叢書本）葛郯，字謙問，丹陽人，有信齋詞。（粟香室叢書名家詞本）李廌，字方叔，華山人，試禮部不遇，絕意進取，有月巖集。其虞美人「好風如扇雨如簾，時見岸花汀草漲痕添，」尙婉柔可愛。王仲，字興善，元祐間人。李元膺，曾作南京教官，其茶瓶兒賦悼亡「回首靑門路，亂英飛絮，相逐東風去，」尙淒婉有致。黃裳，字仲勉，延平人，歷官端平殿學士，贈少傅，有演山集詞二卷。（江標靈鶼閣彙刻名家詞本）

元脫克脫：宋史。

宋王偁：東都事略。

宋陳振孫：直齋書錄解題。

清張宗橚：詞林紀事。

清吳榮光：歷代名人年譜　有商務印書館鉛印本。

近人吳梅：詞學通論　有商務印書館鉛印本。

柳永：樂章集　有毛氏宋六十家詞本，有朱氏彊村叢書本。

蘇軾：東坡詞　有毛氏本。　又東坡樂府　有四印齋本及彊村叢書本。

秦觀：淮海詞，有毛氏本。　又淮海居士長短句　有彊村叢書本。

賀鑄：東山詞又名東山寓聲樂府，　有粟香室本，四印齋本，彊村叢書本。

毛滂：東堂詞　有毛氏宋六十家詞本。

王安石：臨川先生歌曲　有彊村叢書本。

黃庭堅：山谷詞，有毛氏本。　又山谷琴趣外篇　有涉園景宋金元明本詞續刊本。

王觀：冠柳集　有趙萬里校輯宋金元人詞本。

舒亶：舒學士詞　有趙氏本。

張耒：柯山詩餘　有趙氏本。

王詵：王晉卿詞　有趙氏本。

趙令畤：聊復集　有趙氏本。

晁沖之：晁用叔詞　有趙氏本。

僧仲殊：寶月集　有趙氏本。

陳師道：后山詞　有毛氏宋六十家詞本。

李之儀：姑溪詞　有毛氏本。

晁補之：琴趣外篇　有毛氏本及吳氏雙照樓本。

張舜民：畫墁詞　有彊村叢書本。

劉弇：龍雲先生樂府　有彊村叢書本。

葛勝仲：丹陽詞　有毛氏本。

謝逸：溪堂詞　有毛氏本。

米芾：寶晉長短句　有彊村叢書本。

近人趙萬里校輯宋金元人詞　有中央研究院刊本。

第四編　宋詞第三期

——公元一〇九四——一一二六——

——柳永時期的總結集——

本期約自宋哲宗紹聖間起，歷徽宗一朝，直至汴京被陷時止，約三十餘年，是「柳永時期」的總結集時期。那時正値宣、政文物鼎盛的時代，慢詞更成爲最流行的歌曲。這時「創調之詞」雖多，然「創意之詞」則甚少，遠無上期柳永、蘇軾創造的精神了。他們僅守着上一期的餘緒，於詞的格調和音律上，似乎要較前期工細一點。在本期有一件最値得注意的事，就是大晟樂府的設立了。有了這樣一個最高機關，又羅致許多詞壇上的名宿，利用國家力量，來搜求審定已往的曲拍及腔調，重新加了一番製作；並於舊譜之外，又增衍許多慢曲、引、近，及三犯四犯之曲，於是詞的牌調，乃益繁縟，詞的地位，乃益重要，不獨爲文人詠唱的資料，亦且爲國家優隆的樂府了。自從有詞學以來，關於音樂方面的發展，已經到了一個頂點了。南渡以後，詞由樂府地位，一降爲文士階級所獨享的小曲，元、明以來，並此小曲的唱法，亦完全失傳了。

在此時期中，一般作家均在模仿前期柳、蘇、秦、賀、毛五大家的風調，尤以周邦彥的成績爲最優異。他兼具有前一期各作家的長處，榮膺着「集大成」的頭銜。他替「柳永時期」作一個總結束，他替南宋風雅派與古典派的大詞人，如姜夔、史達祖、吳文英、王沂孫、張炎、周密、張輯、蔣捷、盧祖皋、陳允平等人開了一條先路，所以他在中國詞壇上，是由北宋到南宋兩極端的詞風一個變轉的樞紐，與過渡的梯航。我們可以說：他是柳永派的結局，是南宋姜、張等人的肇始。

那時於周邦彥之外，有兩個卓異的天才家並起：一爲宋徽宗趙佶，一爲女詞人李清照。他們兩個雖都未能完全脫盡柳永時期的籠罩，但他們多少總要有點例外。如徽宗北虜後燕山亭詞，其才華之高俊，還要在柳永、周邦彥等人以上；李清照以一個最大的女詞人來寫眞正女性的詞，她的作品源泉，爲南唐後主，爲歐陽修，爲秦觀，似乎還要跨過柳永的時期，未曾受時代色彩的束縛。

第一章　集大成的周邦彥

周邦彥㊀字美成，錢塘人，生於宋仁宗至和二年（公元一〇五五年）為人疏雋少檢，而博涉百家之書；好音樂，能自度曲，自號清眞居士。神宗元豐中獻汴都賦，召為太學正。徽宗朝仕至徽猷閣待制，提舉大晟府，時為政和六年，時年已六十二。㊁後出知順昌府，提舉洞霄宮。晚居明州。卒於宣和三年，（公元一一二一年）㊂享壽六十七歲。

詞集名片玉詞，有毛晉宋六十家詞本，朱祖謀彊村叢書本，又名清眞詞，有王鵬運四印齋所刻詞本。

我們研究美成的詞，可分為三個部分：第一，他榮膺此「集大成」的頭銜，其意義與範圍，究竟是怎樣？第二，他的作風特異之處。第三，他的影響和流弊。現在分述如後：

㊀見東都事略卷一百十六文藝傳，宋史卷四百四十四文苑六。

㊁見王國維清眞先生遺事。

㊂見胡適詞選，惟胡選作公元一〇五七—一一二一，較王書遲二年，是周之享年，當為六十五歲矣，二者不知孰為正確。

一 集大成的意義和其究竟

關於此問題可分作兩方面來看：

甲。就詞調的搜求、審定、和考正方面說，他於北宋當年風起雲湧的詞壇現象，確有集成和創製的功勞，我們且看下面一段記載就可知道了：

古之樂章、樂歌、樂曲等，皆出雅正。粤自隋書以來，聲詩間爲長短句，至唐人則有尊前、花間集。迄於崇寧，立大晟府，命周美成諸人，討論古音，審定古調，淪落之後，少得存者。由此八十四調之聲稍傳，而美成諸人又復增慢曲引近，或移宮換羽爲三犯四犯之曲，案月律爲之，其曲遂繁。（張炎詞源）

這種偉大的供獻和勞績，則爲前此所無。

乙。再就他的作風方面說，他一身兼具過去許多詞家的長處，確有特殊的精力與天才。他所謂集大成者，係指集北宋中期柳永、秦觀、賀鑄等人之成而言。東坡一派詞風，則不在周氏涵容以內。耆卿的慢詞和鋪敍，則給他一個偉大的骨幹，方回的豔麗，少游的柔媚，又給他一個外部的烘染，同時他又兼採花間派和晏、歐一點神髓，遂形成了他個人的作品，——一個圓融美豔幾經鍊鍛修琢的才子和文士的詞。在「柳永時期」內的一切優長，至美成可以說已臻絕詣了。

他所以能有如此驚人成績者，因爲（一）他既富於文學天才，而又能博涉百家之書，於遺辭造語上能融貫唐五代以來詩歌中優美的質素(二二)他本人又精於音律善自度曲(三二)而同時又被提舉爲大晟樂府，以政府全力，供他的考證和製作，更給他一個絕大的幫助。在這種種適合的環境之下，自然容易試展他的才華，而使之成爲一個最受崇仰的大作家了。

二　周詞特長之處

A 善於採融詩句　美成博涉羣籍，故造語極典麗雅馴，最善採融詩句入詞，而用來全無縫隙可尋。例如：

桃溪不作從容住，秋藕絕來無續處。當時相候赤欄橋，今日獨尋黃葉路。　烟中列岫青無數，雁背夕陽紅欲暮，人如風後入江雲，情似雨餘沾地絮。（木蘭花）

銀河宛轉三千曲，浴鳧飛鷺澄波綠，何處望歸舟?夕陽江上樓。　天憎梅浪發，故下封枝雪，深夜卷簾看，應憐江上寒。（菩薩蠻）

所以陳質齋說他「多用唐人詩隱括入律，混然天成。」又如他的隔浦蓮近拍：「水亭小，浮萍破處，簷花簾影顛倒，」和瑞龍吟：「因念個人癡小，乍窺門戶，侵晨淺約宮黃，障風映袖，盈盈笑語，」都係採融詩句最好的例子。詞中「簷花」係用杜甫「燈前細雨簷花落，」及李暇「簷花照月鶯對棲」之句的，「侵晨淺約宮黃，」係用梁簡文詩「約黃能效月」的。

B工於描寫景物　他描寫景物極工巧精細，如蘇幕遮

葉上初陽乾宿雨，水面清圓，一一風荷舉。

最能寫出荷的神態。又如滿庭芳：

風老鶯雛，雨肥梅子，午陰佳樹清圓。地卑山近，衣潤費爐烟。人靜烏鳶自樂，小橋外新綠濺濺。

把初夏景物，和江南卑溼潮潤的天氣，寫得極入微。又如夜遊宮：

葉下斜陽照水，捲輕浪沈沈千里，橋上酸風射眸子，看黃昏燈火市。

把秋暮晚景，寫得明淨如畫。卽中西最高的詩篇，其寫景美妙處，亦不能過此，其他如：

何意重經前地，遺鈿不見，斜徑都迷；兎葵燕麥，向殘陽影與人齊。（夜飛鵲）

湖平春水，藻荇縈船尾，空翠撲衣襟，拊輕桹遊魚驚避。晚來潮上，迤邐浸沙痕，山四倚，雲漸起，鳥度屏風裏。（驀山溪上闋）

黃昏客枕無憀，細聽當窗雨，看兩兩相依燕新乳。（荔芰引）

洗鉛霜都盡，嫩梢相觸，潤逼琴絲，寒侵枕障，蟲網吹黏簾竹。（大酺寫春雨）

無一詞不晶美，無一句不清倩。寫景狀物至此，可謂已臻絕境。北宋如晏、歐、張、柳、蘇、秦、賀、毛等大作家，寫來雖能如此自然，然遠無其深刻細緻，若兩相比較，都覺失之浮泛了。卽以最工於行役羈旅之作的柳耆卿，亦遠非美成之匹，其餘更不足論了。至於南宋如姜、史、吳、張、王、周等大作家，其詠物之作，雖極工巧

細緻，然多雕琢喪氣，遠無美成來得自然了。所以周詞長處雖多，但尤以此類作品爲最過人，允稱空前絕後之作。

C想像豐圓　他的作風最善從虛幻處着筆，例如他在花犯內寫梅花：

相將見脆圓薦酒人正在空江烟浪裏但夢想一枝瀟灑，黃昏斜照水。

純是一種虛象。如「鏡花水月，」不着一點端倪，卻將一枝清幽皎潔的梅花，寫得光豔照人，美成詞品，以此等處爲最高潔勁健，後來只有白石，差可步伍，而卻無其圓融。他的蘭陵王：

悽惻，恨堆積，漸別浦縈廻，津堠岑寂，斜陽冉冉春無極。念月榭攜手，露橋聞笛，沈思前事似夢裏，淚暗滴。

也純從想像處着筆，把一幅淒涼暗淡的「別離圖，」由心目中隱隱的現出，筆力勁健高潔，與花犯一闋，可稱絕唱，又如他的瑣窗寒上闋：

小簾朱戶，桐陰半畝，靜鎖一庭愁雨，灑空階夜闌未休，故人翦燭西窗語。似楚江暝宿，風燈零亂，少年羈旅。

其想像豐圓，亦與前二詞同一美妙。

D長調善於鋪敘筆力極頓挫雄渾　他的長調，鋪敘事情極有次序。這種特長，在他的詞中，隨處都可看見，現在試舉一首作例：

曉陰重，霜凋岸草，霧隱城堞。南陌脂車待發，東門帳飲乍闋。正拂面垂楊堪攬結，掩紅淚玉手親折。念漢浦離鴻去何許，經時信音絕！情切。望中地遠天闊，向露冷風清無人處，耿耿寒漏咽。嗟萬事難忘，唯是輕別。翠尊未竭，——憑斷雲留取，西樓殘月。羅帶光銷紋衾疊，連環解，舊香頓歇。怨歌永，瓊壺敲盡缺，恨春去不與人期，——弄夜色，空餘滿地梨花雪。（浪淘沙慢）

頭段寫初別的時候和地點，二段寫別時的遙望和傷感，三段寫別後的景況，筆力極頓挫雄渾，試將此詞與耆卿的賦別諸作相較，可知美成詞的風格和意境，純從耆卿脫胎出來的，不過耆卿筆力不及他的雄渾罷了。他的長調骨架全學耆卿，而沈鬱濃豔婉柔處又兼少游、方回二家之長。茲舉一例，以實此說。如他的瑞龍吟：

章臺路，還見褪粉梅梢，試花桃樹。愔愔坊陌人家，定巢燕子，歸來舊處。黯凝佇，因記箇人癡小，乍窺門戶，侵晨淺約宮黃，障風映袖，盈盈笑語。前度劉郎重到，訪鄰尋里，同時歌舞，惟有舊家秋娘，聲價如故。吟牋賦筆，猶記燕臺句。知誰伴，名園露飲，東城閒步？事與孤鴻去，探春盡是傷離意緒，官柳低金縷。歸騎晚，纖纖池塘飛雨。斷腸院落，一簾風絮。

其主題不過寫傷離情緒耳，卻寫來迂迴反復，無一直筆，極盡頓挫沈鬱的能事，而造語亦復工豔婉麗，實兼柳、秦、賀三家之長。近人吳瞿安氏於此詞作法解釋得極詳明，其辭云：

此詞宗旨在「傷離意緒」一語耳，而入手先指明地點曰「章臺路」，卻不從目前景物寫出，而云「還見」，即沈鬱處也，須知梅梢桃樹，原來舊物，惟用「還見」云云，則令人感慨無端，低徊欲絕矣。首疊云「定巢燕子，歸來舊處」，言燕子可歸舊處，所謂前度劉郎者，即欲歸舊處而不得，徒彳亍於愔愔坊陌，章台故路而已：是又沈鬱處也。第二疊「黯凝佇」一語為正文，而下文又曲折不言其人不在，反追想當日相見時狀態，用「因記」二字，則通體空靈矣；此頓挫處也。第三疊「前度劉郎」至「聲價如故」，言箇人不見，但見同里秋娘，未改聲價，是用側筆以襯正文，又頓挫處也。燕臺句用義山柳枝故事，情景恰合。「名園露飲，東城閒步」，當日已亦為之，今則不知伴着誰人，賡續雅舉？此「知誰伴」三字，又沈鬱之至矣。「事與孤鴻去，……」方說正文，以下說到歸院，層次井然，而字字悽切，末以飛雨風絮作結，寓情於景，倍覺黯然。通體僅「黯凝佇」「前度劉郎重到」「傷離意緒」三語為作詞主意，此外則頓挫而復纏綿，空靈而又沈鬱；驟視之，幾莫測其用筆之意：此所謂神化也。他作亦復類此，不能具述。總之，詞至清真，實是聖手，後人竭力摹效，且不能形似也。（吳氏詞學通論）

惟此等詞純係文人的詞，與一般自然寫景抒情的作品相較，總不免近於雕斵，亦係一種流弊；清真特長處尚不在此等詞也。

其小令亦復清麗動人。據貴耳錄載，道君（即宋徽宗）幸李師師（汴京名妓）家，時美成先在，因避匿牀下，道君攜新橙一顆，云係江南初進來者，遂與師師謔語，美成在牀下悉聞之，遂隱括成一小詞，名曰少年遊，其詞云：

并刀如水，吳鹽勝雪，纖指破新橙。錦幄初溫，獸香不斷，相對坐調笙。低聲問向誰行宿？城上已三更。馬滑霜濃，不如休去，只是少人行。

此詞寫得極明淨婉媚，與其長調作法，則判若兩人了，類此者甚多，更錄數闋於後，

灰暖香融銷永晝，葡萄上架春藤秀，曲角闌干羣雀鬥，清明後，風梳萬縷亭前柳。　日照釵梁光欲溜，循階竹粉

羅衣袖，拂拂面紅新着酒，沈吟久，昨宵正是來時候。（漁家傲）

水漲魚天拍柳橋。雲鳩拕雨過江皋，一番春信入東郊。　閒碾鳳團消短夢，靜看燕子壘新巢，又移月影上花梢。（浣溪沙）

秋陰時晴向暝，變一庭淒冷，佇聽寒聲，雲深無雁影。　更深人去寂靜，但照壁孤燈相映，酒已都醒，如何消夜永！（關河令）

簾纖小雨池塘徧，細點破萍面。一雙燕子守朱門，比似尋常時候易黃昏。　宜城酒泛浮春絮，細作更闌語，相看羈思亂如雲，又是一窗燈影兩愁人。（虞美人）

幾日來眞個醉，不知道窗外紅已深半指，花影被風搖碎。　擁春酲乍起，有個人人生得濟楚，來向耳邊問道：今朝醒未？情性兒漫騰騰地，惱得人又睡。（紅窗迥）

他這種小詞與任何詞家的意境和風格都不相同；雖然都是屬於清麗婉柔的一派寫法。他於清麗婉柔之外，含有一種極細微敏銳的感覺，而以靜默自然的意態寫出。即如在B節內所引的蘇幕遮、滿庭芳、夜遊宮、夜飛鵲、驀山溪、荔芰引、大酺等詞，亦係此種寫法。

三　他的影響和流弊

美成以天賦英才，又加以過人學力，遂能集諸家之長，蔚爲北宋殿軍，受享着百世的崇敬，而他影響於後來詞人者，歷南宋、元、明、清八百餘年而未嘗少替。——尤以南宋諸大家如姜、史、吳、王、張、周等人，皆奉之爲唯一典範；而流風餘韻，更波及於元、明、清三朝，其個人在詞林影響之大，雖不及温飛卿、柳耆卿與姜白石，然聲望之優隆，似尚過乎三家。故陳庚云：

美成自號清眞，二百年來以樂府獨步，貴人、學士、市儈、伎女皆知美成詞爲可愛。

賀黃公亦云：

周清眞有柳欹花嚲之致，沁人肌骨，視淮海（秦少游）不徒娣姒而已。

我們試讀他的全集，覺得他無論是寫小令與慢詞，其文辭之工細，才思之敏銳，風調之完美，均爲前此作家所無。集中如花犯之賦梅，蘭陵王之詠柳，皆冷豔悽咽，爲確有境界之作。又如瑣窗寒之詠寒食，滿庭芳之寫溧水夏景，夜飛鵲之寫郊原，大酺之寫春雨，以及上面所引各詞，皆圓融工細，恰當其境，此等作品，皆能「圓美流轉如彈丸」（黃花庵語）皆能如「柳欹花嚲，沁人肌骨」爲集中上乘之作，其他雋美的篇什尚多，不再另舉，讀者自去參證可也。他不獨辭彩極工麗，而尤精於音律，故「下字用韻皆有法度」（尹煥語）當時如方千里、楊澤民等，依韻唱和，步趨繩尺，不敢少失，遂有三英集之刊刻。其後如陳允平之西麓繼周集，皆和周韻，多至百二十一首，其爲後人奉爲典型之作，於此可見一斑。

以上都是他的特長，最足爲後世典範的。只可惜南宋作家，只取其文辭之工，而忽於詞境之美，故於其最上乘之作；反無人學步。他們所追模的都是瑞龍吟、六醜一類的作品，這些詞都是一種純文人的詞。只在文字辭藻上，刻意雕琢，無形中漸漸走向一個無病呻吟的詞學路上去了。如上面所引的瑞龍吟，作得何嘗不工細？筆力何嘗不頓挫？然而細尋其中意緒，則毫無所謂，只是在那裏咬文嚼字，大作其無病呻吟的文章，全非詩人抒寫性靈之作，毫無眞實的境界可言。這種無病呻吟的歌詩，姑無論你作得怎樣精巧，它是不能深印入讀者的心靈深處的呵！近人王靜庵先生論詞，以爲：

> 詞以境界爲最上，有境界則自成高格，自有名句。……有有我之境，有無我之境。「淚眼問花花不語，亂紅飛過秋千去」「可堪孤館閉春寒，杜鵑聲裏斜陽暮」有我之境也。「采菊東籬下，悠然見南山」「寒波澹澹起，白鳥悠悠下」無我之境也。有我之境，以我觀物，故物皆著我之色彩。無我之境，以物觀物，故不知何者爲我，何者爲物。（人間詞語）

可爲一切詩歌作一評衡的標準。美成詞佳者，亦能做到「有我」與「無我」兩種境界。如「葉上初陽乾宿雨，水面清圓，一一風荷舉。」「橋上酸風射眸子，看黃昏燈火市」謂之「以我觀物」的「有我」境界亦可，謂之「物我兩忘」的「無我」境界亦可，不過他的多半作品，仍向瑞龍吟、六醜一類毫無境界的詩篇作去，只在文辭上用工夫，對於自然的抒寫，漸漸減輕成分，對於北宋詞的質樸面目也就漸漸喪失了。所以就大體上說，他的詞只是一種「圓融美豔幾經修琢」的才子和文士的詞。其爲後來人推崇，遠過北宋晏、歐、柳、蘇、秦、賀一切大作家的原因，固然是由於他的作品之優異過人，但亦因他的詞爲一種修琢完美的「文士的詞」最合於一般文人雅士的口胃，有以致之。故王靜庵於周詞亦略致不滿道：

美成深遠之致不及歐、秦，惟言情體物窮極工巧，故不失爲第一流之作者，但恨創調之才多，而創意之才少耳。（人間詞話）

他這種作風，實開南宋人纖巧瑣碎、機械庸濫的惡風，他替北宋詞作一個總結束，替南宋人作一個好榜樣，實在是中國詞壇的轉變上一個最有關鍵的人物！

第二章　天才的徽宗趙佶與最大女詩人李清照

一　宋徽宗㈠

徽宗名佶，神宗頊之子，以建中靖國辛巳（公元一一〇一年）卽帝位。性極聰慧，凡吹彈、書畫、聲歌、詞賦，以及犬馬服飾之事無不精擅。卽位之初，卽引用蔡京、蔡卞、朱勔等佞臣日從事於苑囿宮觀奢靡之樂。復用宦官童貫領軍晉封爲廣陽郡王。以致國政日墮，寇盜頻起。又適金人雄起北方，大舉寇邊，連陷朔代及燕山各州縣。乃傳位於子桓。（卽欽宗）在位共二十六年。翌年，金人陷汴京，徽、欽二帝，及后妃皇族約三千餘人，均爲金人虜去。北宋遂亡。他被虜以後，押解至五國城，（今吉林一帶）展轉流遷於東北荒寒之境，歷盡人間最慘酷的遭遇與屈辱，如此者幾十年，身死於荒漠的戍途中。（高宗紹興五年，公元一一三五年）其歷境之慘，爲古今亡國之君所無。

他平生的著作極多，據宋史所載：「紹興二十四年九月己巳，宰臣進徽宗皇帝御集凡百卷，……奉安於天章閣。」高宗序文內也說：「……以至指麾邊機，險度利害，……無不情文周密，動千百言。賦

㈠見宋史本紀，及其北虜以後可參看宣和遺事。

詠歌詩垂裕後昆者盈於策牘。」但因無刊本流傳，南宋亡後，全集散佚無存，現僅存詞十八首，——但月上海棠詞僅一殘句，實際上只能算是十七首了。近人曹元忠始爲彙集成編，附以宋高宗御製序文，名之曰宋徽宗詞，朱孝臧始爲刊刻於彊村叢書中。

在這十八首詞中，除燕山亭及眼兒媚爲北地所作外，餘均係汴京未陷以前的作品，仍過着他那優崇承平的宮庭生活，所描寫的多係宴樂祭饗及賞花之作。如聆龍謠、金蓮繞鳳樓、小重山、滿庭芳、聲聲慢、雪明鳷鵲夜等詞，都係詠佳節晏賀之樂的，導引三首，則係册封及別廟之辭，聲聲慢、玲瓏四犯、瑤臺第一層、探春令，均係詠花詠春之作，臨江仙係幸亳州途次之作，在這些作品中雖不少豔美旖旎的語句，但終不及他被虜北上以後作品的深刻悲婉。例如他的：

萬井賀昇平，行歌花滿路，月隨人，龍樓一點玉燈明，簫韶遠，高宴在蓬瀛。（小重山下闋）

觸處笙歌鼎沸，香韉趁雕輪隱隱輕雷，萬家羅幕，千步錦繡相挨，銀蟾浩月如晝，共乘歡，爭忍歸來！疏鐘斷聽行歌猶在禁街。（聲聲慢）

都是宣政太平時代宮庭間紀實的作品。他的詠物寫景之作，如：

一架幽芳，自過了梅花，獨占清絕。露葉檀心，香滿萬條晴雪。肌淨素洗鉛華，似弄玉乍離瑤闕。看翠蛟白鳳飛翔，不管暮烟啼鴂。　酒中風格天然，記唐宮賜尊，芳冽玉斝。喚得餘春在，猶醉迷飛蝶。乍雨乍晴，長是伴牡丹時節。夜散瓊樓宴，金鋪深掩一庭春月。（玲瓏四犯茶蘼）

雖不甚婉協，然吐辭華豔，確係一個富貴帝王的手筆。他的：

簾旌微動，峭寒天氣，龍池冰泮。杏花笑吐香猶淺，又還是春將半。清歌妙舞從頭按，等芳菲時開宴。記去年對着東風，曾許不負鶯花願。（探春令）

亦為詠春中的清麗之作，他的：

過水穿山前去也，吟詩約句千餘。淮波寒重雨疏疏，烟籠灘上，鷺人買就船魚。古寺幽房權住，夜深宿在僧居。夢魂驚起轉嗟吁。愁牽心上慮，和淚寫回書。（臨江仙宣和乙巳冬幸亳州途次）

寫途中景況，也很迂徐自然，惟末句寄慨甚深，不知所指何事；於此可見他也是一個多愁易感的人了。

在汴京陷後，流轉北地，歷盡人間慘慄之境，其詞彩遂與前此之作迴異了。他在東北荒寒的途中，曾作了一首眼兒媚：

玉京曾憶舊繁華，萬里帝王家。瓊樹玉殿，朝喧弦管，暮列笙琶。花城人去今蕭索，春夢遶胡沙。家山何處？忍聽羌管吹徹梅花！

此詞情緒傷愴，大涯窮途之感，何殊李煜「小樓昨夜東風」之作？但尚不如他的燕山亭之深摯：

裁翦冰綃，輕疊數重，淺淡胭脂勻注。新樣靚妝，豔溢香融，羞殺蕊珠宮女。易得凋零，更多少無情風雨。愁苦！問院落凄涼，幾番春暮？ 憑寄離恨重重，這雙燕何曾會人言語？天遙地遠，萬水千山，知他故宮何處！怎不思量，除夢裏有時曾去無據！——和夢也新來不做！（燕山亭北行見杏花作）

這首詞本係詠杏花的，所以起六句都是寫杏花的豔麗無比。但忽然想到她「易得凋零，更多少無情風雨，」情緒就漸漸悲哽了，緊張了，便覺得眼前正是一個暮春的景象了。這時忽有一雙燕子飛過，更觸動了詩人的心弦，他想到他個人的身世，想到他故宮的景物，他想憑「這雙燕」來寄他的「離恨」，但它又怎能「會人言語」呢？寫至此處，已不勝遠淪異國音信全無之感了。但縱使這雙燕能領會人言語，然而「天遙地遠，萬水千山，」它又怎知「故宮何處」呢？這更使人絕望了。無可奈何，只得有藉夢魂中一回故鄉了。但連此夢中暫時的安慰，也因新來無夢可做，完全幻滅了！通篇從頭至尾，說來如聞其聲，如親歷其境，無一修飾造作之語，而其寄恨之濃摯，鄉思之迫切，天涯之落魄淒厲，均由其深刻細緻的筆鋒，曲迴沈着的寫出，可算是一首極大的悲劇縮小，一首空前絕後的哀曲了。

二　李清照㊀（公元一〇八一——一一四〇）（？）㊁

清照，自號易安居士，濟南人，名士李格非之女。生於宋神宗元豐四年（公元一〇八一年）母王氏，亦能文章。二十一歲時出嫁於太學生趙明誠。夫妻皆好學能文，尤善搜討考訂，記覽甚博。平生搜集金石古

㊀見王鵬運易安居士事輯。

㊁居士生卒年，依胡適之詞選。

玩甚多，晚年值汴京之陷，南渡後，舊藏盡失，明誠又死，顚沛無依，晚景頗蕭條。卒年約在高宗紹興十年。(公元一一四〇年)其詞集名漱玉詞，宋史藝文志作六卷，直齋書錄解題作五卷，皆散佚。今所流傳者，有毛晉汲古閣刊詩詞雜俎本，凡十七闋，有王鵬運四印齋所刻詞本，有趙萬里校輯宋金元人詞本，凡四十三首，附錄十七首，最爲精審。

她的詞雖僅存此四五十闋，然其天才之卓異，亦足震鑠詞壇，使人驚賞不置。她對於前此作家，多致其不滿之意。嘗謂：

本朝柳屯田永變舊聲作新聲，出樂章集，大得聲稱於世；雖協音律，而詞語塵下。又有張子野、宋子京兄弟，沈唐、元絳、晁次膺輩繼出，雖時時有妙語，而破碎何足名家？至晏丞相、歐陽永叔、蘇子瞻，學際天人，作爲小歌詞，直如酌蠡水於大海，然皆句讀不葺之詩耳。又往往不協音律……王介甫、曾子固文章似西漢，若作小歌詞，則人必絕倒，不可讀也。乃知詞別是一家，知之者少。後晏叔原、賀方回、黃魯直出，始能知之。而晏苦無鋪敘，賀苦少典重；秦少游專主情致而少故實，譬如貧家美女，雖極妍麗丰逸，而終乏富貴態。黃卽尙故實而多疵病，譬如良玉有瑕，價自減半矣。

可見她當年眼界之高，幾乎無一個理想的作家足供她的模型了。她的詞最能表現出女性的美來，其幽媚婉柔流暢，機杼天成，遠非時輩所能企及。她平生得力之處，則爲歐陽永叔、秦少游及南唐李煜三家。茲爲比較如下：

無言獨上西樓，月如鉤，寂寞梧桐深院鎖淸秋。　翦不斷，理還亂，是離愁，別是一般滋味在心頭？(相見歡李煜

作）

西城楊柳弄春柔，動離憂，淚難收。猶記多情，曾爲繫歸舟。碧野朱橋當日事，人不見，水空流！　韶華不爲少年留，恨悠悠，幾時休？飛絮落花時候，一登樓。便做春江都是淚，流不盡，許多愁！（江城子少游作）

紅藕香殘玉簟秋，輕解羅裳，獨上蘭舟。客中誰寄錦書來，雁字回時，月滿西樓。　花自飄零水自流，一種相思，兩處閒愁。此情無計可消除，纔下眉頭，卻上心頭。（一翦梅易安作）

以上三詞，無論在音節上，在意境上，都極神似。又如：

紅日已高三丈透，金鑪次第添香獸，紅錦地衣隨步皺。　佳人舞點金釵溜，酒惡時拈花蕊嗅，別殿遙聞簫鼓奏。（浣溪沙李煜作）

鶯嘴啄花紅溜，燕尾點波綠皺。指冷玉笙寒，吹徹小梅春透。依舊，依舊，人與綠楊俱瘦！（憶仙姿少游作）

薄霧濃雲愁永晝，瑞腦消金獸。佳節又重陽，玉枕紗廚，半夜涼初透。　東籬把酒黃昏後，有暗香盈袖。莫道不消魂，簾捲西風，人比黃花瘦！（醉花陰易安作）

簾外雨潺潺，春意闌珊，羅衾不耐五更寒。夢裏不知身是客，一晌貪歡。（浪淘沙上闋李煜作）

雨橫風狂三月暮，門掩黃昏，無計留春住。淚眼問花花不語，亂紅飛過秋千去！（蝶戀花下闋永叔作）

……多少蓬萊舊事，空回首，烟靄紛紛。斜陽外，寒鴉數點，流水繞孤村。……此去何時見也？襟袖上，空染啼痕。傷情處，高城望斷，燈火已黃昏！（滿庭芳節錄少游作）

香冷金猊，被翻紅浪，起來慵自梳頭。任寶奩塵滿，日上簾鉤。生怕離懷別苦，多少事，欲說還休。新來瘦，非干病酒，不是悲秋。　休休！這回去也千萬徧陽關也則難留。念武陵人遠，烟鎖秦樓。唯有樓前流水，應念我終日凝眸。凝眸處，從今又添一段新愁。（鳳凰臺上憶吹簫易安作）

我們試將上詞細心加以尋繹，卽知易安一生詞品，全從後主、永叔、少游三家脫胎出來的。後主得其深，永叔得其鬱，少游、易安則得其婉秀，後主遭際亡國，少游屢經貶竄，故其詞境悲婉深沈，均由肺腑中自然流露出來，最能感人心曲。永叔深於情思，故其詞亦纏綿抑鬱，若不勝其傷春恨月之感也。至於易安，幼年卽生長在一個有文學環境的家庭，適人以後，夫妻感情又極和樂美滿，似乎無悲愁的種子蔓生在她的心曲了。但我們一讀她的作品，則亦覺悲苦之辭爲多。因爲女子是最富於情感的，有許多事本來是不値得注意的，但在女性全心靈中，往往留下一個深刻的印象，甚至終身不能忘懷，何況她與明誠愛情很重，自不免因別情離緒所縈繞，而致其纏綿想望之思了。所以在她的詞裏，可以完全暴露出女性眞實的情操來，與男作家試作香豔的閨情詞相較，其藝術上的表現力，自不可相提並論了。如她的武陵春：

風住塵香花已盡，日晚倦梳頭。物是人非事事休，欲語淚先流。　聞說雙溪春尙好，也擬泛輕舟。只恐雙溪舴艋舟，載不動許多愁！

以及上面的一剪梅、鳳凰臺上憶吹簫二詞，皆係眞正女性的傷離之作，與男作家之越俎代庖者，其誠僞之情，不難立辨。

以上所引各詞，不過只以婉柔清麗過人罷了，尚非她的最高作品。她平生最足用以睥睨一世者，則爲她的聲聲慢：

尋尋覓覓，冷冷清清，淒淒慘慘戚戚。乍暖還寒時候，最難將息。三杯兩盞淡酒，怎敵他晚來風急！雁過也，正傷心，卻是舊時相識。滿地黄花堆積，憔悴損，而今有誰堪摘？守着窗兒，獨自怎生得黑！梧桐更兼細雨，到黄昏點點滴滴，這次第，怎一個愁字了得。

其筆力之遒健，描寫之深入，境界之逼眞，情緒之迫切緊張，均充分的現出絕不類一個婦女的手筆。入手連用十四疊字，卽已險奇，而收句復又運用兩疊，卻用來妙語天成，毫無堆滯粉飾之迹。張端義貴耳錄謂其「乃公孫大娘舞劍手。本朝非無能詞之人，未曾有一下十四疊字者。」其推許並不爲過。她愛誦歐陽永叔「庭院深深深幾許」一詞。而她所用疊字之優異，則遠過永叔了。於此詞內，可見她描寫手腕之高，實足以俯視過去一切作家，無怪她對於先輩詞人多致其譏彈之辭了。只可惜她的全集已失，遂使類此的「前無古人，後無來者」之作，無從窺其全豹，眞是一件憾事了！

她在當年，亦多少受了些時代色彩的薰染，不出柳永、周邦彥以來慢詞的風調。如她的念奴嬌，卽係一例：

蕭條庭院，又斜風細雨，重門須閉。寵柳嬌花寒食近，種種惱人天氣。險韻詩成，扶頭酒醒，別是閒滋味。征鴻過盡，千萬心事誰寄？　樓上幾日春寒，簾垂四面，玉闌干慵倚。被冷香消新夢覺，不許愁人不起。清露晨流，新桐初引，多少遊春意。日高烟斂，更看今日晴未。

她在南渡以後，家事蕭條，老境堪憐，卻並無一篇寫實之作，未免有美中不足之憾了。

第三章　一般作家

—晁端禮—万俟詠—田爲—杜安士—王之道—曹組—王安中—趙企—李持正—何大圭—趙長卿—蔡伸—呂渭老—魯逸仲—阮閱—劉一止—向鎬—吳則禮—簡呂曾紓—曹勛—李祁—蔣子雲—宋齊愈—沈會宗—林少瞻—王庭珪—略去的作家—

晁端禮

端禮字次膺，其先澶州淸豐人，徙家彭門。神宗熙寧六年進士，兩爲縣令，忤上官，作廢。晚以蔡京薦，以承事郎爲大晟協律。其詞集有吳氏雙照樓本閒齋琴趣外篇六卷。

端禮、雅言、不伐均與周美成同官大晟府，於當日審定舊調，創製新詞，均有參助之功，他的詞亦與美成爲近，惟才情較弱。集中如鴨頭綠、黃河淸慢、並蒂芙蓉、壽星明等詞，皆係創調，以補大樂中徵調之闕者，惟多係宮庭間頌揚之辭，無甚足記。他在當年亦係一位慢詞的作家，集中自創之調亦甚多。其平生作品，以水龍吟爲最好，玆錄如下：

倦遊京洛風塵，夜來病酒無人問。九衢雪少，千門淡月，元宵燈近。香散梅梢，凍銷池面，一番春信。記南城醉裏，西城宴闋，都不管人春困。　屈指流年未幾，早驚人潘郎雙鬢。當時體態，而今情緒，多應瘦損。馬上牆頭，縱教瞥見，也難相認。憑闌干，但有盈盈淚眼，把羅襟搵。

万俟詠

詠字雅言，自號詞隱。遊上庠不第，崇寧中充大晟府製撰。有大聲集五卷，已失傳，近人趙萬里始爲彙成一卷，刊於校輯宋金元人詞中，凡二十七首，附錄二首。其散錄於諸家記載者，如春草碧、三臺、戀春芳慢、安平樂慢、卓牌兒、鈿帶長等詞皆係自度新聲。茲錄其昭君怨一詞如下：

春到南樓雪盡，驚動燈期花信。小雨一番寒，倚闌干。　莫把闌干頻倚，一望幾重烟水；何處是京華，暮雲遮。

黃叔暘說他的詞：

發妙旨於律呂之中，運巧思於斧鑿之外，平而工，和而雅，比諸刻琢句意而求精麗者遠矣。

田爲

爲字不伐，里居不詳。黃昇云：「製撰官凡七，田亦供職大樂，衆謂得人。」他當年供職大晟府時，慢詞的創製亦甚多，惟詞集不傳，見於選本者僅江神子慢、惜黃花慢、探春慢等數詞，其見於趙氏校輯宋金元人詞（名洋嘔集）者亦祇六首而已。其南柯子一闋，更多爲各選家所採錄。其詞云：

夢怕愁時斷，春從醉裏回。淒涼懷抱向誰開？些子清明時候被鶯催。　柳外都成絮，欄邊半是苔。多情簾燕獨徘徊，依舊滿身花雨又歸來。

寫得頗韻致而有含蓄。

杜安世

安世字壽域，京兆人，亦係當年一位慢詞的作家，亦能自度新曲。詞集有毛氏宋六十家詞本壽域詞一卷。他的鶴沖天：

> 單夾衣裳，半籠軟玉肌體；石榴美艷，一撮紅綃比，窗外數修篁，寒自倚。

寫美人及初夏景物極妍倩有致。又如他的卜算子：

> 尊前一曲歌，歌裏千重意。纔欲歌時淚已流，恨更多於淚！ 試問緣何事，不語渾如醉。我亦情多不忍聞，怕和我成憔悴。

非深於情思者，絕無如此深刻，非工於描寫者，絕無如此自然。

王之道

之道字彥猷，濡須人，宣和進士，歷朝奉大夫。詞集有彊村叢書本相山居士詞二卷。以如夢令爲最清雋幽倩。詞云：

> 一晌凝情無語，手撚梅花何處。倚竹不勝愁，暗想江頭歸路。東去東去，短艇淡烟疏雨。

曹組

組字元寵，潁昌人，緯弟。宣和三年進士。閤門宣贊舍人，官止副使，有箕潁集。向無刻本，近人易大厂取舒亶信道詞，蘇庠後湖詞，曹氏元寵詞，及複見於彊村叢書等詞刻十七家詞，成一精鈔宋二十家詞。於舒曹蘇三家的仕履逸聞，及朱彊村評語，趙萬里校語，引證頗詳實。

元寵詞極清幽婉麗，頗具淮海、東堂二家之長。如他的：

雲透斜陽，半樓紅影明窗戶，暮山無數，歸雁愁邊去。　十里平蕪，花遠重重樹。空凝佇，故人何處，可惜春將暮。（點絳脣）

門外綠陰千頃，兩兩黃鸝相應，睡起不勝情，行到碧梧金井。人靜，人靜，風弄一枝花影！（如夢令㊀）

茅舍竹籬邊，雀噪晚枝時節。一陣暗香飄處，已不勝清絕。　江南得地故先開，不待有飛雪，腸斷幾回山路，恨無人攀折。（好事近）

皆清幽絕塵，柔媚多姿，即列於柳、秦大作家之林，亦毫無遜色。又如他的望月婆羅門引：

㊀或有將此詞誤入淮海集者，茲據松窗雜錄載：元寵曾以此詞及點絳脣詞，得徽宗寵愛，足證非秦作，且彊村叢書所收淮海集最精審，亦未載此詞也。

漲雲暮捲，漏聲不到小簾櫳，銀河淡掃澄空。皓月當軒高挂，秋入廣寒宮。正金波不動，桂影朦朧。　佳人未逢，嘆此夕，與誰同？望遠傷懷對景，霜滿愁紅。南樓何處？想人在長笛一聲中。凝淚眼，立盡西風。

亦婉約有致，不落凡俗。

王安中

安中字履道，陽曲人，第進士。政和中自大名主簿累擢中書舍人，翰林學士承旨，出鎮燕山府，召除檢校太保，大名府尹兼北京留守司公事。靖康初貶象州。詞集有毛氏宋六十家詞本初寮詞。

他的詞頗平庸，不甚華麗，以點絳脣及蝶戀花二詞爲最傑出。茲錄如後：

峴首亭空，勸君休墮羊碑淚。宦遊如寄，且伴山翁醉。　說與鮫人，莫解江皐珮。將歸思，暈紅縈翠，細織回文字。

（點絳脣）

詞境頗靜穆而含愁思，據苕溪漁隱叢話載係送韓濟之歸襄陽作者。

蘜蠟成梅天著意，黃色濃濃，對蕚勻裝綴。百和薰肌香旖旎，仙裳應漬薔薇水。　雪徑相逢人半醉，手折低枝，擁鬢人爭翠，嗅蕊撚枝無限思，玉眞未洒梨花淚。（蝶戀花蠟梅）

兩詞雖不奔放開展，然可見其運思之細緻，琢句之刻意了。

趙企

企字循道，大觀間宰績溪，宣和初台州倅，他的感皇恩賦別情頗眞切婉和：

騎馬踏紅塵，長安重到，人面依然似花好。舊歡纔展，又被新愁分了。未成雲雨夢，巫山曉。千里斷腸，關山古道，回首高城似天杳。滿懷離恨，付與落花啼鳥。故人何處也，青春好！

李持正

持正字季秉，政和五年進士，歷知德慶、南劍、潮陽三郡，終朝請大夫。他的詞仍有北宋初期自然的情調。茲錄二詞於後：

星河明澹，春來深淺，紅蓮正滿城開遍。禁街行樂，暗塵香拂面，皓月隨人近遠。天半鰲山，光動鳳樓西觀。東風靜，珠簾不捲。玉輦待歸，雲外聞弦管，認得宮花影轉。（明月逐人來上元）

小桃枝上春風早，初試薄羅衣。年年樂事，華燈競處，人月圓時。禁街簫鼓，寒輕夜永，纖手重攜。更闌人散，千門笑語，聲在簾幃。（人月圓）

何大圭

大圭字晉之，廣德人，政和八年進士，仕爲祕書省著作郎。他的小重山詞極爲臨邛高恥菴所贊許，（見詞品）謂其造句「辟如雲錦月鉤，造化之巧，非人琢也。此等句在天地間有限！」茲錄原詞如下：

綠樹鶯啼春正濃。釵頭青杏小，綠成叢。玉船風動酒鱗紅。歌聲咽，相見幾時重？　車馬去匆匆，路隨芳草遠，恨無窮。相思只在夢魂中。今宵月，偏照小樓東。

趙長卿

長卿自號仙源居士，南豐宗室，其惜香樂府十卷，有毛氏宋六十家詞本。他的詞模仿子野、耆卿，頗得其精髓。故能在豔冶中復具清幽之致。生平作品極多，為柳派大作家。茲錄二闋於後：

斜點銀缸，高擎蓮炬，夜深不耐微風。重重簾幕捲堂中。香漸遠，長烟裊穟，光不定，寒影搖紅。偏奇處，當庭月暗，吐燄如虹。　紅裳呈豔，麗娥一見，無奈狂蹤。試煩他纖手，捲上紗籠。開正好，銀花照夜，堆不盡，金粟凝空。丁寧語，頻將好事，來報主人公。（瀟湘夜雨）

燭消紅窗送白，冷落一衾寒色。鴉喚起，馬馱行，月來衣上明。　酒香脣妝印臂，憶共個人春睡。魂蝶亂，夢鸞孤，知他睡也無？（更漏子）

後闋寫得更明倩可愛。他的畫堂春「小亭烟柳水溶溶，野花白白紅紅」以及卜算子「春水滿江南，三月多芳草，幽鳥銜將遠恨來，一一都啼了」等句，也都很自然清暢，他的集中全都是些香豔的作品，有時且喜用通俗的字句入詞，他可以說是耆卿的嫡傳。

蔡伸

伸字仲道莆田人宣和中官彭城倅歷左中大夫，其詞集名友古詞，有宋六十家詞本。他好融詩句而未能渾化，其作品全模仿賀方回，如七娘子「凭高目斷桃溪路屏山樓外青無數，綠水紅橋瑣窗朱戶，如今總是銷魂處。」以及點絳脣「水繞孤村，亂山深鎖橫江路，帆歸別浦，冉冉蘭皋暮」都係學方回而尙未變體之作。

呂渭老

渭老（一作濱老）字聖求，嘉興人，宣靖間朝士。其聖求詞有毛氏宋六十家詞本，其作品多失之平易，比較以小重山及選冠子等詞，尙稱集中最生動之作：

半夜燈殘鼠上檠小窗風動竹月微明。夢魂偏寄水西亭，琅玕碧花影弄蜻蜓。千里暮雲平，南樓催上燭晚來晴。酒闌人散斗西傾天如水，團扇撲流螢。（小重山）

雨溼花房風斜燕子，池閣晝長春晚。檀槽戰象寶局鋪棊，籌畫未分還嬾。誰念少年齒怯梅酸，病疏霞盞，正靑錢遮路，紛紛明水，俙尋歌扇。空記得小閣題名，紅箋靑製燈火夜深裁翦。明眸似水，妙語如弦不覺曉霜雞喚。聞道近來箏譜慵看金鋪長掩，瘦一枝梅影回首江南路斷。（選冠子）

此外如一落索上闋「蟬帶殘聲移別樹，晚涼房戶秋風有意染黃花，下幾點淒涼雨。」以及江城子「點點螢光，偏向竹梢明」等句，亦皆刻畫工麗，爲集中上乘之作。

魯逸仲

逸仲姓孔名夷，字方平，號滍臯先生，元祐中隱士。「魯逸仲」其別號也。其詞錄於趙聞禮陽春白雪者，有惜餘春慢、南浦等詞，尤以南浦一詞爲最婉約蘊藉，與少游滿庭芳諸作尤神似，即置在淮海集中，亦爲最上乘之作，餘子更不足與並論了。

風悲畫角，聽單于三弄落譙門。投宿駸駸征騎，飛雪滿孤村。酒市漸闌燈火，正敲窗亂葉舞紛紛。送數聲驚雁，乍離烟水，嘹唳渡寒雲。　好在半朧淡月，到如今，無處不銷魂。故國梅花歸夢，愁損綠羅裙。爲問暗香閑豔，也相思萬點付啼痕。算翠屏應是，兩眉餘恨倚黃昏。（南浦）

阮閱

閱字閎休，舒城人，宣和中知郴州，建炎初知袁州，有松菊集、詩話總龜，及詞集一卷，名阮戶部詞，有彊村叢書本。錄一闋於後：

趙家姊妹，合在昭陽殿，因甚人間有飛燕？見伊底盡道，獨步江南，便江北也何曾慣見？　惜伊情性好，不解嗔人，長帶桃花笑時臉。向尊前酒底見了須歸，似恁地，能得幾回細看？待不眨眼兒覷着伊，將眨眼工夫看伊幾遍。（洞仙歌贈宜春官妓趙佛奴）

純從耆卿，山谷得來，而曲折婉媚，語語自然。宜春遺事謂：「此詞已爲元曲開山」，信然。

劉一止

一止字行簡，歸安人。宣和三年進士，紹興中官監察御史，累遷給事中。有苕溪樂章一卷，彊村叢書本。他的喜遷鶯一詞，盛傳京師，詞中有：

> 曉光催角，……迤邐烟村，馬嘶人起，殘月尚穿林薄。淚痕帶霜微凝，酒力衝寒猶弱。嘆倦客悄不禁，重染風塵京洛。

全從柳耆卿作品模仿得來，爲加意描寫之作，故當時有「劉曉行」之稱號。

向鎬

鎬字豐之，河內人。元和江標靈鶼閣本作向滈，其喜樂詞，有江氏本，有王鵬運四印齋彙刻宋元三十一家詞本。他的詞以自然勝，有時用俗語入句，多費解處。

> 野店幾杯空酒，醉裏兩眉長皺，已是不成眠，那更酒醒時候，知否，知否？直是爲她消瘦。（如夢令）
>
> 誰伴明窗獨坐？我和影兒兩個。燈燼欲眠時，影也把人拋躲，無那，無那，好個悽惶的我。（又）

這都是他用白話入詞的成功作品。

吳則禮

則禮字子副，富川人。官至直祕閣，知虢州，晚居豫章，自號北湖居士。有北湖集五卷，附詞。其詞集單刻本，則有彊村叢書本北湖詩餘。他的詞每於質樸中作壯語。

凭欄試覓紅樓句，聽考考城頭暮鼓。數騎翩翩度孤戍，盡雕弓白羽。　平生正被儒冠誤，待閒看將軍射虎。朱檻瀟瀟微雨，送斜陽西去。（江樓令晚眺）

李呂

呂字東老，邵武軍光澤人。有澹軒集七卷，詞一卷，有彊村叢書本。他的詞頗明豔嫵媚，具晏小山風姿，如鷓鴣天後闋「人悄悄，漏迢迢，瑣窗虛度可憐宵。一從恨滿丁香結，幾度春深豆蔻梢，」即其例證，然尚不及他的調笑令更明豔動人。

掩袖低迷情不禁，背人低語兩知心。烟娥漸放愁邊散，細靨從教醉裏深。小梅破蕚嬌難似，喜色旁人吹不起。莫將羽扇掩明波，灩灩風光生眼尾。　眼尾寄深意，一點驚膏紅破蕊。鈿窩淺淺雙痕媚，背面銀牀斜倚。燭花光報今宵喜，管定知人心裏。

曾紓

紓字公卷，南豐人，布之子，爲司農少卿，直寶文閣，知衢州，有空青集。他的菩薩蠻上闋：

> 山光冷浸清溪底，溪光直到柴門裏。臥對白蘋洲，欹眠數釣舟。

寫月夜之景頗佳。

曹勛

勛字功顯，陽翟人，宣和時官至太尉，提舉皇城司開府儀同三司，終於淳熙初。其詞集有彊村叢書本松隱樂府三卷，補遺一卷。他爲北宋末期一大慢詞作家，自度新曲亦極多。爲人頗有氣節，靖康之難，隨徽宗北遷，旋遁歸。建炎初至南京，建議募死士奉徽宗歸，爲執政所格，九年不用。他的詞多應制詠物之作，頗工穩。如點絳脣上闋：「秋雨瀰空，冷侵窗戶琴書潤。四檐成韻，孤坐無人問。」以及酒泉子上闋：「慘慘西風，人與兩州俱不見，一江殘照落霞紅，艫聲中。」與油滑之作不同。

李祁

祁字蕭遠，官至尚書郎。其點絳脣：

樓下清歌：水流歌斷春風暮。夢雲烟樹，依約江南路。碧水黃沙，夢到尋梅處。花無數，問花無語，明月隨人去。

婉約淸麗，勝處不減少游。

蔣子雲

子雲字元龍，其好事近一闋頗短倩有致：

葉暗乳鴉啼，風定亂紅猶落。蝴蝶不隨春去，入薰風池閣。休歌金縷勸金卮，酒病煞如昨。簾捲日長人靜，任楊花飄泊。

宋齊愈

齊愈字退翁，宣和間爲太學官。其眼兒媚詠梅「霏霏疏影轉征鴻，人語暗香中。小橋斜渡，曲屏深院，水月濛濛」尙婉麗。

沈會宗

會宗字文伯，其菩薩蠻詞甚婉和自然：

落花迤邐層陰少，靑梅競弄枝頭小。紅色雨和烟，行人江那邊。好花都過了，滿地空芳草。落日醉醒間，一春無此寒。

他的詞集，有趙氏校輯宋金元人詞本，名洗文伯詞一卷，共二十三首，附錄二首。

林少瞻

霽霞散曉月猶明，疏木挂殘星。山徑人稀，翠蘿深處，啼鳥兩三聲。 霜華重逼雲裘冷，心共馬蹄輕。十里青山，一溪流水，都做許多情。（眼兒媚曉行）

王庭珪

庭珪字民瞻，廬陵人，政和進士，爲國子監主簿，晚直敷文閣。有盧溪詞一卷，有趙萬里輯本，共四十二首，附錄一首。

一葉上西風，寒生南浦，椎鼓鳴橈送君去。長亭把酒，卻倩阿誰留住？尊前人似玉，能留否？（感皇恩上闋）

此外尚有許多作家，因無甚特異處，略爲概舉如後。

徐伸字幹臣，三衢人，政和初爲太常典樂，出知青州。其轉調二郎神則爲自度腔，有青山樂府，不傳。

劉幾字伯壽，官祕書監，神宗時與范蜀公重定大樂，有花發狀元慢，亦爲自度新曲。米友仁字元暉，襄陽人，芾子，善書畫，仕至敷文閣直學士，有陽春集詞一卷。（彊村叢書本）沈瀛字子壽，吳興人，有竹齋詞一卷。（彊村叢書本）張綱有華陽長短句一卷。（彊村叢書本）徐積字仲車，山陽人。韓駒字子蒼，政和初進士，有陵陽集。沈與求有龜溪長短句。（彊村叢書本）王寀字輔道，宣和中官侍郎，李甲字景元，華亭人，廖世美燭影搖紅「塞鴻難問岸柳何窮，別愁紛絮。……催促年光，舊來流水知何處。斷腸何必更殘陽，極目傷平楚晚霽波聲帶雨。悄無人，舟橫古渡。」語淡情深，允稱佳製。此外如方喬、楊适、沈公述、李玉、沈子山、夏倪、謝克家、何㮚、查荎、何籀等人，多係片詞，無關重要。

參考書目

元脫克脫：宋史

宋王偁：東都事略

宋張炎：詞源

吳梅：詞學通論

王國維：人間詞話

宣和遺事　宋人撰，不著作者姓氏。

王鵬運：易安居士事輯　見王氏四印齋所刻詞中漱玉詞後。

周邦彥：片玉詞　有毛氏宋六十家詞本，及彊村叢書本，　又名清眞集　有四印齋所刻詞本。

趙佶：宋徽宗詞　有彊村叢書本。

李清照：漱玉詞　有毛晉汲古閣刊詩詞雜俎本，有四印齋所刻詞本，有趙萬里校輯宋金元人詞本。　本以趙氏本爲最精審，凡四十三首，附錄十七首。

晁端禮：閑齋琴趣外篇　有吳氏雙照樓本。

万俟詠：大聲集　宋本已失，近人趙萬里始爲輯成一卷，刊校輯宋金元人詞中，凡二十七首，附錄二首。

田爲：芊嘔集　有趙氏校輯宋金元人詞本，凡六首。

杜安世：壽域詞　有毛氏宋六十家詞本

王之道：相山居士詞　有彊村叢書本。

曹組：箕潁詞　有趙氏校輯宋金元人詞本，凡三十五首，附錄一首，　又名元寵詞，　有易大厂宋二十家詞本。趙、易二家輯本，均爲最近本。

王安中：初寮詞　有宋六十家詞本。

趙長卿：惜香樂府　有宋六十家詞本。

蔡伸：友古詞　有宋六十家詞本。

阮閱：阮戶部詞　有彊村叢書本，僅得四首。

吳則禮：北湖詩餘　有彊村叢書本。

李呂：澹軒詩餘　有彊村叢書本。

劉一止：苕溪樂章　有彊村叢書本。

向鎬：喜樂詞　有江標靈鶼閣彙刻名家詞本，有四印齋彙刻宋元三十一家詞本。

曹勛：松隱樂府　有彊村叢書本。

王庭珪：盧溪詞　有趙氏校輯宋金元人詞本，凡四十二首，附錄一首。

第五編　宋詞第四期

——公元一一二〇—一一九五——

——蘇軾派的擡頭或朱敦儒與辛棄疾的時期——

引言　政治環境的兩大反映

本期約自徽宗宣和以後起，直到南渡後慶元間，約七十餘年，是傳統下來的詞學史中一個椏枝旁幹的怒出，是由蘇軾到辛棄疾的一個最光輝的時期。中國詞學，在南渡後，本可直接由周邦彥一條路線走下去的，因爲政治上受了一個最慘烈的打擊，在承平一百七十餘年的北宋社會，忽然被一種暴力所劫持，而變換了政治與生活的常態。於是國都被異族攻陷了，皇帝也被擄去了，長淮以北完全爲胡馬所縱橫踐踏的場所了。這種刺激與震驚，遂使百年以來所代表的一種承平享樂的詞風，爲之遽變。這時候有兩大詞派的出現，代表兩種相反的意見與思想。

一派因鑒於國勢險惡，朝政日非，忠耿熱烈之士反足殺身賈禍，他們遂遁迹江湖，或與世浮沈，成爲一種放達頹廢的詩人。一切國情朝政，與他們毫不關心。他們唱着「醉眠小塢黃茅店，夢倚高城赤葉樓。」（蘇庠鷓鴣天）他們唱着：「萬事不理醉復醒，長占烟波弄明月。」（蘇庠清江曲）他們唱着：「世事短如春夢，人情薄似秋雲。不須計較苦勞心，萬事元來有命。」（朱敦儒西江月）他們唱着：「日日深杯酒滿，朝朝小圃花開。自歌自舞自開懷，且喜無拘無礙。」（朱敦儒西江月）他們唱着：「一杯且買明朝事，送了斜陽月又生。」（范成大鷓鴣天）他們抱定「萬事有命」主義，得過一天是一天。這一派的詞人如蘇庠、陳與義、朱敦儒、范成大、楊萬里等，都係由毛滂、謝逸等一派瀟灑的作家傳下來的。因南渡一件政治的事變，而染上一重灰色與頹廢的時代色彩，在這些作家中，以朱敦儒爲最傑出。

還有一派是憤世的詩人，是熱烈的志士，他們目睹國勢的陵替，權奸的當路，忠臣之慘遭禍辱，他們憤痛之情無處發泄，都寫入他們的歌聲裏。他們唱着：「欲駕巾車歸去，有豺狼當轍。」（胡銓好事近）他們唱着「夢繞神州路，悵愁風連營畫角，故宮離黍。底事崑崙傾砥柱，九地黃流亂注？聚萬落千村狐兔。」（張元幹賀新郎）他們唱着：「念腰間箭，匣中劍，空埃蠹，竟何成！時易失，心徒壯，歲將零。」（張孝祥六州歌頭）他們唱着：「易水蕭蕭西風冷，滿座衣冠似雪；正壯士悲歌未徹。啼鳥還知如許恨，料不啼清淚長啼血。誰伴我，醉明月！」（辛棄疾賀新郎）他們唱着：「胡未滅，鬢先秋，淚空流。此生誰料，心在天山，身老蒼州！」（陸游訴衷情）他們唱着：「追念江左英雄，中興事業，枉被姦臣誤。……擊楫誓誰，問籌無計，何日寬憂顧？倚筇長嘆，滿懷清淚如雨！」（劉仙倫念奴嬌）他們的歌聲，都是極悲壯的，極熱烈的，是最具有時代性的。此派作家如岳飛、張元幹、張孝祥、陸游、辛棄疾、陳亮、劉仙倫等，而以辛棄疾爲最偉大。他不獨集此派詞人的大成，且自蘇軾、晁補之、葉夢得一直到朱敦儒、陳與義所有豪放及瀟灑派的詞人特長，無不在他的包容涵淹中，造成了一個空前的偉大作家。

在這南渡前後六七十年中，我們可以叫做「蘇軾派的開展與擡頭。」這時已經不是柳永、周邦彥的時期，而是朱敦儒與辛棄疾的時期了。因爲辛棄疾的造詣最精邃博大，所以我們就簡稱爲「辛棄疾的時期。」

在此時期也有兩個很大的作家，如周紫芝、程垓，其造詣確能遠接柳永、秦觀、賀鑄之精髓。其次等的作家則有康與之、張掄、張鎡、葛立方、洪适、謝懋、蔡柟、石孝友等人，在當年的詞壇上，亦頗燦爛可觀。惟均爲辛棄疾的作風所掩，而且他們全係模仿第二三期柳、賀、秦、周等大詞人的風調，於時代的背景上無深透的表現力，他們只是柳永時期的一種餘波了。

第一章　頹廢的詩人

——李邴——向子諲——陳與義——蘇庠——楊无咎——朱敦儒——范成大——楊萬里——朱熹——史浩——幾個方外的作家——

李　邴[1]

邴字漢老，濟州任城人。崇寧五年進士，累官翰林學士，紹興初拜參知政事，資政殿學士，寓泉州，卒諡文敏，有雲龕草堂集。

邴與汪藻、樓鑰為南渡三詞人，樓詞則已無存，惟汪、李獨傳。汪詞以婉麗勝，李詞則清幽雅潔，頗似毛東堂也。茲錄數闋於後：

清淺小溪如練，問玉堂，何似，茅舍疏籬？傷心故人去後，冷落新詩。……（漢宮春梅花下闋）

素光練淨，映秋山隱隱修眉橫綠。鳷鵲樓高天似水，碧瓦寒生銀粟。……更無塵氣，滿庭風碎梧竹。（念奴嬌秋月上闋）

---

[1] 見南宋書卷十二。

洗吟不語晴寒畔，小字銀鉤題欲遍。雲情散亂未成篇，花骨欹斜終帶軟。（玉樓春美人書字上闋）

向子諲㊀

子諲字伯恭，臨江人，敏中玄孫，欽聖憲肅皇后再從姪。元符初，以恩補官。高宗朝，歷徽猷閣直學士，知平江府，晚號所居曰薌林，其酒邊詞有毛氏宋六十家詞本，凡二卷，有吳氏雙照樓景刊本凡一卷。

他晚年因忤秦檜意致仕，卜居清江，繞屋多植巖桂，命其堂曰薌林，逍遙物外，以終天年，故其滿庭芳有「徽吟罷，閒據胡牀。須知道，天教尤物，相伴老江鄉」句。他的個性和作風，可用他的西江月作為代表：

五柳坊中烟綠，百花洲上雲紅。蕭蕭白髮兩衰翁，不與時人同夢。　拋擲麟符虎節，徜徉月下林風；世間萬事轉頭空，個裏如何不動。

胡致堂言其「步趨蘇堂，而能嚌其胾者，」雖稱許過當，然其作風，確與坡仙為近。

陳與義㊁　公元一〇九〇——一一三八

㊀見宋史卷三百七十七，南宋書卷十八。

㊁見宋史卷四百四十五文苑七，南宋書卷五十五文苑傳。

與義字去非，洛人。（一作汝川葉縣人）政和三年進士。紹興中，歷中書舍人，拜翰林學士，知制誥，尋參知政事，提舉洞霄宮。有簡齋集。其無住詞有宋六十家詞本，有彊村叢書本。撰製雖不甚多，然均瀟灑疏宕，絕無婦人及香豔語，亦詞中所罕見者也。

扁舟三日秋塘路，平度荷花去。病夫因病得來遊，更值滿川微雨洗新秋。 去年長恨拏舟晚，空見殘荷滿。今年何以報君恩，一路繁花相送到青墩。㈠（虞美人）

憶昔午橋橋上飲，坐中都是豪英，長溝流月去無聲，杏花疏影裏，吹笛到天明。 二十餘年成一夢，此身雖在堪驚。閒登小閣眺新晴，古今多少事，漁唱起三更。（臨江仙夜登小閣憶洛中舊游）

其造語之「清婉奇麗」（胡仔語）足以見其瀟灑的胸懷。又如他的虞美人：

張帆欲去仍掩首，更醉君家酒。吟詩日日待春風，及此桃花開後卻匆匆。 歌聲頻爲行人咽，記着尊前雪。明朝酒醒大江流，滿載一船離恨向衡州。

豪情壯語，不減東坡。

蘇庠

庠字養直，灃州人，伯固之子。初以病目，自號眚翁，後徙居丹陽之後湖，更號後湖病民。紹興間，居廬

㈠時去非爲湖州守，卜居青墩鎮。

山，與徐俯同召不赴。卒年八十餘。有後湖集。

養直是一個放逸的詞人。他一生淡於名利，故其詞境亦極瀟疏，有塵外之想。茲舉二闋於後：

楓落河梁野水秋，淡烟衰草接荒邱。醉眠小塢黃茅店，夢倚高城赤葉樓。　天杳杳，路悠悠，鈿箏歌扇等閒休。灞橋楊柳年年恨，鴛浦芙蕖葉葉愁。（鷓鴣天）

屬玉雙飛水滿塘，菰蒲深處浴鴛鴦。白蘋滿棹歸來晚，秋著蘆花一岸霜。　扁舟繫岸依林樾，蕭蕭兩鬢吹華髮，萬事不理醉復醒，長占烟波弄明月。（清江曲）

詞中佳句深得唐人妙處，爲宋詞中所罕見之作。

楊无咎

无咎字補之，清江人。高宗累徵不起，自號清夷長者，其逃禪詞，有宋六十家詞本。他的詞正如他的人品，極高潔清幽，不沾塵俗。

茆舍疏籬，半飄殘雪。斜臥低枝，可更相宜？烟籠修竹，月在寒溪。　寧寧佇立移時，判瘦損無妨爲伊，誰賦才情，畫成幽思，寫入新詩？（柳梢青）

秋來愁更深，黛拂雙蛾淺。翠袖怯天寒，修竹蕭蕭晚。　此意有誰知，恨與孤鴻遠。小立背西風，又是重門掩。（生查子）

朱敦儒㊀ 約自公元一〇八〇——一一七五

敦儒字希眞，洛陽人。生年約在神宗元豐三年。少時以布衣負重名。靖康間，召至京師，不肯就官。南渡後，爲祕書省正字，兼兵部郎官，遷兩浙東路提點刑獄。秦檜當國，以爲鴻臚少卿，檜死，廢黜。有獵校集及巖壑老人詩文一卷。其詞集名樵歌，凡三卷，有彊村叢書本及四印齋所刻詞本，約二百五十餘首。

希眞爲東都名士，以詞章擅名。惟晚節出秦檜之門，殊爲盛名之累。暮年居嘉禾，常放浪烟霞間。其詞曠逸俊邁，與李太白詩情爲近，無人間兒女俗豔氣，及文人矯揉造作語，在詞中能自成一格，爲南渡前後最大的一位頹廢派詞人。他的放逸豪邁之作，如：

故國當年得意，射麋上苑，走馬長楸。對葱葱佳氣，赤縣神州。好景何曾虛過，勝友是處相留。向伊川雪夜，洛浦花朝，占斷狂遊。　胡塵卷地，南走炎荒，曳裾强學應劉。空漫說螭蟠龍臥，誰取封侯？塞雁年年北去，蠻江日日西流。此生老矣，除非春夢，重到東周！（雨中花嶺南作）

當年五陵下，結客占春遊。紅纓翠帶，談笑跋馬水西頭。落日經過桃葉，不管插花歸去，小袖挽人留。換酒春壺碧，脫帽醉青樓。　楚雲驚，隴水散，兩漂流。如今憔悴天涯，何處可銷憂？長揖飛鴻舊月，不知今夕烟水，都照幾人愁？有淚看芳草，無路認西州！（水調歌頭淮陰作）

㊀見宋史卷四百四十五文苑七，南宋書卷十九，朱敦儒本傳，依胡適之詞選。

這都是晚年飽經南渡世變之作，其狂放的胸懷，直可抗衡太白；眞非局促轅下的傳統作家所能擬並。當其射麋上苑，走馬長楸，插花醉舞，脫帽青樓，其豪情逸懷，何殊當年謫仙金龜換醉之時？所謂「不知今夕烟水，都照幾人愁？有淚看芳草，無路認西州！」至語深情，均由肺腑流出，不獨雄快，而且沈鬱悲壯。此等處，與後來稼軒作品，尤極神似。又如：

插天翠柳，被何人推上一輪明月？照我藤牀涼似水，飛入瑤臺瓊闕。霧冷笙簫，風輕環佩，玉鎖無人掣。閒雲收盡，海光天影相接。　誰信有藥長生，素娥新鍊就，飛霜凝雪。打碎珊瑚，爭似看仙桂扶疏橫絕。洗盡凡心，滿身清露，冷侵蕭蕭髮。明朝塵世，記取休向人說。（念奴嬌）

堪笑一場顚倒夢，元來恰似浮雲。塵勞何事最相親？今朝忙到夜，過臘又逢春。　流水滔滔無住處，飛花忽忽西沈，世間誰是百年人？個中須著眼，認取自家身。（臨江仙）

這些作品，代表南渡以後，國弱主闇，一般人無可奈何，勉作達觀狂放之語，用以自解的思想。這類詞尤占他的全集最多數。如：

世事短如春夢，人情薄似秋雲，不須計較苦勞心，萬事元來有命！（西江月上闋）

日日深杯酒滿，朝朝小圃花開。自歌自舞自開懷，且喜無拘無礙。　青史幾番春夢，紅塵多少奇才。不須計較與安排，領取而今現在！（又）

可謂頹廢至於極點了。他認爲「萬事元來有命，」聽其自然，何必「計較苦勞心。」還是「領取而今現在」的暫時享樂罷。

他有時也不免有凄婉黯淡之作，但數量極少，不足代表他的作風。如：

春寒未定。是欲近清明，雨斜風橫。深閉朱門，盡日柳搖金井。年光自趁飛花緊，奈幽人雪添雙鬢。謝山攜妓，黃爐貰酒，舊愁慵整。 念壯節飄零未穩。負九江風笛，五湖烟艇，起舞悲歌，淚眼自看清影。新鶯又向愁時聽，把人間如夢深省。舊溪鶴在，尋雲弄水，是事休問。（桂枝香南都病起）

晚涼可愛，是黃昏人靜，風生蘋葉。誰做秋聲穿細柳，細聽寒蟬凄切。旋采芙蓉，重熏沈水，暗裏香交徹。拂開冰簟，小牀獨臥明月。 老來因免多情，還因風景好，愁腸重結。可惜良宵人不見，角枕蘭衾虛設。宛轉無眠，起來閒步，露草時明滅。銀河西去，畫樓殘角嗚咽。（念奴嬌）

都有一種凄婉的情緒，但只是病後及偶然心情的表露。

最足代表他的作風的，則爲他的小令。如：

我是清都山水郎，天教分付與疏狂。曾批給雨支風券，累上留雲借月章。 詩萬首，酒千觴，幾曾着眼看侯王！玉樓金闕慵歸去，且插梅花醉洛陽！（鷓鴣天西都作）

這種狂逸的心懷與風調，不獨在詞中爲絕無僅有，即在中國全部詩歌中只有太白能有此種境界。故黃花庵謂其「天資曠遠，有神仙風致。」

信取虛中無一物，個中著甚商量？風頭緊後白雲忙；風元無去住，雲自沒行藏。 莫聽古人閒語話，終歸失馬亡

羊。自家腸肚自端詳。一齊都打碎放出大圓光！（臨江仙）

這簡直是大解脫的禪語了。

一個小園兒兩三畝地，花竹隨宜。旋裝綴樵籬茅舍，便有山家風味。等閒池上飲，林間醉。都爲自家胸中無事，風景爭來趁遊戲稱心如意，賸活人間幾歲！洞天誰道在塵寰外？（感皇恩）

春雨細如塵，樓外柳絲黃溼。風約繡簾斜去，透窗紗寒碧。美人慵翦上元燈，彈淚倚瑤瑟。却上紫姑香火，問遼東消息。（好事近）

搖首出紅塵，醒醉更無時節，活計綠蓑青笠，慣披霜衝雪。晚來風定釣絲閒，上下是新月。千里水天一色，看孤鴻明滅！（又）

這許多小詞寫來極清新自然，如一幅雨後的叢篁，如晨曦中的圓露，如人迹絕滅的幽林，令人耳目爲之一新。

他無論是長調，是小令，都能表示出他的優越的天才，和創作的精神。一掃前人習用的庸濫的字句與腔調，他實在是南渡後最大的一位作家。後世選家迄未將他列於辛、姜、史、吳諸大家之林，未免埋沒前賢了！

范成大（公元一一二五——一二〇四）

成大字致能，號石湖居士，吳郡人。生於宋徽宗宣和七年。（公元一一二五年）紹興二十四年進士。孝宗時累官權吏部尚書，拜參知政事，進資賢殿學士，提舉洞霄宮。卒於寧宗嘉泰四年，（公元一二〇四年）享壽八十歲，諡文穆。詞集名石湖詞，有彊村叢書本，有知不足齋叢書本，凡一卷。

石湖爲南宋大詩人之一。其詩極清疏有致，詞亦如之。

嫩綠重重看得成，曲欄幽檻小紅英。酴醾架上蜂兒鬧，楊柳行間燕子輕。春晼晚，客飄零，殘花殘片時淸。一杯且買明朝事，送了斜陽月又生。（鷓鴣天）

棲鳥飛絕，絳河綠霧星明滅。燒香曳簟眠淸樾，花影吹笙，滿地淡黃月。好風碎竹聲如雪，昭華三弄臨風咽。鬢絲撩亂綸巾折，涼滿北窗，休共軟紅說。（醉落魄）

一種淸逸淡遠之趣，令人塵襟爲之頓爽。

楊萬里㊁

萬里字廷秀，吉水人。紹興二十四年進士。光宗朝歷祕書監，出爲江東轉運副使，再召皆辭。寧宗朝，以寶謨閣學士致仕。卒諡文節。有誠齋集。

㊀見宋史卷三百八十五，南宋書卷三十三。

㊁見南宋書卷三十九。

誠齋淡於功名，以氣節自高。據餘冬序錄：「韓侂胄當國，欲網羅四方知名士相羽翼。嘗築南園，屬楊萬里爲之記，許以掖垣。萬里曰：「官可棄，記不可作！」可見他在當年，是眞正有氣節的名士，與朱敦儒之受知秦檜。（檜請朱教其子）陸游之爲韓侂胄南園作記，益覺亮節可欽了。他的詞不多見，然如好事近：

月未到誠齋，先到萬花川谷；不是誠齋無月，隔一庭修竹。　如今纔是十三夜，月色已如玉；未是秋光奇絕，看十五十六。

亦極瀟灑別致，有出塵之想，正如他的高潔的人品。

朱熹㊀　公元一一三〇—一二〇〇

熹字元晦，一字仲晦，世爲徽州婺源人。父韋齋先生松，宦遊建陽之秀亭，遂家焉。生於宋高宗建炎四年。（公元一一三〇年）紹興十八年進士。歷高、孝、光、寧四朝，累官轉運副使，煥章閣待制，祕閣修撰。卒於寧宗慶元六年，（公元一二〇〇年）享壽七十一歲，追贈寶謨閣學士，謚曰文。紹定時，追封徽國公，淳祐時從祀孔廟，清康熙中，升位於十哲之次，稱朱子。又嘗自號曰紫陽、晦庵、晦翁、滄洲病叟，一生著述極多，尤以解注羣經，幾爲六百年來唯一的圭臬之作。其詞集名晦庵詞，有江氏靈鶼閣彙刻名家詞本。

㊀見宋史卷四百二十九道學三，南宋書卷四十四。

晦庵先生爲中國最大哲學家之一，他在南宋集濂溪二程等幾大唯心派哲學——所謂理學——的大成。他是一個最勤愼醇正的大儒，但其詞則頗淸暢淡遠，不類一位道學家嚴肅的口吻。

江水浸雲影，鴻雁欲南飛。攜壺結客何處，空翠渺烟霏。塵世難逢一笑，況有紫萸黃菊，堪插滿頭歸。風景今朝是，身世昔人非。　酬佳節，須酩酊，莫相違。人生如寄，何事辛苦怨斜暉。不盡今來古往，多少春花秋月，更那有危機。與問牛山客，何必淚沾衣。（水調歌頭隱括杜牧之九日齊州詩）

史浩

浩字直翁，鄞人。累官丞相樞密，爲南宋佞臣之一。其詞集有彊村叢書本鄮峯眞隱大曲及詞曲各一卷。

他的大曲部份，如採蓮舞，則表演採蓮；太淸舞則表演武陵源事；漁父舞則表演漁家生活；柘枝舞、花舞、劍舞亦各表演其意態。凡各舞之中，有樂語，有歌詞，有吹，有演，次序姿勢，纖悉皆備，卽爲後世戲劇之唱、念、科、白、砌末的雛形了。（見近人王易詞曲史）

他的詞曲部份，錄其江城子，用爲代表作：

片帆初落甬勾東，碧湖空，滿汀風。回首一川，銀浪颭孤蓬。且駕兩橈烟雨裏，凭曲檻，浥空濛。　閒移拄杖上晴峯，莫悤悤，伴冥鴻。笑指家山，蘋葉藕花中。脚力倦時呼小艇，歸棹隱，月朦朧。

此外尚有幾個方外的作家，亦可歸納在此派作家之數的：

張繼先，爲世襲天師，其詞集有彊村叢書本虛靖眞君詞。他的雪夜漁舟下闋：「萬塵聲影絕，瑩虛空無外，水天相接。一葉身輕，三花頂聚，永夜不愁寒冽。愧憐薄劣，但只解趨炎趨熱。停橈失笑，知心都付，野梅江月，」亦清曠超逸，足以見其胸懷。

夏元鼎亦爲南宋羽流之一。他的詞名蓬萊鼓吹，有彊村叢書本。其滿江紅：「沙磧畔，蒹葭茂，烟波際，盟鷗友。喜清風明月，多情相守。……捨浮雲富貴樂天眞，酹江酒，」即可略見他作風的一斑。

葛長庚，亦羽流之一，其詞集名海瓊詞，又名玉蟾先生詩餘，有彊村叢書本。他的水龍吟下闋：「回首暝烟無際，但紛紛落花如淚。多情易老，青鸞何處，書成難寄。欲問雙蛾，翠蟬金鳳，向誰嬌媚？想分香舊恨，劉郎去後，一溪流水。」亦爲道家醒世的本色語。

第二章 憤世的詩人

第一節 稼軒以前及並時的此派作家

——趙鼎——岳飛——張元幹——張孝祥——洪皓——葉夢得——黃公度——胡銓——韓元吉——陸游——陳亮——袁去華——楊炎正——高登——呂本中——劉子翬——劉仙倫——

趙鼎㊀ 公元一〇八五——一一四七

鼎字元鎮，號得全居士，解州聞喜人。生於宋神宗元豐八年。（公元一〇八五年）徽宗崇寧五年進士。紹興初累官簽書樞密院事，拜尚書右僕射同中書門下平章事，安置潮州，移吉陽軍薨，時爲紹興十七年，（公元一一四七年）享壽六十三歲。孝宗朝賜謚忠簡，贈太傅配享高宗廟廷。有忠正德文集。其詞集有四印齋所刻詞本得全居士詞一卷。

元鎮爲南宋名臣，南渡後，與李綱、張浚先後居相位，共圖興復，以禦金人。因與主和派秦檜等議不合，貶嶺南，憂憤國事，不食而卒。病危時自書銘旌云「身騎箕尾歸天上，氣作山河壯本朝，」其氣節人

㊀見宋史卷三百六十，南宋書卷九。

品，於此可見他的詞多河山故主之思，音節雖婉柔，而意緒則甚淒楚也。如：

客路那知歲序移，忽驚春到小桃枝。天涯海角悲涼地，記得當年全盛時。　花弄影，月流輝，水精宮殿五雲飛。分明一覺華胥夢，回首東風淚滿衣！（鷓鴣天建康上元作）

香冷金猊，夢回鴛帳餘香嫩，更無人問，一枕江南恨！　消瘦休文，頓覺春衫襯。清明近，杏花吹盡，薄暮東風緊。（點絳脣）

岳　飛[一]　公元一一〇三——一一四一

飛字鵬舉，相州湯陰人。生於宋徽宗崇寧二年。（公元一一〇三年）宣和間應徵起行伍，累立戰功，後隸宗澤部下，與金人戰，所向皆捷。高宗刺「精忠岳飛」四字於旗以賜之。破劉豫，平楊么，累官至太尉，加少保，爲河南北招討使。復大破金兵至朱仙鎮。時秦檜力主和議，盡棄淮北地，召飛還。旋誣以罪，死於大理寺獄，時爲高宗紹興十一年。（公元一一四一年）年僅三十九歲。孝宗時追封鄂王，謚武穆，後改謚忠武。有集。今杭州西湖有岳王墳。

武穆爲中國最壯烈的民族英雄之一。他一生戰功之炫赫，誣陷之慘痛，遂使後人留下了一個深刻的紀念。他的滿江紅詞，忠義慷慨，氣貫日月，爲千古絕唱。其詞云：

[一] 見宋史卷三百六十五，南宋書卷十五。

怒髮衝冠，憑欄處，瀟瀟雨歇。擡望眼仰天長嘯，壯懷激烈。三十功名塵與土，八千里路雲和月，莫等閒白了少年頭，空悲切！　靖康恥，猶未雪，臣子恨何時滅。駕長車踏破賀蘭山缺！壯志饑餐胡虜肉，笑談渴飲匈奴血。待從頭收拾舊山河，朝天闕！

張元幹

元幹字仲宗，長樂人，向伯恭之甥。有蘆川歸來集。其詞集名蘆川詞，有宋六十家詞本凡一卷，有雙照樓景刊宋元明本詞本凡二卷。

蘆川頗豪爽有氣節，讀其詞可以想見其爲人。他與苕溪漁隱胡仔同時，在錢塘從游甚久。（見胡氏叢話）他因送胡邦衡（銓）及寄李伯紀（綱）詞，觸秦檜之怒，追付大理削籍。李、胡均南渡後名臣，主戰最力者，故蘆川送二君詞亦極慷慨憤激，忠義之氣，溢於言表。

夢繞神州路，悵秋風連營畫角，故宮離黍。底事崑崙傾砥柱？九地黃流亂注，聚萬落千村狐兎！天意從來高難問，況人情易老悲難訴。更南浦，送君去。　涼生岸柳催殘暑，耿斜河疏星淡月，斷雲微度。萬里江山知何處？回首對牀夜語，雁不到，書成誰與？目盡青天懷今古，肯兒曹恩怨相爾汝。擧大白，聽金縷！（賀新郎送胡邦衡待制赴新州）

曳杖危樓去，斗垂天，滄波萬頃，月流烟渚。掃盡浮雲風不定，未放扁舟夜渡，宿雁落寒蘆深處。悵望關河空弔影，正人間，鼻息鳴鼉鼓。誰伴我，醉中舞！　十年一夢揚州路。倚高寒，愁生故國，氣吞邊部。要斬樓蘭三尺劍，遺恨琵琶舊語。謾暗拭銅華塵土。喚取謫仙平章看，過苕溪尚許垂綸否？風浩蕩，欲飛舉。（又寄李伯紀丞相）

兩詞極悲壯，將當日河山之痛，贈別之懷，及牢騷抑鬱之情，均直貫紙背，已開辛詞先河。使稼軒爲之，亦不是過。又如他的踏莎行：

芳草平沙，斜陽遠樹。無情桃葉江頭渡。醉來扶上木蘭舟，將愁不去將人去。　薄劣東風，夭斜飛絮。明朝重覓吹笙路。碧雲香雨小樓空，春光已到消魂處。

以明暢之筆，寫悽婉之思，其風神又宛似永叔、少游矣。

張孝祥㊀

孝祥字安國，蜀簡州人，後卜居歷陽，遂誤爲歷陽人。（見毛晉于湖詞跋）紹興二十四年廷試第一。孝宗朝，累官中書舍人，直學士，領建康留守。其詞集名于湖詞，有宋六十家詞本凡一卷；又名于湖居士樂府，有雙照樓景刊宋元明本詞本凡四卷；又名于湖先生長短句，有涉園景宋金元明本詞續刊本凡五卷，拾遺一卷。

安國性豪爽，精於翰墨。（見癸辛雜識及四朝聞見錄）其平日爲詞，未嘗著藁，筆酣興健，頃刻即成。（湯衡

㊀見宋史卷三百八十九。

語）作風極似東坡，茲錄數闋如後：

洞庭青草近中秋，更無一點風色。玉界瓊田三萬頃，著我扁舟一葉。素月分輝，明河共影，表裏俱澄澈。悠然心會，妙處難與君說。　應念嶺表經年，孤光自照，肝胆皆冰雪。短鬢蕭疏襟袖冷，穩泛滄溟空闊。盡吸西江，細斟北斗，萬象為賓客。叩舷獨嘯，不知今夕何夕。（念奴嬌過洞庭）

問訊河邊柳色，重來又是三年。春風吹我過湖船，楊柳絲絲拂面。　世路如今已慣，此心到處悠然。寒光亭下水連天，飛起沙鷗一片。（西江月丹陽湖）

清疏的音節，與瀟灑的情懷，神似東坡中秋及重九諸作，又如他的：

斗帳高眠，寒窗靜，瀟瀟雨意。南樓近，更移三鼓，漏傳一水。點點不離楊柳外，聲聲只在芭蕉裏。也不管滴破故鄉心，愁人耳。　無似有，游絲細；聚復散，珍珠碎。天應分付與別離滋味。破我一牀蝴蝶夢，輸他雙枕鴛鴦睡。向此際，別有好思量，人千里。（滿江紅聽雨）

清幽流暢，一氣呵成，則又極似稼軒滿江紅「滿眼不堪三月暮，舉頭已覺千山綠。但試把一紙寄來書，從頭讀」以及木蘭花慢滁州送范倅，念奴嬌書東流村壁諸作矣。他有時「興酣筆健」，發為慷慨壯烈之音，且有更甚於蘇、辛者，如他的六州歌頭，即係一例：

長淮望斷，關塞莽然平。征塵暗，霜風勁，悄邊聲。黯銷凝，追想當年事，殆天數，非人力，洙泗上，絃歌地，亦羶腥。隔水氈鄉，落日牛羊下，區脫縱橫。看名王宵獵，騎火一川明，笳鼓悲鳴，遣人驚。　念腰間箭，匣中劍，空埃蠹，竟何成！時易失，心徒壯，歲將零。渺神京干羽，方懷遠，靜烽燧，且休兵。冠蓋使紛馳騖，若爲情。聞道中原遺老，常南望翠葆霓旌，使行人到此，忠憤氣填膺，有淚如傾！

縱筆直書，如鷹隼臨空盤旋天矯而下，詞中極少此種境界。

洪皓㊀

皓字光弼，鄱陽人，政和五年進士。建炎三年，假禮部尚書使金，不屈，被留十五年始還。除徽猷閣直學士。尋謫英州，徙袁州。卒復官，謚忠宣，有鄱陽詞一卷，刊於彊村叢書中。茲錄其使金懷歸之作臨江仙於後：

冷落天涯今一紀，誰憐萬里無家。三閭憔悴賦懷沙。思親增悵望，弔影覺欹斜。　兀坐書堂眞可怪，銷憂殢酒難賒。因人成事恥矜誇，何時還使節，踏雪看梅花？

葉夢得㊁　公元一〇七七——一一四四

夢得字少蘊，吳縣人。紹聖四年進士，累官龍圖閣直學士，帥杭州。高宗朝，除尚書右丞，江東安撫使，

㊀見宋史卷三百七十三。

㊁見宋史卷四百四十五文苑七，南宋書卷十九。

移知福州，提舉洞霄宮。居吳興弁山，自號石林居士。其詞集名石林詞，有宋六十家詞本。

少蘊較趙鼎、岳飛二張都爲前輩，本可列入北宋末期作家之內的，因爲他的作品，「晚歲落其華而實之，能於簡淡時出雄傑。」（關子東語）晚年作品爲多，故將列入此期中。他的詞全學東坡，頗幽暢而有氣魄。毛子晉稱他「不作柔語殢人，爲詞家逸品」。茲錄其賀新郞詞於後：

睡起流鶯語，掩蒼苔房櫳向晚，亂紅無數。吹盡殘花無人問，惟有垂楊自舞。漸暖靄初回輕暑。寶扇重尋明月影，暗塵侵上有乘鸞女。驚舊恨，遽如許！　江南夢斷蘅臯渚，浪黏天葡萄漲綠，半空烟雨。無限樓前滄波意，誰折蘋花寄取？但悵望蘭舟容與。萬里雲帆何時到，送孤鴻目斷千山阻。誰爲我，唱金縷！

黃公度

公度字師憲，世居莆田，代多文人。紹興八年進士第一，時年已四十八。㊀爲趙忠簡（鼎）所器重，致觸秦檜之嫉。其青玉案一詞卽召赴行在後作也。詞云：

鄰鷄不管離懷苦，又還是催人去。回首高城音信阻，霜橋月館，水村烟市，總是思君處。　裛殘別袖燕支雨，謾留得愁千縷。欲倩歸鴻分付與，飛鴻不住，倚闌無語，獨立長天暮。

他有兩個女侍，一曰倩倩，一曰盼盼。在五羊時嘗命出以侑觴。故晚年曾作菩薩蠻一闋：

㊀見毛晉知稼翁詞跋語。

眉端早識愁滋味，嬌羞未解論心事。試問憶人不？無言但點頭。　喚人歸不早，故把金杯惱。醉看舞時腰，還如舊日嬌。

其婉麗處頗近永叔、少游矣。他的詞集名知稼翁詞，有毛晉宋六十家詞本。

胡　銓㊀

銓字邦衡，廬陵人。建炎二年進士，紹興五年以賢良方正薦除樞密院編修官，抗疏詆和議，謫吉陽軍。孝宗時官至資政殿學士。卒謚忠簡。有澹庵長短句一卷，見四印齋刊宋四名臣詞本。他的好事近有「欲駕巾車歸去，有豺狼當轍」句，秦檜以爲譏己，因怒謫吉陽軍。（見揮麈後錄）

富貴本無心，何事故鄉輕別，空使猿驚鶴怨，誤薜蘿秋月。　囊錐剛要出頭來，不道甚時節。欲駕巾車歸去，有豺狼當轍。（好事近）

百年强半，高秋猶在天南畔。幽懷已被黃花亂。更恨銀蟾，故向愁人滿。（醉落魄上闋）

其憤世之意，於兩詞內已可略見。

韓　元吉

㊀見宋史卷三百七十四，南宋書卷十七。

元吉字無咎，號南磵，許昌人。維四世孫。寓居信州。隆興間，官吏部尚書。詞集名南磵詩餘一卷，有彊村叢書本。

據金史交聘表云「大定十三年（宋孝宗乾道九年）三月癸巳朔，宋遣試禮部尚書韓元吉……等賀萬春節，」其汴京賜宴之作，（好事近）當於此時。（見絕妙好詞箋）詞意頗寓故宮黍離之思。

凝碧舊池頭，一聽管弦淒切。多少梨園聲在，總不堪華髮。 杏花無處避春愁，也傍野花發，惟有御溝聲斷，似知人嗚咽。（好事近）

又如他的水龍吟：（書英華事）

回首暝烟千里，但紛紛落紅如洗。多情已老，青鸞何許，詩成誰寄？斗轉參橫，半簾花影，一溪寒水。悵飛鳧路杳，行雲夢遠，有三峯翠。（後闋）

寫得也還清幽。他當年與放翁、稼軒均有酬贈之作，故風調亦略與辛詞爲近。如：

南風五月江波，使君莫袖平戎手。燕然未勒，渡瀘聲在，宸衷懷舊。臥占湖山，樓橫百尺，詩成千首……涼夜光躔牛斗，夢初回長庚如晝。明年看取，蜂旗南下，六贏西走。功畫凌烟，萬釘寶帶，百壺清酒。便留公膾鰒，蟠桃分我，作歸來壽。（水龍吟壽辛侍郎）

陸游（公元一一二五——一二一〇）

游字務觀，越州山陰人生於宋徽宗宣和七年。（公元一一二五年）范成大帥蜀，游為參議官。因愛蜀中風土，故題其生平所為詩曰劍南詩稿。官至寶謨閣待制，為人不拘禮，人譏其放，故自號放翁。卒於寧宗嘉定三年。（公元一二一〇年）享壽八十六歲。有放翁詞一卷，有宋六十家詞本。又名渭南詞二卷，有雙照樓景刊宋元明本詞本。

放翁為中國最大詩人之一，在兩宋無出其右者。其詞亦兼具雄快、圓活、清逸數長，然終為其詩所掩。其在詞壇上之地位，遠不如其在詩壇上足以睥睨兩宋一切作家也。據癸辛雜識載，他曾娶唐氏，以不得母氏歡，遂致離異。放翁惓惓不忘舊雨，因作釵頭鳳一詞：

紅酥手，黃藤酒，滿城春色宮牆柳。東風惡，歡情薄，一懷愁緒，幾年離索。錯，錯，錯！　春如舊，人空瘦，淚痕紅浥鮫綃透。桃花落，閒池閣，山盟雖在，錦書難託。莫，莫，莫！

他的鵲橋仙夜聞杜鵑：

茅簷人靜，蓬窗燈暗，春晚連江風雨。林鶯巢燕總無聲，但月夜常啼杜宇。　催成清淚，驚殘孤夢，又揀深枝飛去。故山猶自不堪聽，況半世飄然羈旅？

頗寓離鄉去國之感。他的悲鬱的作品，如：

---

❶見宋史卷三百九十五，南宋書卷三十七。

當年萬里覓封侯，匹馬戍梁州。關河夢斷何處，塵暗舊貂裘。　胡未滅，鬢先秋。淚空流！此生誰料，心在天山，身老滄洲？（訴衷情）

華髮星星，驚壯志成虛，此身如寄。蕭條病驥，向暗裏消盡當年豪氣。夢斷故國山川，隔重重烟水。身萬里，舊社凋零，青門俊遊誰記？　盡道錦里繁華，嘆官閒晝永，柴荊添睡。清愁自醉，念此際付與何人心事。縱有楚柁吳檣，知何時東逝？空悵望鱠美菰香，秋風又起。（雙頭蓮呈范致能待制）

此雖爲慨時之作，然較稼軒、于湖、蘆川諸人之壯烈，亦少異其趣了。他雖悲憤，然頗近於頹廢一流。他的小令，如：

金鴨餘香尚暖，綠窗斜日偏明，蘭膏香染雲鬟膩，釵墜滑無聲。　冷落秋千伴侶，闌珊打馬心情。繡屏驚斷瀟湘夢，花外一聲鶯。（烏夜啼）

紈扇嬋娟素月，紗巾縹緲輕烟。高槐葉長陰初合，清潤雨餘天。　弄筆斜行小字，簾鉤淺醉閒眠，更無一點塵埃到枕上，聽新蟬。（又）

才是他的劍南詩集的本色語了。其造句之圓融清逸而富詩意，只有范石湖足與比並，而尚未能如此圓細。

陳　亮[一]

[一]見宋史卷四百二十九道學三，南宋書卷四十四。

亮字同甫，婺州永康人。淳熙中詣闕上書。光宗紹熙四年策進士，擢第一。授簽書建康府判官廳公事，未至而卒。端平初謚文毅。其龍川詞有宋六十家詞本，有四印齋所刻詞本。

同甫才氣超邁，喜談兵，憤於宋室之不振，嘗上書痛陳時事。所著龍川文集自言爲「堂堂之陣，正正之旗，推倒一世之智勇，開拓萬古之心胸」。他與辛稼軒同時，往來至密。他的詞「讀至卷終，不作一妖語、媚語。」（毛子晉跋語）但他的水龍吟、虞美人等詞則又婉秀疏宕，不以豪壯者稱矣。

鬧紅深處層樓，畫簾半捲東風軟，春歸翠陌，平沙茸嫩，垂楊金淺。遲日催花，淡雲閣雨，輕寒輕暖。恨芳菲世界，遊人未賞，都付與鶯和燕。　寂寞憑高念遠，向南樓一聲歸雁。金釵鬥草，青絲勒馬，風流雲散。羅綬分香，翠綃封淚，幾多幽怨。又是疏烟淡月，子規聲斷。（水龍吟）

東風蕩颺輕雲縷，時送瀟瀟雨。水邊臺榭燕新歸，一點香泥，溼帶落花飛。　海棠糝徑鋪香繡，依舊成春瘦。黃昏庭院柳啼鴉，記得那人和月折梨花。（虞美人）

袁去華

去華字宣卿，江西奉新人。紹興乙丑進士。知石首縣卒。其宣卿詞一卷有四印齋刊宋元三十一家詞本。他的詞極豪爽幽暢，爲稼軒並時一位高手。例如：

雄跨洞庭野，楚望古湘州。何王臺殿，危基百尺自西劉。尚想霓旌千騎，依約入雲歌吹，屈指幾經秋！歎息繁華地，與廢兩悠悠。登臨處，喬木老大江流。書生報國無地，空白九分頭。一夜寒生關塞，萬里雲埋陵闕，耿耿恨難休！徙倚霜風裏，落日伴人愁。（定王臺）

寫得極壯闊，所謂「書生報國無地，空白九分頭」足以見其一腔血淚。又如：

今老矣，待何如！拂衣歸去，誰道張翰為蓴鱸？且就竹深荷靜，坐看山高月小，劇飲與誰俱？長嘯動林木，意氣欲凌虛！（水調歌頭後闋）

佳樹翠陰初轉午。重簾未捲，乍睡起，寂寞看風絮。偷彈清淚寄烟波，見江頭故人，為言憔悴如許。彩箋無數。去卻寒暄，到了渾無定據。斷腸落日千山暮。（劍器近後闋）

後來改之、後村雖先後均以辛派詞人見稱，然多失之囂雜，有心規模稼軒，不如袁宣卿之作遠甚。蓋袁詞均由肺腑中自然流露，至性至語，更覺真切動人也。

楊炎正

炎正，（宋六十家詞本作炎焱，從楊萬里誠齋詩話及厲鶚宋詩紀事改正。）號止濟翁，廬陵人。其詞集名西樵語業，有宋六十家詞本。他曾與辛稼軒為友，故詞境亦相近似。如：

典盡春衣，也應是京華倦客。都不記麴塵香霧，西湖南陌。兒女別時和淚拜，牽衣曾問歸時節。待歸來稚子已成陰，空頭白。功名事，雲霄隔。英雄伴，東南坼。對雞豚社酒，依然鄉國。三徑不成陶令隱，一區未有揚雄宅，問漁樵

學作老生涯，從今日。（滿江紅）

離恨做成春夜雨，添得春江，剗地東流去。弱柳繫船都不住，爲君愁絕聽鳴艣。 君到南徐芳草渡，想得尋春，依舊當年路。後夜獨憐回首處，亂山遮莫無從數。（蝶戀花別范南伯）

幽暢婉曲，頗得辛詞風趣。

高登

登字彥先，漳浦人，以忤秦檜被謫。有東溪詞一卷，見四印齋刊宋元三十一家詞本。其好事近下闋：

西風特地颯秋聲，樓外觸殘葉。匹馬翩然歸去，向征鞍敲月。

詞風極冷雋而寓遷謫之感。

呂本中

本中字居仁，紹興賜進士，累遷中書舍人，兼直學士院，提舉太平觀，卒謚文靖，有東萊集。他的南歌子。

驛路侵月，斜溪橋渡曉霜。短籬殘菊一枝黃，正是亂山深處過重陽。 旅枕原無夢，寒更每自長。只言江左好風光，不道中原歸思轉淒涼。

清暢中頗寓愁思。他的詞近人趙萬里始爲蒐輯爲一卷，名曰紫微詞，刊於校輯宋金元人詞中，凡二十六首。

劉子翬

子翬字彥沖，崇安人，授承務郎，通判興化軍。後辭歸武夷山，稱屏山先生。有屏山詞一卷，見彊村叢書，僅存四首而已。他的蓦山溪：

浮烟冷雨，今日還重九。秋去又秋來，但黃花年年如舊。平台戲馬，無處問英雄，茅舍底，竹籬東，佇立時掩首。　客來何有？草草三杯酒。一醉萬緣空，莫貪伊金印如斗。病翁老矣，誰共賦歸來？芟隴麥，網溪魚，未落他人後。

頗清幽自然，無香澤粉飾氣。

劉仙倫

仙倫字叔擬，自號招山，廬陵人。有詩集行於世，樂章尤爲人所膾炙。（見花菴詞選）近人海寧趙萬里先生始將其詞輯爲一卷，名之曰招山樂章，都二十七首，附錄一首。他的詞以清暢自然勝，亦時有慨時感事的作品。如念奴嬌：（送張明之赴京西幕。）

勿謂平日無事也，便以言兵爲諱。眼底山河，樓頭鼓角，都是英雄淚。功名機會，要須閒暇先備。

又同調感懷呈洪守云：

吳山青處，悵長安路斷，黃塵如霧。荆楚西來行塹遠，北過淮堧嚴扃，九塞貔貅，三關虎豹，空作陪京固。天高難叫，若爲得訴忠語。　追念江左英雄，中興事業，枉被姦臣誤。不見翠華移蹕處，枉負吾皇神武。擊楫憑誰，問籌無計，何日寬憂顧？倚節長嘆，滿懷清淚如雨！

二詞皆悲憤溢於言表，尤見忠愛至誠。

第二節　天才橫溢的辛棄疾

棄疾㊀字幼安，號稼軒，歷城人，生於宋高宗紹興十年（公元一一四〇年）。時淮以北地均淪於異族之手，故稼軒童年即值亂離，生長兵間。耿京聚兵山東，節制忠義軍馬，留掌書記。紹興三十二年，始南歸宋，時年僅二十三歲。高宗召見，授承務郎。寧宗朝，累官浙東安撫使，治軍有聲。卒年約在寧宗開禧三年（公元一二〇七年）以後，蓋是年爲六十八歲，尙於病中作洞仙歌詞也。卒後追謚忠敏，墓在鉛山縣（今屬江西）北，鄉人並於縣南立祠祀之。爲人豪爽，尙氣節，識拔英俊，所交多海內知名士。詞集名稼軒詞，有宋六十家詞本，凡四卷，共五百七十首，又彊村叢書本，有補遺一卷，凡三十餘首。又有四印齋所刻詞本，凡

㊀見宋史卷四百一，南宋書卷三十九。

十二卷。又名稼軒長短句，有涉園景宋金元明本詞續刊本，凡十二卷。生平所作之宏富，爲任何詞家所無。

稼軒是中國最大詞人之一。他一生經歷高、孝、光、寧四朝，幼年身陷虜庭，飽嘗亂離，南歸以後，又憤於庸主佞臣之一意主和，摧殘愛國志士，取媚異族；以致已經收復的淮北失地，重又淪於金人之手。他是一個最有血性的少年軍人，又富有極高的文學天才，所以詞學到了辛稼軒，風格和意境兩方面都大爲解放。他以圓熟流走的筆鋒，寫出悲壯淋漓的歌聲。他替中國詞壇上，留下一個永久的紀念。他的河山之慟，故國之思，權奸當路之憤，（當時如秦檜、韓侂胄、賈似道等均連續操持政柄，以至終宋之世）以及豪爽負氣的個性，都從他那種嗚咽沈着，悲壯淋漓的歌聲裏一一發瀉出來，如長江赴海，頓開千古壯觀，讀了令人生無限的感慨。

他的詞常藉歷史上的陳迹，或當前的景物，來抒寫他內在的情緒。他能驅使許多很散亂平常的材料，組織到他的詞中，一變而爲極生動，極帶感情，並且很完整的作品，並不覺其機械平直。所以他雖用古典寫詞，而吾人並不覺得他是一個古典派的作家。他雖在用散文入句，而仍有極濃醇的詩意。這是他特具的一種風格，別人是學不來的——所以當時學他的作法的，不是失之叫囂凌雜，就是太覺平板了。——他的青玉案、賀新郎、摸魚兒、滿江紅、念奴嬌、水龍吟、永遇樂、祝英臺近等詞，或道燕酬之樂，或述別離之苦，或抒迴文題葉之思，或寫峴山西州之淚，都是用這種方法做的。

他的詞具東坡之豪放，而沈鬱婉媚過之；得耆卿、希真之幽暢，（一氣呵成）而壯烈雄偉，且向多方面發展。（因柳詞只賦羈愁別恨，朱詞僅寫放達樂天之懷，均感太單調。）又非柳、朱所能企及。

他的詞最能表現出他的喜怒悲歡的情緒，如在摸魚兒內頭一句便是「更能消幾番風雨，匆匆春又歸去！」不獨音韻沈着有力，且將抑鬱不快的口吻傳出。末句：

君莫舞，君不見玉環、飛燕皆塵土！閒愁最苦。休去倚危闌，斜陽正在，烟柳斷腸處！

和祝英臺近：

怕上層樓，十日九風雨。斷腸點點飛紅，都無人管，更誰勸、流鶯聲住！

都能充分寫出他那種抑鬱的神氣。又如他的賀新郎：

我見青山多嫵媚，料青山見我應如是。情與貌，略相似。

則係寫他的高情逸興。他的破陣子：

醉裏挑燈看劍，夢回吹角連營。八百里分麾下炙，五十弦翻塞外聲，沙場秋點兵。（上闋）

則又寫他的壯懷了。他的：

綠樹聽啼鴂，更那堪杜鵑聲住，鷓鴣聲切！啼到春歸無啼處，苦恨芳菲都歇——算未抵人間離別：馬上琵琶關塞黑；更長門翠輦辭金闕；看燕燕，送歸妾。　將軍百戰聲名裂，向河梁回頭萬里，故人長絕；易水蕭蕭西風冷，滿

座衣冠似雪。正壯士悲歌未徹。——啼鳥還知如許恨，料不啼清淚長啼血。誰伴我，醉明月！（賀新郎別茂嘉十二弟）

一闋之內雖用許多關於賦別的事蹟，來作本文的烘襯，但我們只感到一種壯烈的美，並不覺其古典與修琢。他由當前的景物——正於送別時聽着許多哀悽動人的鳥聲——說起，觸動時事，因而聯想到過去許多可歌可泣的陳迹，用來作一種憤痛的發瀉。最後復歸入正文，仍由啼鳥說到當前的牢騷作結。通體絕無割裂支離之痕。又如同調賦琵琶：

鳳尾龍香撥，自開元霓裳曲罷，幾番風月？最苦潯陽江頭客，畫舸亭亭待發。記出塞黃雲堆雪，馬上離愁三萬里，望昭陽宮殿孤鴻沒。絃解語，恨難說。遼陽驛使音塵絕，瑣窗寒，輕攏慢撚，淚珠盈睫。推手含情還卻手，一抹涼州哀徹。千古事，雲飛烟滅！賀老定場無消息。想沈香亭北繁華歇，彈到此，為嗚咽。

這一闋也是用往迹來瀉胸中怨憤的。他寫的是琵琶，因而想到由此琵琶所引起的往古哀怨史蹟。由第一句開元霓裳之舞說起，如白香山為商女而賦漂零，王昭君赴絕國而懷幽怨，都是與琵琶有密切關係的事蹟。後闋纔寫到現實的，——來彈此琵琶，然已覺弔古憑今，不勝「雲飛烟滅」「繁華歇止」的感慨了。這樣一寫，當然就不覺得是一種機械的詠物作品了。又如永遇樂的後闋：

元嘉草草，封狼居胥，贏得蒼黃北顧。四十三年，望中猶記，烽火揚州路。可堪回首，佛狸祠下，一片神鴉社鼓。憑誰問：廉頗老矣，尚能飯否！

藉往蹟來寫祖國之慟，與當日情形正處處吻合，所以不獨不覺其用典，而且覺得他處處都是說現在的國情朝政，並不是敍說往蹟了。這種驅使一切做詞的材料，隨意運用的天才，眞可謂之空前絕後了！這種委婉而又沈着的風調，在他的詞中，是隨時都可找出的。

他寫景敍事的作品，也極流走自如，眞切活現。如：

東風夜放花千樹，更吹落星如雨。寶馬雕車香滿路。鳳簫聲動，玉壺光轉，一夜魚龍舞。　蛾兒雪柳黃金縷，笑語盈盈暗香去。衆裏尋她千百度。驀然回首，那人正在燈火闌珊處。（青玉案元夕）

寫景如此，方爲不隔。

敲碎離愁，紗窗外風搖翠竹。人去後，吹簫聲斷，倚樓人獨。滿眼不堪三月暮，舉頭已覺千山綠，但試把一紙寄來書，從頭讀。　相思字，空盈幅，相思意，何時足？滴羅襟點點，淚珠盈掬。芳草不迷行客路，垂楊只礙離人目。最苦是，立盡月黃昏，闌干曲。（滿江紅）

老來情味減，對別酒怯流年，況屈指中秋，十分好月，不照人圓。無情水，都不管，共西風只管送歸船。秋晚蓴鱸江上，夜深兒女燈前。（木蘭花慢滁州送范倅上闋）

聞道綺陌東頭，行人曾見簾底纖纖月。舊恨春江流不斷，新恨雲山千疊。料得明朝尊前重見，鏡裏花難折。……（念奴嬌書東流村壁下闋）

抒情如此，方爲不隔。

莫折荼蘼，且留取一分春色；還待得青梅如豆，共伊同折。少日對花渾醉夢，而今醒眼看風月，恨牡丹笑我倚東風，頭如雪。（滿江紅上闋）

兩峽嶄巖，問誰占清風舊築。滿眼裏雲來鳥去，澗紅山綠。世上無人供笑傲，門前有客休迎肅。怕淒涼無物伴君時，多栽竹。（又游清風峽和趙晉臣敷文韻上闋）

敍事如此，方爲不隔。總之：他無論是寫景、抒情、敍事，都作得極流走圓熟，語氣極自然，絕無倚聲塡詞限字限句的束縛與痕迹。

他的作品，不獨以豪放沈鬱見長，嫵媚清幽處亦遠過別人。如：

寶釵分，桃葉渡，烟柳暗南浦。怕上層樓，十日九風雨。斷腸點點飛紅，都無人管，更誰勸流鶯聲住！　鬢邊覷，試把花卜歸期，才簪又重數。羅帳燈昏，哽咽夢中語：是他春帶愁來？春歸何處？卻不解帶將愁去？（祝英臺近）

鬱孤臺下清江水，中間多少行人淚。西北是長安，可憐無數山。　青山遮不住，畢竟東流去，江晚正愁予，山深聞鷓鴣！（菩薩蠻書江西造口壁）

所以劉潛夫說他：

大聲鏜鞳，小聲鏗鍧，橫絕六合，掃空萬古。其穠麗綿密者，亦不在小晏、秦郎之下。

沈東江也說他：

以激揚奮厲爲工，至「寶釵分，桃葉渡，……」一曲，昵狎溫柔，魂消意盡，才人伎倆，眞不可測！

他有時用通俗的字句入詞，寫來亦清逸有自然之趣。如：

茅簷低小，溪上青青草。醉裏吳音相媚好，白髮誰家翁媼？　大兒鋤豆溪東，中兒正織鷄籠；最喜小兒無賴，溪頭看剝蓮蓬。（清平樂博山道中即事）

明月別枝驚鵲，清風半夜鳴蟬，稻花香裏說豐年，聽取蛙聲一片。　七八個星天外，兩三點雨山前。舊時茆店社林邊，路轉溪橋忽見。（西江月夜行黃沙道中）

關於稼軒詞的批評，除上劉沈兩家外，樓儼謂其：

驅使莊、騷、經、史，無一點斧鑿痕。

四庫全書提要謂其：

慷慨縱橫，有不可一世之概，於倚聲家為變調；而異軍特起，能於翦紅刻翠之外，屹然別立一宗，迄今不廢。

然認識最精透，批評最忠實者，無過於近人王簡庵（易）先生，他不獨深透稼軒的作風，尤深識其人品，所以他說，

稼軒詞備四時之氣，固為大家，而其人實不僅為詞人。觀其斬僧義端，擒張安國，劚賴文政，設飛虎營，武績燗然，固英雄也；恤吳交如，濟劉改之，吳朱文公，篤於友誼，則義俠也；晚年營帶湖，師陶令，溪山作伴，書史成淫，又隱逸之儔也。故其為詞激昂排宕，不可一世；而瀟灑儁逸，旖旎風光，亦各極其能事。東坡其有胸襟，無其才氣；清眞有其情韻，無其風骨。效之者或得其粗豪，而遺其精密；步其揮灑，而忘其胎息焉。後人或譏之為「詞論」，或譏之為「掉書袋」，要皆未觀其大。特其天才學問蓄積之所就，非淺薄寡陋者所易學步耳。集中勝作極多，格調約分四派：豪壯，綺麗，儁逸，沈鬱，皆各造其極，信中興之傑也！（詞由史）

第三章　柳永期的餘波

——陳克——周紫芝——程垓——汪藻——徐俯——朱翌——康與之——李彌遜——顏博文——葛立方——張鎡——曾覿——張掄——吳琚——趙彥端——趙師俠——石孝友——洪适——洪邁——王千秋——侯寘——韓玉——丘崈——王嵎——謝懋——蔡柟——俞國寶——陸淞——曹冠——幾首無名之作——略去的作家——

陳克㊀

克字子高，臨海人。紹興中爲勅令所删定官，自號赤城居士，僑居金陵。有天台集。其詞集名赤城詞，有彊村叢書本。他的詞極工麗，完全學仿花間集，頗能得其神韻。如：

綠蕪牆繞青苔院，中庭日淡芭蕉卷。蝴蝶上階飛，風簾自在垂。　玉鉤雙語燕，寶甃楊花轉。幾處簸錢聲，綠窗春夢輕。（菩薩蠻）

雖列在花間及珠玉集中，亦爲最上之作，其學古之精醇，可稱獨步。又如他的：

柳絲碧，柳下人家寒食。鶯語匆匆花寂寂，玉階春蘚溼。　閒凭熏籠無力，心事有誰知得？檀炷繞窗燈背壁，畫簾殘雨滴。（謁金門）

㊀見南宋書卷五十五文苑傳。

翠袖玉笙悽斷，脈脈兩娥愁淺。消息不知郎近遠，一春長夢見。（又下闋）

均係模仿花間，毫未變體之作。他正值北宋末期與南渡以後，慢詞風靡一世的時候，而其作品似乎未曾染受絲毫的時代色彩，這眞是一個例外作家了。

周紫芝

紫芝字少隱，宣城人。成名甚晚，紹興中始登進士。少時曾二次赴禮部，不第。家貧，併日而炊，同里多笑之。後與張文潛、呂本中等游，乃得騰達。（見毛子晉竹坡詞跋語）其詞上學晏、歐，下法柳、秦，造語極聰俊自然，爲南渡前後的巨手。曾爲樞密院編修，知興國軍，自號竹坡居士，有太倉稊米集、竹坡詩話。其詞集名竹坡詞，凡三卷，有宋六十家詞本。茲選錄數闋如下：

江天雲薄江頭雪，似楊花落。寒燈不管人離索，照得人來眞個睡不着。　歸期已負梅花約，又還春初空漂泊。曉寒誰看伊梳掠，雪滿西樓，人在闌干角。（醉落魄）

春寒入帷，月淡雲來去。院落半晴天，風撼梨花樹。　人辭掩金鋪，閑倚秋千柱，滿眼是相思，無說相思處。（生查子）

情似游絲，人如飛絮，淚珠閣定空相覷。一溪烟柳萬絲垂，無因繫得蘭舟住。　雁過斜陽，草迷烟渚，如今已是愁無數。明朝且做莫思量，如何過得今宵去？（踏莎行）

柳外朱橋，竹邊深塢，何時卻向君家去？便須倩月與徘徊，無人留得花常住。（又謝人寄梅花下闋）

雨餘庭院冷蕭蕭，簾幙度輕飆。鳥語喚回殘夢，春寒勒着花梢。　無聊睡起，新愁黯黯，歸路迢迢。又是夕陽時候，一爐沈水烟消。（朝中措）

此等詞都極清倩婉秀，實兼晏、歐、少游、清眞數家之長，而能躋於化境者。卽列諸第一流作家內，亦無愧色。

程　垓

垓字正伯，眉山人。楊升庵詞品以爲與東坡係中表之戚，毛子晉書舟詞跋則謂係中表兄弟，四庫全書提要亦沿其誤。其實正伯於南宋紹熙間尙健在，其時距東坡之卒幾近百年，何能連爲中表呢？東坡詩集有送表弟程六之楚州一首，施元之注云：「東坡母成國太夫人程氏，眉山人。其姪之才字正輔，第二；之元字德孺，第六，卽楚州；之邵字懿叔，第七。」正伯與蘇氏中表之說，殆卽由此附會而來也。其詳見近人況周頤蕙風詞話卷四，及夏承燾四庫全書詞曲類提要校議。㊀他的詞集名書舟詞，有宋六十家詞本。

正伯詞在南宋初期確爲一位重要的作家。他的酷相思、四代好、折紅英諸作，盛爲楊升庵所稱許。

㊀此文曾登中國文學會集刊第一期。

茲錄二首於後：

月挂霜林寒欲墮，正門外催人起。奈離別如今眞個是：欲住也，留無計；欲去也，來無計！　馬上離魂衣上淚，各自個供憔悴。問江路梅花開也未？春到也須頻寄，人到也須頻寄。（醋相思）

語淺情深，極雋永別致。他的長調也極工麗瀟灑。如：

掩淒涼黃昏庭院，角聲何處嗚咽，矮窗曲屋風燈冷，還是苦寒時節。凝竚切。念翠被熏籠，夜夜成虛設，倚窗愁絕，聽鳳竹聲中，犀幃影外，簌簌釀寒雪。　傷心處，卻憶當年輕別。梅花滿院初發，吹香弄蕊無人見，惟有暮雲千疊。情未徹。又誰料而今好夢分吳越？不堪重說！但記得當初，重門深鎖，猶有夜深月。（摸魚兒）

汪藻㊀ 公元一〇七九——一一五四

藻字彥章，德興人。徽宗崇寧中進士，高宗朝累官中書舍人，擢給事中，遷兵部侍郎。後知外郡奪職，居永州卒。有浮溪集。當其守泉南，移知宣城時，內不自得，乃賦點絳脣一詞：

永夜厭厭，畫檐低月山銜斗。起來搔首，梅影橫窗瘦。　好個霜天，閒卻傳杯手。君知否：曉鴉啼後，歸夢濃於酒？

他的小重山上闋：

月下潮生紅蓼汀，殘霞都斂盡，四山青。柳梢風急墮流螢，隨波去，點點亂寒星。

㊀見宋史卷四百四十五文苑七，南宋書卷十九。

寫得也很清倩。

徐俯

俯字師川，洪州分寧人，以父禧死事，授通直郎。紹興初賜進士出身，累官端明殿學士，簽書樞密院事，權參知政事。有東湖集。

師川爲黃山谷外甥，詩詞均能名世。人有稱其源自山谷者，師川頗不謂然。其自負如此，茲錄其卜算子詞如下：

胸月千種愁，插在斜陽樹。綠葉陰陰自得春，草滿鶯啼處。 不見凌波步，空想如簧語，柳外重重疊疊山，遮不斷愁來路。

其豔冶新倩，實兼少游、方回二家之長。

朱翌

翌字新仲，舒州人，號灊山居士，政和間進士。南渡後，寓家桐廬，爲中書待制，忤時宰，謫曲江，晚召還，卜居鄞，自號省事老人。有猗覺寮雜記，其詞集有彊村叢書本灊山詩餘。

翌少有才華，據耆舊續聞載伊於十八歲曾作點絳脣一詞。（雪中看西湖梅花作）爲前輩所推重。其詞云：

流水泠泠，斷橋橫路梅枝亞。雪花飛下，渾似江南畫。　白璧青錢，欲買春無價，歸來也，風吹平野，一點香隨馬。

詞境極自然清逸，爲一首少有的傑作。

康與之㊀

與之字伯可，渡江初，以詞受知高宗，後官郎中，有順庵樂府，見趙萬里校輯宋金元人詞本。他係南渡後一個宮庭的詞人，一個柳派的重要作家。據鶴林玉露載：

建炎中大駕駐維揚，伯可上中興十策，名聲甚著。後秦檜當國，乃附會求進，擢爲臺郎，值慈寧歸養，兩宮燕樂，伯可專應制爲歌詞，諛豔粉飾，於是聲名掃地。

其一生事迹略可窺見。他的詞作得很清婉工麗，沈伯時以之與柳永並稱，而譏其「未免時有俗語」。例如他的：

瑞烟浮禁街，正絳闕春回，新正方半。冰輪桂華滿，溢花衢歌市，芙蓉開遍。……風柔夜暖，花影亂，笑聲喧。鬧娥兒滿路，成團打塊，簇着冠兒鬥轉。喜皇都舊日風光，太平再見。（瑞鶴仙上元應制節錄）

若耶溪路，別岸花無數。欲斂嬌紅向誰語，與綠荷相倚。恨回首西風，波淼淼，三十六陂烟雨。（洞仙歌荷上闋）

㊀見南宋書卷六十三。

均從耆卿、美成二家蛻變出來的。因爲他係宮庭詞人，應制之作爲多，類皆阿諛粉飾之辭。比較上還以訴衷情令一詞，尙能表示出身處偏安之國，不勝今昔之痛的眞實語來，其詞云：

阿房廢址漢荒丘，狐兎又羣遊。豪華盡成春夢，留下古今愁。　君莫上，古原頭，淚難收。夕陽西下，塞雁南來，渭水東流！

李彌遜

彌遜字似之，吳縣人。大觀初登第，南渡後，以爭和議忤秦檜，乞歸田。有筠溪詞一卷，有四印齋彙刻宋元三十一家詞本。他的菩薩蠻：

風庭瑟瑟燈明滅，碧梧枝上蟬聲歇。枕冷夢魂驚，一階寒水明。　鳥飛人未起，月露淸如洗。無語聽殘更，愁從兩鬢生。

寫得頗明淨可愛。

顏博文

博文字持約，德州人，靖康初官著作佐郎。金人立僞楚時，充事務官，草勸進表。南渡初，竄澧州，移賀州死。他歷經變亂，身出宋、金兩朝，老於世故。晚年復遠竄嶺南，死於瘴鄉，故其詞亦悽冷有飽經世變之感。如他的西江月詞，卽係一種例證。

> 草草書傳錦字，厭厭夢繞梅花。海山無計駐仙槎，腸斷芭蕉影下。　缺月舊時庭院，飛雲到處人家。而今憔悴鬢先華，說着多情已怕！

葛立方

立方字常之。丹陽人，徙吳興，勝仲子。紹興八年進士。隆興間，官至吏部侍郎。其歸愚詞一卷，有宋六十家詞本。常之與父魯卿（葛勝仲）俱以詞名，又父子聯宦門第譽望，均與晏氏父子無殊，其詞亦追模晏氏，與伊父正同。他的卜算子，爲集中最傑出之作：

> 裊裊水芝紅，脈脈蒹葭浦。淅淅西風澹澹烟，幾點疏疏雨。　草草展杯觴，對此盈盈女。葉葉紅衣當酒船，細細流霞舉。

周草窗說他：「用十八疊字，妙手無痕。本色學道人，胸中乃有如此奇特！」

張鎡

鎡字功甫，號約齋，西秦人，居臨安。循王諸孫。官奉議郎，直祕閣。其詞集名玉照堂詞，又名南湖詩餘，有彊村叢書本。他是一個「豪侈而有淸賞」的詞人。（見紫桃軒雜綴）據齊東野語載：

張約齋能詩，一時名士大夫莫不交遊。其園地、聲妓、服玩之麗甲天下。嘗於南園作駕霄亭於四古松間，以巨鐵縆懸之半空而羈之松身。當風月清夜，與客梯登之，飄搖雲表，眞有挾飛仙遡紫清之意。

他是這樣一個人物。所以野語又言他嘗舉行牡丹會，命十姬輪番奏歌侑觴，皆豔妝盛服，雜飾花彩，且每番必悉易其服色妝飾。燭光香霧，歌吹雜作，客皆恍然如遊仙境。其生活之豪奢，雖王侯不過此也。他的詞亦浮豔如其人。茲錄三闋於後：

月洗高梧，露溥幽草，寶釵樓外秋深。土花沿翠，螢火墜牆陰。靜聽寒聲斷續，微韻轉，淒咽悲沈。爭求侶，殷勤勸織，促破曉機心。　兒時曾記得，呼燈灌穴，斂步隨音。任滿身花影，猶自追尋。攜向畫堂試門，亭臺小，籠巧裝金。今休說，從渠牀下，涼夜聽孤吟。（滿庭芳促織）

下闋寫兒時捉蟋蟀之情狀，極細膩入神，令人愛賞不置。

綠雲影裏，把明霞織就，千里文繡。紫膩紅嬌扶不起，好是未開時候。半怯春寒，半便晴色，養得胭脂透。小亭人靜，嫩鶯啼破春晝。　猶記攜手芳陰，一枝斜戴，嬌豔波雙透。小語輕憐花總見，爭得似花長久？醉淺休歸，夜深同睡，明日還相守。免教春去，斷腸空嘆詩瘦。（念奴嬌宜雨亭詠千葉海棠）

月在碧虛中住，人向亂荷中去。花氣雜風涼，滿船香。　雲被歌聲搖動，酒被詩情掇送。醉裏臥花心，擁紅衾。（昭君怨園池夜泛）

以上二詞都係描寫他的園林中「花團錦簇」的盛況。他即在這樣一個豪奢而具有美術化的天國中，過着「醉臥花心，困擁紅裳」的嬌酣生活。在一切作家中，都無此等富貴而又瀟灑的風致。

曾　覿㊀

覿字純甫，號海野老農，汴人。紹興中，爲建王內知客。孝宗受禪，以潛邸舊人，除知閤門事。淳熙中除開府儀同三司，加少保醴泉觀使。有海野詞一卷。有宋六十家詞本。他在高孝兩朝，與張掄、吳琚輩趨奉宮庭，詞多應制之作，又因係東都故老，故其詞亦感慨有黍離之思。如：

記神京繁華地，舊遊蹤，正御溝春水溶溶。平康巷陌，繡鞍金勒躍青驄。解衣沽酒，醉弦管柳綠花紅。　到如今，餘霜鬢，嗟前事夢魂中。但寒烟滿目飛蓬。雕闌玉砌，空餘三十六離宮。塞笳驚起暮天雁，寂寞東風。（金人捧玉盤庚寅春奉使過京師感懷作）

風蕭瑟，邯鄲古道傷行客。繁華一瞬，不堪思憶！　叢臺歌舞無消息，金尊玉管空陳迹。空陳迹，連天草樹，暮雲凝碧！（憶秦娥邯鄲道上）

其風調與康與之頗類近。

張　掄

㊀見宋史卷四百七十。

掄字才甫，爲南渡故老。其詞集名蓮社詞，有彊村叢書本，凡一卷。錄霜天曉角於下：

> 曉風搖幕，欹枕聞殘角。霜月到窗寒影，金猊冷，翠衾薄。　舊恨無處着，新愁還又作。夜夜單于聲裏，燈花共淚珠落。

吳　琚

琚字居父，號雲壑，汴人。憲聖太后之姪，太寧郡王益之子。官直學士。慶元間，遷少保，卒謚忠惠。有雲壑集。他的詞以酹江月賦錢塘江潮（應制作）爲最駿發：

> 玉虹搖挂，望青山隱隱，恍如一抹。忽覺天風吹海立，好似春霆初發。白馬凌空，瓊鼇駕水，日夜朝天闕。飛龍舞鳳，鬱葱環拱吳越。……好似吳兒飛綵幟，蹴起一江秋雪。黃屋天臨，水犀雲擁，看擊中流楫。晚來波靜，海門飛上明月。

趙彥端

彥端字德莊，魏王廷美七世孫，乾道、淳熙間，以直寶文閣，知建寧府，終左司郎官。其詞集名介庵詞，有宋六十家詞本。又名介庵琴趣外編，有彊村叢書本。毛子晉跋語謂其「章次顛倒，贋作頗多」，蓋其詞嘗雜見於趙師俠坦庵詞中。二人宦遊多在湘中及閩山贛水間，編者未能一一抉別，致多參錯，然不可均視爲贋作而擯棄之也。（用朱彊村語）他的詞亦屬綺豔一派，茲錄二闋於後：

桃根桃葉，一樹芳相接。春到江南二三月，迷損東家蝴蝶。　殷勤踏取青陽，風前花正低昂。與我同心梔子，報君百結丁香。（清平樂席上贈人）

斷蟬高柳斜陽處，池閣絲絲雨。綠檀珍簟捲猩紅，屈曲杏花蝴蝶小屏風。　春山疊疊秋波慢，收拾殘針線。又成嬌困倚檀郎，無事更拋蓮子打鴛鴦。（虞美人）

趙師俠

師俠（一作師使）字介之，汴人。舉進士。其坦庵詞有宋六十家詞本。他的：

沙畔路，記得舊時行處：藹藹疏烟迷遠樹，野航橫不渡。　竹裏疏花梅吐，照眼一川鷗鷺。家在清江江上住，水流愁不去。（謁金門　馳岡迓陸尉）

寫得很明豔動人。

石孝友

孝友字次仲，南昌人，乾道進士，以詞名。其詞集名金谷遺音，有宋六十家詞本。他的詞亦如耆卿、山谷一樣，常以俚語寫男女猥治之情，而流爲諢褻。如他的惜奴嬌：

合下相逢，算鬼病須沾惹。閒深裏做場話霸，負我看承，枉駝許多時價。寃家你敎我如何割捨？苦苦孜孜，獨自個空嗟訝。便心腸捉他不下。你試思量亮從前說風話，寃家休直待敎人咒罵。

所以樓敬思說他：

大都迷花殢酒，弄月嘲風之作，不乏謔詞、褻詞，利於嘌唱者之口，覽者往往目倦。

但他的水調歌頭：

高情遡雲漢，長揖謝君侯。脫遺軒冕，簸弄泉石下清幽。心契匡廬猿鶴，淚染固陵松柏，一衲且蒙頭。風月感平髮，魂夢繞神州。漾一葉樣孤管，去來休。琵琶亭畔，正是楓葉荻花秋。點檢詩囊酒盌，拈帖舞裀歌扇，收盡兩眉愁。同望碧雲合，相伴赤松遊。

又完全是一種逃世學道人的口吻了。

洪　适[1]

适字景伯，忠宣公皓子，與弟遵、邁皆中博學宏詞科，當時「三洪」名滿天下。累官尚書右僕射，同中書門下平章事兼樞密使。謚文惠。其詞集名盤洲樂章，有彊村叢書本，凡一卷。他的詞有時寫得極淸婉有致，如生查子歌拍云：

[1] 見宋史卷三百七十三洪皓傳內。

春色似行人，無意花間住。

漁家傲引後段云：

半夜繫船橋北岸，三杯睡着無人喚。睡覺只疑橋不見；風已變，纜繩吹斷船頭轉。

都係一種極清新雋美的歌詞。又如他的漁家傲引：

子月水寒風又烈，巨魚漏網成虛設。圉圉從它歸丙穴。謀自拙，空歸不管旁人說。　昨夜醉眠西浦月，今宵獨釣南溪雪。妻子一船衣百結，長歡悅，不知人世多離別。

不獨詞境清逸，尤見其瀟閒的風度，與仁厚的襟懷。此等詞雖使東坡爲之，亦不能過。

洪　邁㊀

邁字景盧，號野處，又號容齋，鄱陽人。與父皓兄适俱以詞名。紹興十五年登第。累遷吏禮二部員外郎，尋進煥章閣學士知紹興，告歸卒，謚文敏。著有容齋五筆、夷堅志、萬首唐人絕句、野處類稿等行於世。

他的踏莎行很清空有致，已開玉田、草窗先河，茲錄如后：

院落深沈，池塘寂靜，簾鉤捲上梨花影。寶箏拈得雁難尋，篆香消盡山空冷。　釵鳳斜欹，鬢蟬不整，殘紅立褪慵看鏡。杜鵑啼月一聲聲，等閒又是三春盡。

㊀見宋史卷三百七十三洪皓傳內。

王千秋

千秋字錫老，東平人。詞集名審齋詞，有宋六十家詞本。他的詞造語極工麗新穎。如：

驚鷗樸簌，蕭蕭臥聽鳴幽房。窗明怪得鷄啼速。牆角爛斑，一半露松綠。　歌樓管竹誰翻曲？丹臂冰面噴餘馥。遺珠滿地無人掬，歸著紅靴踏碎一街玉。（醉落魄）

已爲夢窗作品的先驅了。

侯寘

寘字彥周。東武人，紹興中知建康。詞集名孏窟詞，有宋六十家詞本，凡一卷。錄玉樓春一闋：

市橋燈火春星碎，街鼓催歸人未醉。半嗔還笑眼回波，欲去更留眉斂翠。　歸來短燭餘紅淚，月淡天高梅影細。北風休遣雁南來，斷送不成今夜睡。

韓玉

玉字温甫，因常家東浦，故其詞名東浦詞，有宋六十家詞本，錄其自度曲且坐令一闋：

閑院落，誤了清明約。杏花雨過胭脂綽，緊緊千秋索。門草人歸，朱門悄掩，梨花寂寞。　書萬紙，恨憑誰託？纔封了，又揉却。冤家何處貪歡樂，引得我心兒惡，怎生全不思量着？那人人情薄！

毛子晉對韓詞頗致不滿之意，於此詞寃家句，亦譏其「排笑未免」。其實用「寃家」入詞者，何僅東浦一人！

丘　崈

崈字宗卿，江陰人，隆興元年進士，拜同知樞密院事。卒謚文定。有文定公詞一卷，見四印齋宋元三十一家詞本，錄一闋於後：

水滿平湖香滿路，繞重城藕花無數。小艇紅妝，疏簾青蓋，烟柳畫船斜渡。　恣樂追涼忘日暮，簫鼓月明人去。猶有靑歌迢遞，聲在芰荷深處。（夜行船越上作）

王　嵎

嵎字季夷，號貴英，北海人，有北海集。他爲紹、淳間名士，寓居吳興，陸務觀與之厚善。（見陳直齋書錄解題）錄夜行船一闋於後：

曲水濺裙三月二，馬如龍鈿車如水。風颺游絲，日烘晴晝，人共海棠俱醉。　客裏光陰難可意，掃芳塵舊游誰寄？午夢醒來，不覺小窗人靜，春在賣花聲裏。

謝　懋

楙字勉仲，有靜寄居士樂章二卷。已失，近人趙萬里始為輯成一卷，刊於校輯宋金元人詞中，凡十四首。其詞錄於周密絕妙好詞者僅四首，皆「戛玉敲金，藕耤風流」（黃叔暘引吳坦序語）。茲錄其浪淘沙一闋如下：

黃道雨初乾，霽靄空蟠，東風楊柳碧毿毿。燕子不歸花有恨，小院春寒。 倦客亦何堪，塵滿征衫，明朝野水幾重山。歸夢已隨芳草綠，先到江南。

他的風入松「笑舞落花紅影，醉眠芳草斜陽」，亦係極明倩的詩句。

蔡柟

柟字堅老，南城人。生於宣和以前，沒於乾道。有雲壑隱居集及浩歌集詞一卷。惟原集已失傳，趙氏校輯宋金元人詞亦僅輯得五首而已。據絕妙好詞箋，他曾於庚寅年與曾公卷、呂居仁輩有唱和之作，他的鷓鴣天「風來綠樹花含笑，恨入西樓月斂眉」，造句頗清倩動人。

俞國寶

國寶臨川人，淳熙太學生，有醒菴遺珠集。他的詞雖不多見，然其風入松一闋，則旖旎婉秀，極有情致。雖使歐、秦等高手為之，亦不能過此。其詞云：

一春長費買花錢，日日醉湖邊。玉驄慣識西湖路，驕嘶過沽酒樓前。紅杏香中歌舞，綠楊影裏秋千。　暖風十里麗人天，花壓鬢雲偏。畫船載取春歸去，餘情付湖水湖烟。明日重扶殘醉，來尋陌上花鈿。

據武林舊事載此詞題於西湖斷橋旁小酒肆間，高宗幸此，因將末句「重尋殘酒」改爲「重扶殘醉」，雖僅易兩字，然較原意蘊藉美妙多矣，不獨變其儒酸已也。

陸淞

淞字子逸，號雲溪，山陰人。晚以疾廢，卜居秀野，每對客淸談不倦，尤好語前輩事，或有謂其係放翁之兄者。他的詞僅見瑞鶴仙一闋，張叔夏謂其爲「景中帶情屛去浮豔」之作。

臉霞紅印枕，睡覺來冠兒還是不整。屛閒麝煤冷，但眉峯壓翠，淚珠彈粉。堂深晝永，燕交飛風簾露井。恨無人說與相思，近日帶圍寬盡。　重省殘燈朱幌，淡月紗窗，那時風景。陽臺路迥，雲雨夢便無準。待歸來先指花梢，教看卻把心期細問。問因循過了青春，怎生意穩？（瑞鶴仙）

曹冠

冠字宗臣，自號雙溪居士，有燕喜詞一卷，有四印齋彙刻宋元三十一家詞本。他的鳳栖梧：「飛絮撩人花照眼，天闊風微，燕外晴絲卷。」況周頤謂其：

狀春晴景色絕佳。每値香南研北，展卷微吟，便覺日麗風暄，淑氣撲人眉宇。全帙中似此佳句，竟不可再得。（蕙風詞話卷二）

此外尚有無名之作數闋，以詞頗佳，附錄如後：

平生太湖上，短棹幾經過。如今重到，何事愁與水雲多。擬把匣中長劍，換取扁舟一葉，歸去老漁蓑。銀艾非吾事，丘壑已蹉跎。　鱠新鱸，斟美酒，起悲歌。太平生長，豈謂今日識干戈？欲瀉三江雪浪，淨洗邊塵千里，不爲挽天河。回首望霄漢，雙淚墮清波！（水調歌頭建炎庚戌題吳江）

此詞爲當日紀實之作，辭彩亦悽婉眞切，與文人矯揉造作者不同。據中吳紀聞載：「建炎庚戌，兩浙被兵禍，有題水調歌頭於吳江者，不知姓氏，意極悲壯。」

霜風漸緊寒侵袂，聽孤雁聲嘹唳。一聲聲送一聲悲，雲淡碧天如水。披衣告語，雁兒略住，聽我些兒事。　塔兒南畔城兒裏，第三個橋兒外，瀕河西岸小紅樓，門外梧桐雕砌。請教且與低聲飛過，那裏有人人無寐。（御街行）

極宂長難以表明的話，卻說來有這樣委婉，這樣細緻，這樣曲折，而又以極自然的語句傳出，毫無一點生澀修琢之處，眞是一個最足令人愛賞的詩篇了。

此外尚有玉樓春、水調歌頭、念奴嬌、行香子、南鄉子、望海潮等調，均無以上二詞佳麗，未錄。（上調俱見詞林紀事卷十八）

本期作家尚有李綱，字伯紀，邵武人，爲南渡前後名臣。高宗朝居相位，力圖恢復，主戰最力，在位僅七十餘日而罷。卒謚忠定。有梁溪詞，（四印齋所刻詞本。）曾慥字端明，故相布後裔，編樂府雅詞，爲宋人集宋詞之善本。慥弟惇，字紘父，亦有詞集一卷。姚寬字令威，剡川人，爲六部監門。有西溪居士樂府一卷。鄧肅字志宏，延平人，南渡後，官左正言，有栟櫚詞一卷。（四印齋彙刻宋元三十一家詞本）程大昌字泰之，休寧人，紹興二十一年進士。孝宗朝官至權吏部尚書，謚文簡，有文簡公詞一卷。（彊村叢書本）吳儆字益恭，休寧人，紹興二十七年進士，淳熙初通判邕州，有竹洲詞一卷。（粟香室叢書侯刻名家詞本及江刻宋元名家詞本。）李光字泰發，上虞人，崇寧五年進士。官至參知政事。謚莊簡，有李莊簡公詞一卷。（四印齋刊宋四名臣詞本。）李處全字粹伯，淳熙中侍御史，有晦庵詞一卷。（四印齋彙刻宋元三十一家詞本。）仲并字彌性，江都人，紹興中進士，官至朝請大夫，有浮山詞一卷。（彊村叢書本）胡仔字元任，新安人，寓居吳興，自號苕溪漁隱。宣和間仕建安主簿。著有苕溪漁隱叢話前後凡百卷，與王灼碧雞漫志同爲研究唐宋樂曲及詞家軼事必讀的要籍。倪偁字文華，吳興人，紹興八年進士，官太常主簿，有綺川詞一卷。（四印齋彙刻宋元三十一家詞本。）王十朋字龜齡，樂清人，官至龍圖閣學士，謚忠文，有梅溪集。王以寧字周士，長沙人，有王周士詞一卷。（彊村叢書本）李流謙字無雙，德陽人，有澹齋詞一卷。（彊村叢書本）王之望字瞻叔，有漢濱詩餘一卷。（彊村叢書本）曾協字同李，南豐人，有雲莊詞一卷。（彊村叢書本）王質字景文，興國人，有雪山詞一卷。（彊村叢書本）周必大字子充，廬陵人，官至左丞相，進益國公，有平園近體樂府一卷。（彊村叢書本及汲古閣宋六十家詞本。）陳三聘字夢弼，東吳人。有和石湖詞一卷。（彊村叢書本）呂勝己字季克，建陽人，有渭川居士詞一卷。（彊村叢書本）姚述堯字進道，華亭人，有簫臺公餘詞一卷。（彊村叢書本及四泠詞萃本）尤袤，字延之，無錫人，官禮部尚書，謚文簡。有梁溪集。毛幵字平仲，三衢人，有樵隱樂府一卷。（宋六十家詞本）朱雍有梅詞一卷，（四印齋所刻詞本）全係詠梅之作。姜特立字邦傑，麗水人。孝寧兩朝佞臣，詞集名梅山詞，（四印齋所刻詞本）凡一卷。

其他無專集的詞人，而散見於各選本及詩話或雜記中者尚多，均略而不論了。

參考書目

元脫克脫：宋史

明錢士升：南宋書六十八卷　有掃葉山房刊四朝別史本。

清張宗橚：詞林紀事

明毛晉：宋六十家詞　有汲古閣原刻本，有廣州刻本。

清江標：宋元名家詞　有湖南刻本。

清王鵬運：四印齋所刻詞及四印齋彙刻宋元三十一家詞　有自刊本。

清吳昌綬：雙照樓景刊宋元明本詞及續刊景宋金元本詞　有自刊本，及陶湘續刊本。

清朱祖謀：彊村叢書　有自刊本。

近人趙萬里：校輯宋金元人詞。

宋周密：絕妙好詞箋七卷　清查爲仁厲鶚箋，有原刊本。

清朱彝尊：詞綜三十四卷　有坊間通行本。

近代況周頤：蕙風詞五卷　有惜陰堂叢書本。

近人胡適：詞選　有商務印書館鉛印本。

近人王易：詞曲史　有中央大學講義本，此書爲一部最完善的詞史，並將詞曲併爲一書研究，尤足見二者的流變。

四庫全書總目詞曲類提要　清乾隆時館臣奉命撰

第六編　宋詞第五期

——公元一一九〇——二五〇——

——周邦彦派的擡頭或姜夔時期的肇始——

引言

本期由紹熙以後起，至淳祐間止，約六十年，是姜夔時期的開始。在本期的初葉，因稼軒尚健在，蘇、辛一派詞正值光輝的集結時期，同時因大詞人姜夔的出現，遂使此風靡一世的作風，漸漸變了它的方向。其情形亦正如北宋仁宗朝，一方面有晏、歐等擬古作家，結束了五代以來的舊風調，一方面則因柳永、蘇軾先後繼起，遂開慢詞製作的新風氣。蘇、辛一派詞至稼軒已臻絕境，無能再繼，故後此雖有劉過、岳珂、李昴英、方岳、陳經國、文及翁、王埜、劉克莊等人仍在仿效着他的風調，但只是一個末流，一種尾聲，不足代表他們的時期了。代表這個時期的，則爲姜夔、史達祖、吳文英三個人；而尤以姜夔的地位更爲重要。他以清超的詩人筆鋒，寫出一種「體製高雅」的歌曲。他有極高的音樂天才，他能自製許多新譜，他能改正許多舊調。他繼承了周邦彥一條路線，他從南渡後詞風過於淩雜叫囂的時期中，走上了一個風雅派正統派詞人的平穩道路。他遂成爲南宋詞的唯一開山大師；（辛棄疾只能算是一種結束於後期的影響，遠無白石之偉異。）也可以說是元、明、清以來的唯一詞林巨擘。因爲中國詞學自南宋中末期一直到清代的終了，可以說完全是「姜夔的時期」在此六百餘年中，代表最大多數的作家與詞風的，無不奉姜夔爲唯一典範，以周邦彥爲最終的指歸。後期如張、周，入元如張翥，至清中葉，如朱彝尊、厲鶚等浙派詞人莫不守此衣鉢，儼然造成一個最精密而完整的詞學系統，此亦爲中國詞史上所僅見之例。朱彝尊的一部詞綜，不啻卽爲此派人說法，所以朱氏於詞綜發凡卽著其說曰：

> 世人言詞必稱北宋；然至南宋始極其工，至宋季而始極其變。姜堯章（夔字）氏最爲傑出。

又於黑蝶齋詞序云：

> 詞莫善於姜夔。宗之者張輯、盧祖皋、史達祖、吳文英、蔣捷、王沂孫、張炎、周密、陳允平、張翥、楊基等，皆具夔之一體。（曝書亭集卷四十）

汪森爲詞綜作序亦云：

> 宣和君臣轉相矜尚，曲調既多，流派因之亦別，短長互見。言情者或失之俚，使事者或失之伉。鄱陽姜夔出，句琢字鍊，歸於醇雅；於是史達祖、高觀國羽翼之，張輯、吳文英師之於前，趙以夫、蔣捷、周密、陳允平、王沂孫、張炎、張翥效之於後；譬之於樂，舞箾至於九變，而詞之能事畢矣。

此派詞人莫不祖述姜夔，至尊之爲「白石詞仙」；而其崇拜之因則由於夔之詞「句琢字鍊」，最稱「醇雅」。他們作詞，選詞以及評詞的標準，均以「雅」「俗」二者爲斷。他們的結集與團體的表現，往往成立一種詞社，以相鼓吹唱和；亦如詩中之有江西詩派，而有所謂一祖三宗之說了。所以白石在中國詞壇上的影響，亦無異溫庭筠與柳永。溫庭筠由萌芽原始的時期，造成了眞正的詞，其精神爲創造的；

柳永由詩人與貴族的成熟歌曲，又轉向民間文學上去，其精神爲革命的；至於姜夔，則僅係周邦彥的一轉，其精神只是繼承的。他將以前雅俗共賞的詞變成一個純粹文人吟唱的詞，由詩人自然抒寫的詞，漸變成一種詩匠雕斵藻繪的詞了。所以自此以後，詞的領域反而縮小，詞的意義也日益偏狹了。

與姜夔同時的，有一個很大的助手作家史達祖。他雖無白石的氣魄，但他能以婉妙的詩情，及工麗的術語入詞，不啻給白石一個最大的幫助，遂使此派詞學，更加生色，而予後人一個模仿的榜樣。在此期內，成名的作家，如高觀國、盧祖皋、孫惟信、張輯、張榘、劉光祖、汪莘、趙以夫、趙汝茪、鄭域、馮取洽、盧炳、翁孟寅等，都係姜、史的附庸；一時詞人之衆，如雨後春筍，遂造成「姜夔時期」最初期的優異史蹟。

繼姜、史之後，略爲晚出的吳文英，又爲此派人添了一個異樣的色彩。他是姜夔時期一貫下來的一個小小的旁枝，一個奇特的結晶。他的作風亦如姜、史之雅正，而更要來得古典，更要來得溫麗。他將姜、史的風調，披上了一層北宋縉紳階級（晏、歐等）詩歌的神貌。於是由周邦彥派一來的詞風，至此乃成一個凝固的軀殼，一個唯一的典型作品了。崇拜他的人，至稱之爲「前有淸眞，後有夢窗」，而列爲兩宋詞壇中最大的兩個巨頭。

所以自從有了姜、史、吳三個大作家互相輝映發明以後，遂替後來此派詞人造了一個堅穩牢固的基礎，而據有詞壇上正統派的寶座了。

第一章　風雅派（或古典派）的三大導師

——姜夔——史達祖——吳文英——

姜夔（公元一一五五——一二三五）㊀

夔字堯章，鄱陽人。生於宋高宗紹興二十五年。（公元一一五五年）蕭東父識之於少年客遊，妻以兄子，因寓居吳興之武康，與白石洞天爲鄰，自號白石道人，以布衣終其身。慶元中曾上書乞太常雅樂。隱居不仕，嘯傲山林，往來湖、湘、淮左。與范成大、楊萬里友善。後卒於臨安水磨方氏館，時爲宋理宗端平二年。（公元一二三五年）享壽八十一歲，葬西馬塍。生平精於音樂文學及古刻，著作甚多，有白石詩一卷、絳帖平、續書、大樂議、張循王遺事、集古印譜等書，詞集有毛氏宋六十家詞本，有四印齋本，有朱刻彊村叢書本，以朱刻爲最精善，凡六卷，內分琴曲、令、慢、自度曲、自製曲等，並刊有宮譜，仍係宋本之舊。

白石較稼軒晚出十五年，曾有詞相贈，爲並時二大詞宗。他的作風與辛詞迥然不同：辛詞極壯烈，富感情，姜詞則清越冷雋，無熱烈語，無塵濁香豔語；他們雖都具有故國河山之慟，但其寫法卻又兩樣。

㊀白石生卒，依胡適之詞選。

他最精於音律，嘗著大樂議，欲正廟樂。慶元三年詔付奉常有司收掌，令太常寺與議大樂，時官嫉其能，因不獲盡其所議。（見吳興掌故）他的集中多有自度新腔及改換舊譜的創作，如揚州慢、長亭怨慢、淡黃柳、石湖仙、暗香、疏影、惜紅衣、角招、徵招、秋宵吟、凄涼犯、翠樓吟、湘月等調，均係自製的曲調。如滿江紅舊調，本用仄韻，白石則將易爲平韻，他的理由是：

滿江紅舊調用仄韻多不協律，如末句云「無心撲」三字，歌者將心字融入去聲，方諧音律。予欲以平韻爲之，久不能成。因泛巢湖……頃刻而成，末句云「聞佩環」則協矣。

像這樣精心製曲的作家，實在無人能與之比並。

宋人詞如張子野、柳耆卿、周美成等人的樂府，僅註明宮調而已，（卽說明用何等管色）白石於自度的新詞如：

鬲溪梅令 仙呂宮　　杏花天　　醉吟商小品　　玉梅令 高平調

霓裳中序第一　　揚州慢 中呂宮　　長亭怨慢 中呂宮　　淡黃柳 正平調近

石湖仙 越調　　暗香 仙呂宮　　疏影　　惜紅衣

角招 黃鐘角　　徵招　　凄涼犯　　翠樓吟 雙調

秋宵吟 越調

十七支，不獨註明宮調，並於詞傍詳載樂譜，所以宋詞歌法僅此尚可尋其迹兆，餘均散佚無存了。

以上均係論他對於音樂上的貢獻。其天才之卓異，亦可略略窺見。現在更討論他的作風。他的作品集古今風雅派詞人的大成，不獨格調高曠，而且音韻清越，爲南宋詞壇巨擘。如他的：

燕雁無心，太湖西畔隨雲去。數峯清苦，商略黃昏雨。（點絳脣上闋）

……而今何事，又對西風離別。渚寒烟淡，棹移人遠，縹緲行舟如葉。想文君望久，倚竹愁生步羅襪。歸來後，翠尊雙飲，下了珠簾，玲瓏閒看月。（八歸湘中送胡德華後闋）

……過春風十里，盡薺麥青青。自胡馬窺江去後，廢池喬木，猶厭言兵。漸黃昏清角，吹寒都在空城。……二十四橋仍在，波心蕩，冷月無聲！……（揚州慢節錄）

筆鋒極勁健清越。其揚州慢一詞更深寓故國之感。他自記此詞道：

淳熙丙子至日，余過維揚，夜雪初霽，薺麥彌望。入其城則四顧蕭索，寒水自碧，暮色漸起，戍角悲吟，余懷愴然，感慨今昔，自度此曲，千巖老人以爲有黍離之悲也。

我們可以看出當日異族侵陵的慘狀，和白石製曲的天才。

他和東坡、稼軒、希眞都能擺脫宋人嬌豔柔媚的態度，如他的：

鬧紅一舸，記來時，常與鴛鴦爲侶。三十六陂人未到，水佩風裳無數。翠葉吹涼，玉容銷酒，更灑菰蒲雨。嫣然搖動，冷香飛上詩句。日暮青蓋亭亭，情人不見，爭忍凌波去。只恐舞衣寒易落，愁入西風南浦。高柳垂陰，老魚吹浪，

留我花間住田田多少幾回沙際歸路。（念奴嬌）

……春漸遠，汀洲自綠，更添了幾聲啼鴂。十里揚州，三生杜牧，前事休說。　又還是宮燭分烟，奈愁裹匆匆換時節。把一襟芳思，與空階楡莢。千萬縷陽關細柳，爲玉尊起舞廻雪。想見西出陽關，故人初別。（琵琶仙）

寫荷花，賦別情，都極清幽冷豔，絕無別人妞妮的樣子。所以陳藏一說他：

氣貌若不勝衣，而筆力足以扛百斛之鼎。……襟期灑落，如晉宋間人。意到語工，不期於高遠而自高遠。

毛子晉說他：

范石湖評堯章詩云「有裁雲縫月之妙手，敲金戛玉之奇聲，」予於其詞亦云。

黃花庵說他：

詞極精妙，不減清眞，其高處有美成所不能及。

趙子固也說道：

白石詞家之申、韓也。

這些評語，都很正確的。

他的詠物諸作，皆風雅絕塵，如：

……哀音似訴。正思婦無眠，起尋機杼。曲曲屏山，夜涼獨自甚情緒。　西窗又吹暗雨。爲誰頻斷續，相和砧杵？候館迎秋，離宮弔月，別有傷心無數。豳詩謾與。笑籬落呼燈，世間兒女。寫入琴絲，一聲聲更苦。（齊天樂蟋蟀）

古城陰，有官梅幾許，紅萼未宜簪。池面冰膠，牆腰雪老，雲意還又沈沈。翠藤共閒穿徑竹，漸笑語，驚起臥沙禽。野老林泉，故王臺榭，呼喚登臨。（一萼紅官梅上闋）

江國正寂寂，歎寄與路遙，夜雪初積。翠尊易泣，紅萼無言耿相憶。長記曾攜手處，千樹壓，西湖寒碧。又片片吹盡也，幾時見得？（暗香梅下闋）

皆冷豔幽潔，無一點塵濁氣息。惟好用典，總不免有雕斲之痕，不很自然。尤其是暗香、疏影一類詞，引用許多梅花故實，不獨斧痕全現，而且抒寫上亦隔一重紗幕，遠不如北宋詞之自然了。但二詞在詞壇上則爲極負盛名之作，甚至還有許多人說它都係影射時事，因而妄加臆說的。我想白石有知，亦當爲之俯首一笑。他這種流弊，影響於後期及明、清詞人者至鉅。所以沈伯時說：

白石清勁知音，亦未免有生硬處。

「生硬」二字便是不自然的表徵。周介存說：

白石詞如明七子詩，看是高格響調，不耐人細思。（介存齋論詞雜著）

王靜庵也說：

白石寫景之作，……雖格韻高絕，然如霧裏看花，終隔一層。（人間詞話）

史達祖 公元一一五五——一二二〇 ㈠

㈠梅溪生卒，依胡適之詞選。

達祖字邦卿，汴人。生於宋高宗紹興二十五年。（公元一一五五年）與姜夔同年生。生平宋史無傳記，據四朝見聞錄所載，他曾作過韓侂胄的堂吏，凡奉行文字，擬帖撰旨，皆出其手。他侍從所用的柬札，都用申呈的格式。委身權奸之門，如此下心降志，而己身又無科名，（未登進士）所以他在當日，很遭士林的唾棄。後韓事敗，他遂被彈劾，至受黥刑。這是他一生最大的隱痛。昔人所謂「一失足成千古恨，再回首是百年身，」不啻爲邦卿詠之。

他的詞輕盈綽約，盡態極妍，與白石之剛勁，適得其反。他在南宋諸大詞人如白石、夢窗、碧山、叔夏、草窗等作家中，確有一種特殊的風格。他們共同造成了南宋詞壇上一個光輝的史蹟。他的作品，如：

沈沈江上望極，還被春潮晚急，難尋官渡。隱約遙峯，和淚謝娘眉嫵。臨斷岸新綠生時，是落紅帶愁流處。記當日門掩梨花，翦燈深夜語。（綺羅香春雨下闋）

……差池欲往，試入舊巢相並，還相雕梁藻井。又軟語商量不定。飄然拂花梢，翠尾分開紅影。芳徑，芹泥雨潤；愛貼地爭飛，競誇輕俊。紅樓歸晚，看足柳昏花暝。應自棲香正穩，便忘了天涯芳信。愁損翠黛雙蛾，日日畫闌獨凭。（雙雙燕春燕）

不剪春衫愁意態，過收燈有些寒在。小雨空簾，無人深巷，已早杏花先賣。白髮潘郎寬沈帶，怕看山憶她眉黛。草色拖裙，烟光惹鬢，長記故園挑菜。（夜行船正月十八日聞賣杏花有感）

其詞境之婉約飄逸，則如淡烟微雨，紫霧明霞；其造語之輕俊嫵媚，則如嬌花映日，綠楊着雨。他將這三春景色寫得極細緻而逼眞。他不獨寫盡春天的外表，簡直將「春之魂」都收入他的詩句了。在他的詞中，有這樣明媚的春光，有這樣如絲的細雨，有這樣輕倩的小燕，在交流着，密濛着，低飛着……一一映入我們的眼底心裏。眞是一個令人沈醉的春天呵！他是古今一個最大的詠春詩人。他描寫春日景色的作品，都極工麗動目。他深深的了解這個春之玄祕與蘊藏了。他的詞極爲白石所稱賞，說他：

> 奇秀清逸，蓋能融情景於一家，會句意於兩得者。

張功甫說他的詞：

> 織綃泉底，去塵眼中，妥貼輕圓，辭情俱到。有瓌奇警邁、清新閑婉之長，而無詖蕩汙淫之失。端可分鑣清眞，平睨方回。

這些評語都有極精到處。在過去只有秦少游寫春日情景最綿麗，頗與梅溪（即史達祖）爲近。如少游滿庭芳上闋：

> 曉色雲開，春隨人意，驟雨才過還晴。高臺芳榭，飛燕蹴紅英。舞困榆錢自落，——秋千外綠水橋平。東風裏，朱門映柳，低按小秦箏。

其勝處在能於柔媚中有和平淡雅之趣。梅溪的詠春雨、春燕，（見上詞）則於柔媚中具輕俊豔冶之姿。此中深意，會心人當自領略得到。

他最擅於修辭，集中如「柳昏花暝，」如「做冷欺花，將烟困柳，」如「草脚愁蘇，花心夢醒」等，均係刻意描畫，故能工麗如此。又如他的萬年歡結句：

如今但柳髮晞春，夜來和露梳月。

描寫到了這種境界，眞可謂之「巧奪天功」了！他平生這樣的作品極多，茲更錄數闋於後：

……最難忘遮燈私語，澹月梨花，借夢來花邊廊廡，指春衫淚曾濺處。（解佩令下闋）

故人溪上挂愁，無奈烟梢月樹。一涓春水點黃昏，便沒頓相思處。（留春令詠梅花上闋）

山月隨人，翠蘋分破秋山影。釣船歸盡，橋外詩心迥。（點絳脣上闋）

所以毛子晉說：

余幼讀雙雙燕詞，便心醉梅溪；今讀其全集，如「醉玉生春，」「柳髮梳月」等語，則「柳昏花暝」之句，又不足多矣！（宋六十家詞梅溪詞跋）

惟此風一開，後來作家遂專在辭藻上修飾，而又無梅溪之才，便覺庸濫堆垛，全無質樸自然之美了。他當年以如此才華，竟未能一登科第，屈身於權相之門，其心緒之懊喪亦由他的作品中流露出來，如：

好領靑衫，全不向詩書中得；也賚區區造物，許多心力？未暇買田靑潁尾，尚須索米長安陌；有當時黃卷滿前頭，多慚德。 思往事，嗟兒劇；憐牛後，懷鷄肋。奈稜稜虎豹，九重九隔。三徑就荒秋自好，一錢不値貧相逼。對黃花常

待不吟詩，詩成癖。（滿江紅書懷）

詞中所謂「好領青衫，全不向詩書中得，……」眞是聲淚俱下的文字；所謂「尙須索米長安陌，……憐牛後，懷鷄肋。……三徑就荒秋自好，一錢不値貧相逼，」其當日身世之潦倒，因貧而仕之無可奈何，眞是「慨乎言之」了。末句「對黃花常待不吟詩，詩成癖，」其藝術化的人生，並不因環境心緒之惡劣而廢然摧殂，所以在這首詞中我們深深了解他的身世，原諒他當日的失足，而對他那樣爲藝術而藝術的精神，仍予以十分的欽憫。又如同調出京懷古之作：

> 緩轡西風，對三宿遲遲行客，……雙闕遠騰龍鳳影，九門空鎖鴛鴦翼。更無人擫笛傍宮牆，苔花碧。　天相漢，民懷國，天厭亂，臣離德。趁建瓴一舉，并收鰲極，老子豈無經世術，詩人不預平邊策。辦一襟風月看昇平，吟春色。

及龍吟曲上闋：

> ……歌裏眠香，酒酣喝月，壯懷無撓。楚江南，每爲神州未復，闌干靜，慵登眺。

亦頗寓故國河山之思，所以樓敬思說：

> 史達祖南渡名士，不得進士出身，以彼文采，豈無論薦，乃甘作權相堂吏，至被彈章，不亦降志辱身之至耶？讀其書懷滿江紅詞「好領青衫，全不向詩書中得，……三徑就荒秋自好，一錢不値貧相逼，」亦自怨自艾者矣。又讀其出京滿江紅詞「更無人擫笛傍宮牆，苔花碧，……老子豈無經世術，詩人不預平邊策，」亦善於解嘲者矣。然集中又有留別社友龍吟曲「楚江南，每爲神州未復，闌干靜，慵登眺，」新亭之泣，未必不勝於蘭亭之集也。乃以詞客終其身，史臣亦不屑道其姓氏，科目之困人如此，

不禁三嘆

眞可謂梅溪的知己了。

他的詞集名梅溪詞，有宋六十家詞本及四印齋所刻詞本。

吳文英

文英字君特，號夢窗，四明人。其生年約在宋寧宗慶元、嘉泰間，較白石、梅溪爲晚出。姜、史晚年，夢窗仍爲童稚，故集中無酬贈之作。他早歲居蘇，壯年（三十餘歲）以後始居杭。他一生足跡所至之處，以此兩地爲最多，故其詞中所吟勝蹟，亦以蘇、杭爲最。他曾納蘇、杭二妾，一遣，一死，集中如渡江雲三犯、鶯啼序、畫堂春、絳都春等詞，均係吟二妾事。他曾作過蘇州倉幕，晚年又爲榮王府幕客。他當年所往還的人物，除吳履齋等名宦外，多係詞人文士，故唱酬之作甚多。或有謂其曾與白石唱和者，蓋係姜白帚之誤。白帚爲另一人，近人梁啓超、夏承燾曾爲論證實矣。

他的詞集有毛刻宋六十家詞本，分甲乙丙丁稿，（蓋係仍舊日傳說。）凡三百二十四首；有朱刻彊村叢書本，爲明舊鈔本，不分卷，較毛刻少六十八首，附補遺一卷，又增八十四首，另有夢窗詞集小箋一卷，爲彊村先生畢生精力所萃之作，極精審。

夢窗詞名極重，其受明清人推許，亦無異於周美成。尹唯曉說：

求詞於吾宋，前有清眞，後有夢窗，此非煥之言，天下之公言也。

其推崇之極，連兩宋一切大詞家都未列在一個水平線上，但譽之者過甚，而加否認與貶辭者亦甚衆。所以沈伯時說他：

用事下語太晦處，人不可曉。

張叔夏說他的詞：

如七寶樓臺，眩人眼目，拆碎下來，不成片段。

張皋文詞選，甚至連他的詞都未收錄。近人吳瞿庵氏又力爲夢窗辯護，說他的詞：

以綿麗爲尚，運思深遠，用筆幽邃，練字練句，迥不猶人，貌視之，雕繢滿眼，而實有靈氣行乎其間。細心吟繹，……既不病其晦澀，亦不見其堆垜，此與清眞、梅溪、白石並爲詞學之正宗，一脈眞傳，特稍變其面目耳。……昔人評騭，……如尹惟曉以夢窗並清眞，……譽之未免溢量，至沈伯時謂其太晦，其實夢窗才情超逸，何嘗沈晦？夢窗長處，正在超逸之中見沈鬱之思，烏得轉以沈鬱爲晦耶？若叔夏「七寶樓臺」之喻，亦所未解；……合觀通篇，固多警策，即分摘數語，亦自入妙，何嘗不成片段耶？（詞學通論）

可見夢窗詞評，至不一致。現在我們來研究他的作品，對於以上的毀譽，自然就明白它是否有當了。

夢窗特長，在能返南宋人詞的「顯露」，而爲北宋人的「渾化」。如他的：

……箭逕酸風射眼，膩水染花腥。……問蒼波無語，華髮奈山靑，水涵空闌干高處，送亂鴉斜日落漁汀。連呼酒

上琴臺去，秋與雲平。（八聲甘州陪庾幕諸公秋登靈巖節錄）

聽風聽雨過清明，愁草瘞花銘。樓前綠暗分攜路，一絲柳，一寸柔情。料峭春寒中酒，交加曉夢啼鶯。　西園日日掃林亭，依舊賞新晴。黃蜂頻撲秋千索，有當時纖手香凝。惆悵雙鴛不到，幽階一夜苔生。（風入松）

一闋寫秋日水閣，一闋寫春日園林，氣象極寬舒和平，渾融圓美，這便是受晏、歐作風的明證。在南宋任何詞集中絕無此種境界：這是他第一個長處。

第二個長處：是最善修辭，往往很平常的語句，一到他手裏，便能柔化得無絲毫的生硬，陶鎔得無一點兒渣滓。所以我們一讀他的詞，便感覺到他那種溫厚端麗的作風。例如：

翦紅情，裁綠意，花信上釵股。殘日東風，不放歲華去。有人添燭西窗，不眠侵曉，笑聲轉，新年鶯語。　舊樽俎，玉纖曾擘黃柑，柔香繫幽素。歸夢湖邊，還迷鏡中路。可憐千點吳霜，寒銷不盡，又相對落梅如雨。（祝英臺近除夜立春）

殘寒正欺病酒，掩沈香繡戶。燕來晚，飛入西城，似說春事遲暮。畫船載清明過卻，晴烟冉冉吳宮樹。念羈情遊蕩，隨風化爲輕絮。　十載西湖，傍柳繫馬，趁嬌塵軟霧。遡紅漸招入仙谿，錦兒偷寄幽素。倚銀屏春寬夢窄，斷紅溼歌紈金縷。暝隄空，輕把斜陽，總還鷗鷺。　幽蘭旋老，杜若還生，水鄉尚寄旅。別後訪六橋無信，事往花委，瘞玉埋香，幾番風雨。長波妒盼，遙山羞黛，漁燈分影春江宿，記當時短楫桃根渡。青樓彷彿，臨分敗壁題詩，淚墨慘澹塵土。　危亭望極，草色天涯，歎鬢侵半苧。暗點檢離痕歡唾，尚染鮫綃，嚲鳳迷歸，破鸞慵舞。殷勤待寫，書中長恨，藍

霞遼海沈過雁，漫相思彈入哀箏柱。傷心千里江南，怨曲重招，斷魂在否？（鶯啼序）

此等詞正如吳氏所謂「運意深遠，用筆幽邃，練字練句，迥不猶人，貌視之雕繢滿眼，而實有靈氣行乎其間」了。他的修辭之工細平穩，竟作到如此地步，其學力之深，眞令人非常驚異。四庫總目提要比之爲詩中的李商隱，是再眞確不過的了。但他的天才並不高曠，故辭華亦不能奔放勁健，他旣不能望塵稼軒，亦不能追摹白石；然自學力上講，則辛、姜均遠無其精到。瞿庵先生謂其「才情超逸」實在是適得其反，不如改爲「學力精邃」四字爲確當了。因爲他過於工細藻繪，自然要謹束太甚，不能馳騁自如了，自然要有詞意晦澀，不相連貫處了。如聲聲慢「檀欒金碧，婀娜蓬萊」的句子，張叔夏謂其「意晦，」其實夢窗集中詞意晦澀的例子並不止此。其原因不僅由於「用事下語太晦處令人不可曉，」實在是因爲天才不縱溢，下筆時不能馳騁自如，而又刻意於辭藻上的修飾更加上一層束縛。所以瞿庵教我們讀他的詞，要「細心吟繹，」不然就覺得是「雕繢滿眼」了。這「細心吟繹」四字下得最耐人尋味，其精到處在此，其短處亦在此了。如他的：

宮粉雕痕，仙雲墮影，無人野水荒灣。古石靈香，金沙鎖骨連環。（1）南樓不恨吹橫笛，恨曉風千里關山。半飄零庭下，黃昏月冷闌干。（2）（高陽臺落梅上闋）

若分爲（1）（2）兩段看，則確如瞿庵所謂「仙骨珊珊，洗脫凡豔；幽素處則孤懷耿耿，別締古歡，」張叔夏所謂如「七寶樓臺，眩人眼目」的評語了。但我們再讀它的下闋：

壽陽宮裏愁鸞鏡，問誰調玉髓，暗補香瘢？(1)細雨歸鴻，孤山無限寒。(2)離情難倩招清些，夢縞衣，解珮溪邊。(3)最愁人啼鳥清明，葉底清圓。(4)

在半闋之中，分出四個片段，用典用事，彼此語意都不相連屬，雜湊與斧斲之痕，一望可知。所以張叔夏說他，雖如「七寶樓臺，眩人眼目」，但「拆碎下來」就「不成片段」了！他這些缺點是無庸加以辯護的。不過此等處集中極少，不能用來概括他的全體作品的。

近人王靜庵先生最賞識其「隔江人在雨聲中，晚風菰葉生秋怨」語，以爲確足當周介存的評語：

夢窗詞之佳者如水光雲影，搖蕩綠波；撫玩無極，追尋已遠。

我最愛他的八聲甘州、風入松、祝英臺近、齊天樂（與馮深居登禹陵）等詞，其清靈婉細處，確如「水光雲影」，令人愛賞不置。集中名句如聲聲慢「……簾半捲，帶黃花人在小樓」和八聲甘州「……送亂鴉，斜日落漁汀。連呼酒上琴臺去，秋與雲平」以及：

春未來時，酒攜不到千巖路；瘦還如許，晚色天寒處。 無限新愁，難對風前語。行人去，暗消春素，橫笛空山暮。

（點絳唇越山見梅）

等詞，眞有一種極渾融超妙入神的境界。無怪朱彊村謂其能：

……舉博麗之典，審音拈韻，習諳古諧，故其爲詞也，沈邃縝密，脈絡井井，縋幽抉潛，開徑自行，學者匪造次所能陳其義趣。予治之二十年，一校於己亥，再勘於戊申……（見彊村叢書夢窗詞跋）

朱、吳二先生之說，正復相同。彊村至費二十年功力，校其詞凡兩易板。去歲朱先生作古滬上，其彊村遺書中曾有定本夢窗詞集一卷，蓋至此已三易板刻矣。其於夢窗詞之精心校勘研求，可稱曠世獨步。故吾人讀吳詞時，雖覺其偶爾失之晦澀，但其全部作品，則均爲一生心血之所晶成，其造詣之精邃，誠有如朱、吳二先生所云也。

第二章　一般附庸作家

——盧祖皋——高觀國——孫惟信——張輯——周晉——張榘——洪咨夔——洪瑹——楊冠卿——韓淲——王炎——管鑑——劉光祖——嚴仁——汪莘——劉翰——鄭域——趙以夫——楊伯嵒——魏了翁——蔡戡——馮取洽——楊纘——翁孟寅——趙汝茪——馮去非——蕭泰來——吳禮之——盧炳——李肩吾——黃昇——

盧祖皋

祖皋字申之，又字次夔，蒲江永嘉人。慶元五年進士，爲軍器少監，嘉定十四年權直學士院。詞集名蒲江詞，有毛刻宋六十家詞本，凡二十五首。佳者頗多，均婉秀淡雅，直追少游，頗能得其神韻。他的小令如：

閑院靜，獨自行來行去。花片無聲簾外雨，峭寒生碧樹。　做弄清明時序，料理春醒情緒。憶得歸時停棹處，畫橋看落絮。（謁金門）

柳色津頭泫綠，桃花渡口啼紅；一春又負西湖醉，離恨雨聲中。　客袂迢迢西塞，餘寒翦翦東風。誰家拂水飛來燕，惆悵小樓空。（烏夜啼）

翠樓十二闌干曲，雨痕新染葡萄綠。時節又黃昏，東風深閉門。　玉簫吹未徹，窗影梅花月。無語只低眉，閒拈雙

荔芰。（菩薩蠻）

作得均甚細緻淡雅，乍見雖嫌弱細，但其秀美正於極弱細中現出。他的長調作得也很清幽，例如：

> 江涵雁影梅花瘦，四無塵，雪飛雲起，夜窗如畫。萬里乾坤清絕處，付與漁翁釣叟。又恰是題詩時候。猛拍闌干呼鷗鷺道「他年我亦垂綸手，飛過我，共樽酒！」（賀新郎吳江三高堂前釣雪亭下闋）

> 亦有魚龍戲舞，豔明川綺羅歌鼓。鄉情節意尊前同，是天涯羈旅。漲綠池塘翠陰庭院，歸期無據。問明年此夜，一眉新月，照人何處？（水龍吟淮西重午下闋）

高觀國

觀國字賓王，山陰人，其詞集名竹屋癡語，有毛刻宋六十家詞本。他與史邦卿交誼頗摯，其作風與盧蒲江極相近，張叔夏極加推崇，至謂：

> 竹屋、白石、梅溪、夢窗，格調不凡，句法挺異，俱能特立清新之意，删削靡曼之詞，自成一家。

其實竹屋作品秀韻處尚不及蒲江，何能與白石、梅溪、夢窗三家相提並論？茲錄其集中最婉麗者二闋於下：

> 浪搖新綠，漫芳洲翠渚，雨痕初足。蕩霽色流入橫塘，看風外漪漪，皺紋如縠。藻荇縈迴，似留戀鴛飛鷗浴。愛嬌雲蘸色，媚日接藍，還迷心目。（解連環春水上闋）

涼雲歸去再約着，晚來西樓風雨。水靜簾陰，鷗閒菰影，秋到露汀烟浦。試省喚回幽恨，盡是愁邊新句。倦登眺，動悲涼，還在殘蟬吟處。（喜遷鶯上闋）

比較還以小令爲最佳，如菩薩蠻下闋：

烟明花似繡，且醉旗亭酒。斜月照花西，歸鴉花外啼。

確能「工而入逸，婉而多風。」（古今詞話）

孫惟信

惟信字季蕃，號花翁，開封人。劉後村花翁墓誌云：

季蕃貫開封，少受祖澤，調監當不樂棄去。始昏於婺，後去婺遊，留蘇、杭最久。一榻之外無長物，躬爨而食。書無乞米之帖，文無逐貧之賦，終其身如此。

花翁的生平僅此尚可考徵。然其人品境遇，亦足令人欽憫矣。詞集已佚，近人趙萬里始爲彙成一卷，名花翁詞，刊於校輯宋金元人詞中，凡十一首。他的詞很風雅柔媚，尤以燭影搖紅與南鄉子二闋最爲傑出：

一朵鞓紅，寶釵壓髻東風溜。年時也是牡丹時，相見花邊酒。初試夾紗半袖，與花枝盈盈鬥秀。對花臨景，爲景牽情，因花感舊。　題葉無憑，曲溝流水空回首。夢雲不到小山屏，眞個歡難偶。別後知他安否？軟紅街清明還又。絮飛春盡，天遠書成，日長人瘦。（燭影搖紅牡丹）

璧月小紅樓，聽得吹簫憶舊游。霜冷闌干天似水，揚州，薄倖聲名總是愁。　塵暗鷫鸘裘，裁翦曾勞玉指柔。一夢覺來三十載，風流，空對梅花白了頭！（南鄉子）

二詞寫得都極婉媚多姿，其聰俊自然處，似尚過乎竹屋、蒲江，獨惜花翁之名不彰，後世知之者少耳。

張　輯

輯字宗瑞，號東澤，鄱陽人。馮深居目爲東仙，有欸乃集。詞集名東澤綺語債，原爲二卷，今僅存一卷，有彊村叢書本。他的詩詞均衣鉢白石而能暨其堂奧，同時他又效仿蘇、辛之作，故其詞旣風雅婉麗，又復幽暢清疏。例如他的：

梧桐雨細，漸滴做秋聲，被風驚碎。潤逼衣篝，線裊蕙爐沈水。悠悠歲月天涯醉，一分秋，一分憔悴。紫簫吹斷，素箋恨切，夜寒鴻起。　又何苦淒涼客裏，負草堂春綠，竹溪空翠。落葉西風，吹老幾番塵世。從前諳盡江湖味，聽商歌，歸興千里。露侵宿酒，疏簾淡月，照人無寐。（疏簾淡月即桂枝香）

江頭又見新秋，幾多愁。塞草連天，何處是神州？　英雄恨，古今淚，水東流。惟有漁竿明月上瓜洲。（月上瓜洲）

此詞如含蘊着無限的悽涼感時之意，與辛稼軒、張于湖等人之憤慨作品相較，已顯示出兩時期的背景了。大約這時候，一般憂心國事的人已知道恢復神州是無望的了。他的風雅之作，極近姜、史一派，如：

花半溼，睡起一窗晴色。千里江南眞咫尺，醉中歸夢直。　前度蘭舟送客，雙鯉沈沈消息。樓外垂楊如此碧，問春

來幾日（垂楊碧卽謁金門）

卽係一例，他好將詞牌名更換以示新奇，所以詞品說他：「樂府一卷，皆倚舊腔，而別立新名，亦好奇之故。」

周晉

晉字叔明，號嘯齋。他的詞錄於周密絕妙好詞者僅三首，皆新逸有自然之趣。其風調與花翁極相近，均係學少游而少變其音吐者。茲錄二闋於後：

圖書一室香暖垂簾密。花滿翠壺熏硯席。睡覺滿窗晴日。　手寒不了殘棋，篝香細勘唐碑。無酒無詩情緒，欲梅欲雪天時。（清平樂）

午夢初回，捲簾盡放春愁去。晝長無伴，自對黃鸝語。　絮影蘋香，春在無人處。移舟去，未成新句，一研梨花雨。（點絳脣訪弁存叟南漪釣隱）

張榘

榘字方叔，潤州人。有芸窗詞一卷，見毛晉宋六十家詞本。他的詞極清麗流轉，毛氏極賞重之。至謂其：

如「正挑燈共聽夜雨，」（摸魚兒）幽韻不減陸放翁；如「小樓燕子話春寒，」（浣溪沙）豔態不減史邦卿；至如「秋在黃花羞澀處」（青玉案）又「苦被流鶯蹴翻花影，一闌紅露」（水龍吟）等語，直可與秦七、黃九相雄長。（見毛氏汲古閣詞跋）評語極精當。茲錄二闋於後：

西風亂葉溪橋樹，秋在黃花羞澀處。滿袖塵埃推不去，馬蹄霜濃，鷄聲淡月，寂歷荒村路。 身名都被儒冠誤，十載重來慢如許。且盡清樽公莫舞，六朝舊事，一江流水，萬感天涯暮。（青玉案被檄出郊題陳氏山居）

晝長簾幕低垂，時時風度楊花過。梁間燕子，芹隨香嘴，頻沾泥污。苦被流鶯，蹴翻花影，一闌紅露。看殘梅飛盡，枝頭微認，青青子，些兒大。（水龍吟上闋）

洪咨夔[一] 公元？——一二三六

咨夔字舜俞，號平齋，於潛人。嘉定二年進士，累官刑部尚書，翰林學士，加端明殿學士。端平三年卒，諡忠文，有平齋詞一卷，見毛氏宋六十家詞本。他有時也仿蘇、辛體，頗清暢，但仍以淡雅見長。如：

平沙芳草渡頭村，綠遍去年痕。游絲上下，流鶯往來，無限銷魂。 綺窗深靜人歸晚，金鴨水沈溫。海棠影下，子規聲裏，立盡黃昏。（眼兒媚）

又如他的滿江紅「滿天涯都是離別愁，無人掃，……最關情鶗鴂一聲催，窗紗曉。」等句也還新倩。

[一] 見宋史卷四百六，南宋書卷四十六。

楊冠卿

冠卿字夢錫，江陵人。有客亭類稿十五卷；詞集一卷，名客亭樂府，有彊村叢書本。錄一闋於後：

滿院落花春寂，風緊一簾斜日。翠鈿曉寒輕，獨倚秋千無力。無力無力，蹙破遠山愁碧。（如夢令）

韓淲 公元一一五九——一二二四

淲字仲止，潁川人，元吉之子。淡於功名，從仕不久，卽歸隱。嘉定中卒。有澗泉詩餘一卷。見彊村叢書。其詞頗清暢，錄一闋如下：

病起情懷惡，小簾櫳楊花墜絮。木陰成幄，試問春光今幾許，（甚）都把年華忘卻。更多少從前盟約。擬待鶯邊尋好語，恍殘紅零亂風迴薄。思往事，信如昨。　清明寒食須尋樂。算人生何時富貴，自徒蕭索。試著春衫從酒伴，亂插繁英嫩蕚。信莫被功名擔閣。隨分溪山共笑傲，這一身閒處誰能縛？琴劍外，盞杯酌。（賀新郎）

洪瑹

瑹字叔璵，自號空同詞客，有空同詞一卷，有毛氏宋六十家詞本。他的詞有時作得頗明倩有致，如「繫馬短亭西，丹楓明酒旗，」（菩薩蠻）「碧天如水印新蟾，」（南柯子）以及月華清春夜對月云：

況是風柔夜暖，正燕子新來，海棠微綻。不似秋光，只照離人腸斷。

王 炎 公元一一三八——一二一八

炎字晦叔，婺源人，有雙溪詩餘一卷，見四印齋宋元三十一家詞。他當日對於作詞的態度，以「不溺於情慾，不蕩而無法，」「不貴豪壯語，」「惟婉轉嫵媚爲善。」（具見他的詞集自序。）他的詞以下面兩闋作爲代表：

渡口喚扁舟，雨後春綃皺。輕暖相重護病軀，料峭還寒透。（卜算子上闋）

怯寒未敢試春衣，踏春時，嬾追隨。野蔌山殽村釀可從宜。不向花邊拚一醉，花不語，人笑癡。（江城子）

管 鑑

鑑字明仲，龍泉人，有養拙堂詞一卷，見四印齋宋元三十一家詞。錄醉落魄詞以爲代表：

春陰漠漠，海棠花底東風惡。人情不似春情薄，守定花枝，不放花零落。 綠尊細細共春酌，酒醒無奈愁如昨。殷勤待與東風約；莫苦吹花，何似吹愁卻！

劉 光 祖❶ 公元一一四二——一二二二

❶見宋史卷三百九十七，南宋書卷四十一。

光祖字德修，號後谿，簡池人。登進士第，慶元初官侍御史，改司農少卿，終顯謨閣學士。有鶴林詞一卷，原集已佚，近人趙萬里始爲輯得十一首，彙爲一卷，刊於校輯宋金元人詞中。他的踏莎行：

掃徑花零，閉門春晚，恨長無奈東風短。……兩晚月魂清，夕陽香遠。……

以及賦敗荷的洞仙歌上闋：

晚風收暑，小池塘荷靜。獨倚胡牀，酒初醒。起徘徊，時有香氣吹來，雲藻亂，葉底游魚動影。

都很婉媚新倩。他的祝英臺近感懷云：

有時低按銀箏，高歌水調，落花外紛紛人境。

末七字尤爲況周頤所愛賞，謂其：

妙處難以言說，但覺芥子須彌，猶涉執象。（蕙風詞話卷二）

嚴仁

仁字次山，號樵溪，邵武人，有清江欸乃一卷，今已失傳。他與同族嚴羽、嚴參，並稱「邵武三嚴」。黃昇謂其詞「極能道閨閫之趣」。他的玉樓春：

春風不在園西畔，薺菜花繁蝴蝶亂。冰池晴綠照還空，香徑落紅吹已斷。　意長翻恨遊絲短，盡日相思羅帶緩。寶奩如月不欺人，明日歸來君試看。

寫得很明豔工麗，足與蒲江、竹屋抗衡。

汪　莘

莘字叔耕，休寧人，嘉定間曾叩閽上疏，不報。後築室柳溪，號方壺居士。有方壺存稿，及方壺詩餘二卷，有彊村叢書本。他的詞極瀟灑明淨，如好事近上闋：

> 夾岸隘桃花，花下蒼苔如積。驀地輕寒一陣，上桃花顏色。

以及：

> 簾漏滴，卻是春歸消息。帶雨牡丹無氣力，黃鸝愁雨溼。　爭看洛陽春色，忘卻連天草碧，南浦綠波雙槳急，沙頭人佇立。（謁金門）

> 美人家在江南住，每惆悵江南日暮。白蘋洲畔花無數，還憶瀟湘風度。　幸自是斷腸無處，怎强作鶯聲燕語。東風占斷秦箏柱，也逐落花歸去。（杏花天）

都是一種極美妙明倩的短歌。

劉　翰

翰字武子，長沙人。吳雲壑（琚）之客。有小山集一卷。他的詞造句很明豔動人，如：

花底一聲鶯，花上半鉤斜月。月落烏啼何處，點飛英如雪。　東風吹盡去年愁，解放丁香結：驚動小亭紅雨，舞雙雙金蝶。（好事近）

淒淒芳草怨得王孫老。瘦損腰圍羅帶小，長是錦書來少。　玉簫吹落梅花，曉烟猶透輕紗。驚起半簾幽夢，小窗淡月啼鴉。（清平樂）

鄭域

域字中卿，號松窗，三山人。慶元丙辰，隨張貴謨使金，有燕谷剽聞二卷，記北庭甚詳。其詞有海寧趙萬里氏輯本名松窗詞，凡十一首。其昭君怨一闋爲詠梅中新穎別致之作。

道是花來春未，道是雪來香異；水外一枝斜，野人家。　冷落竹籬茅舍，富貴玉堂瓊榭：兩地不同栽，一般開。

趙以夫（公元一一八九——一二五六）

以夫字用甫，號虛齋，福之長樂人。端平中知漳州，有治績。嘉熙二年拜同知樞密院事。淳祐初罷。尋加資政殿學士，吏部尚書。與劉克莊同纂修國史。詞集名虛齋樂府，凡一卷，有粟香室叢書侯刻名家詞本，有江標刻宋元名家詞本。

虛齋詞以慢詞見長，寫得頗工麗。如：

玉壺凍裂琅玕折，駸駸逼人衣袂，暖絮張空飛失。前山橫翠，欲低還起，似妝點滿園春意。記憶當時剡中情味，一溪雲水。天際絕行人，高吟處，依稀灞橋鄰里。更翦翦梅花落雲階月地。……（徵詔雪節錄）

楊伯嵒

伯嵒字彥瞻，號泳齋，和王諸孫，居臨安。淳祐間，除工部郎，出守衢州。着有六帖補二十卷，九經補韻一卷。伯嵒為錢塘辥尚功的外孫，弁陽周公謹的外舅。（見絕妙好詞箋）其詞亦係風雅一派，如：

梅覷初花，蕙庭殘葉，當時慣聽山陰雪。東風吹夢到清都，今年雪比前年別。 重釀宮醪，雙鉤官帖，伴翁一笑成三絕。夜深何用對靑藜，窗前一片蓬萊月。（踏莎行雪中疏寮借閣帖更以徵露送之）

魏了翁❶ 公元一一七八——一二三七

了翁字華父，號鶴山，蒲江人。慶元五年進士。理宗朝官資政殿學士，福州安撫使。卒諡文靖，有鶴山長短句三卷，見雙照樓影刊宋元明本詞。鶴山為南宋理學家，其詞亦頗清曠。如朝中措：

玳筵綺席繡芙蓉，客意樂融融。吟罷風頭擺翠，醉餘日腳沈紅。 簡書絆我，賞心無託，笑口難逢。夢草閑眠暮雨，落花獨倚春風。

❶見宋史卷四百三十七，南宋書卷四十六。

蔡戡

戡字定夫，仙游人。有定齋詩餘一卷，見彊村叢書本，僅寥寥數首，然頗婉麗。如點絳脣：

纖手工夫，采絲五道交相映。同心端正，有雙鴛並。　皓腕輕纏，結就相思病。憑誰信？玉肌寬盡，卻繫心兒緊。

馮取洽

取洽字熙之，延平人，自號雙溪翁，有雙谿詞一卷，見典雅詞。其菩薩蠻一詞極新麗不落恆蹊：

秋到雙溪上，樹葉葉涼聲，未省來何許。盡拓溪樓窗與戶，倚欄淸夜窺河鼓。　那時吟朋同此住，獨對秋芳，欲寄花無處。杖履相從曾有語，未來先自愁君去。

楊纘

纘字繼翁，嚴陵人，居錢塘，寧宗楊后兄次山之孫，號守齋，又號紫霞翁。當時推爲知音，能自度曲。舉其自度曲被花惱上闋如下：

疏疏宿雨釀寒輕，簾幙靜垂淸曉，寶鴨微溫瑞烟少。簷聲不動，春禽對語，夢怯頻驚覺。欹珀枕，倚銀牀，半窗花影明東照。

翁孟寅

孟寅字賓暘，號五峯，錢塘人，其詞亦係史、高一派之作，如阮郎歸：

月高樓外柳花明，單衣怯露零。小橋燈影落殘星，寒烟蘸水萍。　歌袖窄，舞環輕，梨花夢滿城。落紅啼鳥兩無情，春愁添曉醒。

近人趙萬里輯其詞彙爲一卷，名五峯詞。凡五首，刊於校輯宋金元人詞中。

趙汝茪

汝茪字參晦，號霞山，商王元份八世孫善官子。（見宋史宗室世系表）他的詞極明豔生動，爲風雅派中上駟之選。如：

一目清無留處，任屋浮天上，身集空虛。殘燒夕陽過雁，點點疏疏。故人老大，好襟懷消減全無。漫贏得秋聲兩耳，冷泉亭下騎驢。（漢宮春下闋）

小研紅綾箋紙，一字一行春淚。封了更親題，題了又還折起。歸未？歸未？好個瘦人天氣。（如夢令）

他的詞錄於趙氏校輯宋金元人詞者凡九首，名退齋詞。

馮去非

去非字可遷，號深居，南康都昌人，淳祐元年進士，幹辦淮東轉運司，寶祐四年召爲宗學諭。深居與翁孟寅等均與吳文英同時，有唱酬之作。他的喜遷鶯詞極與夢窗爲近，不過不如吳詞的珊秀靈婉罷了。

涼生遙渚，正綠芰擎霜，黃花招雨。雁外漁燈，蛩邊蟹舍，絳葉表秋來路。世事不離雙鬢，遠夢偏欺孤旅。送望眼但憑舷微笑，書空無語。　慵看鏡裏十載征塵，長把朱顏汚。借着清油，揮毫紫塞，舊事不堪重舉！間闊故山猿鶴，吟落同盟鷗鷺。倦遊也便檣雲拖月，浩歌歸去。（喜遷鶯）

這正是夢窗派詞人唯一的色采，也可以說是一個古典派的模型。這派詞人的流弊，不免失之庸晦，無空靈自然的意境與雄暢的筆風。

蕭泰來

泰來字則陽，號小山，臨江人，紹定二年進士，有小山集。其詠梅詞霜天曉角頗幽倩別致。

千霜萬雪，受盡寒磨折，賴是生來瘦硬，渾不怕角吹徹。　清絕影也別，知心惟有月。元沒春風性情，如何共海棠說？

吳禮之

禮之字子和，錢塘人，有順受老人詞一卷。原本已失，近人趙萬里輯得十七首，附錄二首，彙爲一卷，刊於校輯宋金元人詞中。錄霜天曉角一闋：

西風又急細雨黃花溼。樓枕一篙烟水，蘭舟漾，畫橋側。　念昔空淚滴，故人何處覓，魂斷凄歌淒怨，疏簾外暮山碧。

盧　炳

炳字叔陽，有烘堂詞一卷，見毛氏宋六十家詞。錄謁金門一闋：

春寂寂，節物又催寒食。樓上捲簾雙燕入，斷魂愁似織。　門外雨餘風急，滿地落英紅溼。好夢驚回無處覓，天涯芳草碧。

李肩吾

肩吾字子我，號蠙洲，眉州人，爲魏鶴山之客，而行輩較晚，治六書之學，嘗著字通。他的淸平樂一闋爲其傑出婉媚之作。

美人嬌小，鏡裏容顏好。秀色侵人春帳曉，郎去幾時重到？　叮嚀記取兒家，碧雲隱映紅霞；直下小橋流水，門前一樹桃花。

其詞刊於趙氏校輯宋金元人詞名蠙洲詞一卷，凡十首。

黃昇

昇（絕妙好詞作暘）字叔暘，號玉林，是一位瀟灑的名士，有散花庵詞一卷，有宋六十家詞本。他曾編花庵詞選。凡二十卷。上部曰唐宋諸賢絕妙詞選，十卷，所錄皆北宋以前人詞；下部曰中興以來絕妙詞選，亦爲十卷，純爲南宋作家，與周密絕妙好詞同爲研究南宋詞必讀之書。他因淡於功名，故其詞亦蕭疏有田野之趣，如西江月：

玉林何有？一彎蓮沼，數間茅宇。斷塹疏籬聊補葺，那得粉牆朱戶。禾黍西風，雞豚曉日，活脫田家趣。客來茶罷，自挑野菜同煮。　多少甲第連雲，十眉環座，入醉黃金塢。回首邯鄲春夢破，寒落珠歌翠舞。得似衰翁，蕭然陋巷，長作溪山主？紫芝可採，更尋巖谷深處。

他的宮詞清平樂亦輕柔明秀而有含蘊：

珠簾寂寂，愁背銀釭泣。記得少年初選入，三十六宮第一。　當時掌上承恩，而今冷落長門。又是羊車過也，月明花落黃昏。

第三章　辛派詞人

——劉過——程珌——黃機——岳珂——方岳——陳經國——文及翁——王埜——李昂英——李好古——李泳——劉克莊——吳潛——附錄：本期幾個女作家——略去的作家

劉過

過字改之，號龍洲道人，吉州太和人，（一云襄陽人）嘗伏闕上書，光宗時復以書抵時宰，陳恢復方略，不報。放浪湖海間。詞集名龍洲詞，有宋六十家詞本。

改之爲稼軒幕客，其詞亦力模稼軒，然粗率平直，且多謿語，其沁園春詠美人足，美人指甲，雖工麗，然纖巧褻瑣，亦落下乘。茲錄其學辛詞之少清醇者一闋於後：

……衣袂京塵曾染處，空有香紅尚軟。……一枕新涼眠客舍，聽梧桐疏雨秋風顫。燈暈冷，記初見。　樓低不放珠簾捲。晚妝殘，翠娥狼籍，淚痕盈臉。……莫鼓琵琶江上曲，怕荻花楓葉俱淒怨。雲萬疊，寸心遠。（賀新郎節錄）

比較還以小令最爲擅長，茲錄其醉太平如下：

情高意眞，眉長鬢靑；小樓明月調箏，寫春風數聲。　思君憶君，魂牽夢縈；翠綃香暖雲屛，更那堪酒醒！

又如小桃紅（在襄州作）

蘆葉滿汀洲，寒沙帶淺流，二十年重過南樓。柳下繫船猶未穩，能幾日，又中秋。　黃鶴斷磯頭，故人曾到不？舊江山渾是新愁。欲買桂花同載酒，終不似，少年遊。

此等詞皆寫得清暢雋逸，當日性情口吻，如現紙上，允為出色當行之作。

程珌㊀

公元一一六四——一二四二

珌字懷古，休寧人，紹熙四年進士，知福州，兼福建安撫使，封新安郡侯。有洺水詞一卷，見宋六十家詞。他的作風與蘇、辛為近，但亦時有秀韻的詩句，如念奴嬌「燕子春寒未到，誰說江南消息？……這回歸去，松風深處橫笛。」

黃機

機字幾仲，一作幾叔，東陽人，有竹齋詩餘一卷，見毛氏宋六十家詞。他的詞學稼軒而不失其清幽風雅之趣者。錄二闋於後：

西風獵獵，又是登高時節。一片情懷無處說，秋滿江頭紅葉。　誰憐鬢影淒涼，新來更點吳霜。孤負萸囊菊蕊，年

㊀見宋史卷四百二十二，南宋書卷四十九。

年客裏重陽。（清平樂）

日薄風柔，池面欲平還皺。紋楸玉子，礫礫敲春晝。繡衾半捲，花氣濃熏香獸。小閣初試轆轤甃。（傳言玉女上闋）

岳珂

珂字肅之，號亦齋，又號倦翁，相臺人，岳飛之孫。知嘉興，歷官戶部侍郎，淮東總領。有玉楮集、媿郯錄、讀史備忘、東陲事略、程史、籲天辨誣錄、金陀粹編行世。他的詞亦壯烈有祖風，如祝英臺近詠北固亭：

澹烟橫，層霧斂，勝概分雄占。月下鳴榔，風急怒濤颭。關河無限清愁，不堪重鑑。正霜鬢秋風塵染。　謾登覽，極目萬里沙場事業頻看劍。古往今來，南北限天塹。倚樓休弄新聲重城門掩，歷歷數西州更點。

又如他的滿江紅：

小院深深，悄鎖日陰晴無據。春未足，閨愁難寄，琴心誰與？曲徑穿花尋蛺蝶，虛闌傍日教鸚鵡。笑十三楊柳女兒腰，春風舞。　雲外月，風前絮。情與恨，長如許。想綺窗今夜與誰凝竚？洛浦夢回留珮客，秦樓聲斷吹簫侶。正黃昏時候杏花寒，簾纖雨。

則又以明暢雅潔見長了。

方岳 公元一一九九——一二六二

岳字巨山，祁門人，理宗朝爲文學掌故，宫中祕書，出守袁州。有秋崖先生小稿四卷，有四印齋刊本，及涉園景宋金元明本詞續刊本。他當宋室末造，其詞頗有叔世之感，錄一闋於後：

秋雨一何碧，山色倚晴空。江南江北，愁思分付亂紅。蘆葉蓬舟千里，菰菜蓴羹一夢，無語寄歸鴻。醉眼渺河洛，遺恨夕陽中。　蘋洲外，山欲暝，斂眉峯。人間俯仰陳迹，嘆息兩仙翁。不見當時楊柳，只是從前烟雨，磨滅幾英雄。天地一孤嘯，匹馬又西風。（水調歌頭平山堂用東坡韻）

又同調末句：「莫倚闌干北，天際是神州，」亦深寓忠愛祖國之思者。

陳經國

經國字伯大，潮州海陽縣人，寶祐四年進士。有龜峯詞，有四印齋刊本。他的沁園春丁酉歲感事：

誰思神州，百年陸沉，青氈未還。悵晨星殘月，北州豪傑，西風斜日，東帝江山。劉表坐談，深源輕進，機會失之彈指間。傷心事，是年年冰合，在在風寒。　說和說戰都難，算未必江沱堪宴安。嘆封侯心在，鱣鯨失水，平戎策就，虎豹當關。渠自無謀，事猶可做，更剔殘燈抽劍看。麒麟閣，豈中興人物，不畫儒冠？

一種憤世之意，自負之情，均以壯烈質素的歌聲寫出。所謂「封侯心在，剔燈看劍，」尤能寫出屈居末位，不能一展健兒身手的心情；視張孝祥、辛稼軒等人僅以牢騷憤慨語出之者，尤爲更進一層了。我嘗恨兩宋民族性太脆弱，於詞中所表現者多女兒纏綿語，消極輕世語，或牢騷語，求能如此篇之雄心勃發的作品，除武穆滿江紅外，簡直找不出第二篇了。

文及翁

及翁字時學，號本心，綿州人。歷官參知政事。他的詞亦如張元幹、張孝祥、辛棄疾、陳經國等人的豪壯悲憤。如：

一勺西湖水，渡江來，百年歌舞，百年酣醉。回首洛陽花石盡，烟渺黍離之地！更不復新亭墮淚。簇樂紅妝搖畫舫，問中流擊楫何人是！千古恨，幾時洗？　余生自負澄清志，更有誰磻溪未遇，傅巖未起？國事如今誰倚仗，衣帶一江而已！便都道江神堪恃。借問孤山林處士，但掉頭笑指梅花蕊。天下事，可知矣！（賀新涼游西湖有感）

身處這樣一個偏安的危局，而一般醉生夢死的民衆，尚且「搖着畫舫，簇樂紅妝」，過着享樂的生活，那裏有什麼「中流擊楫」的烈士呢？這時僅僅仗着「衣帶一江」，便怡然自得，以爲「江神堪恃」；而一般文士也都逍遙物外，於國事毫不關心，所謂「林處士」之流，「但掉頭笑指梅花蕊」而已，眞是「天下事可知矣」了！這篇詞不獨語意悲壯，且將當年社會的苟安心理與墮落的行爲，忠實的寫出，不加一點雕琢語。

王壄 一作 王戓

壄字子文，號潛齋，金華人。寶祐初拜端明殿學士僉書樞密院事，封吳郡侯。錄西河一闋：

天下事，問天怎忍如此！陵圖誰把獻君王，結愁未已。少豪氣概總成塵，空餘白骨黃葦！　千古恨，吾老矣！東游曾弔淮水。繡春臺上，一回登，一回搵淚。醉歸撫劍倚西風，江濤猶壯人意。　只今袖手野色裏，望長淮猶二千里。縱有雄心誰寄！近新來又報烽烟起，絕域張騫歸來未？

此篇與陳經國的沁園春文及翁的賀新涼同爲憤時寄慨之作，雖造語未能十分工穩，然較一般吟風弄月之作，毫無所謂者自要高出一等了。

李昂英

昂英字俊明，（一云名昂英字公昂）番禺人，一云贇州人。寶慶進士，淳祐初官吏部郎，累擢龍圖閣待制，吏部侍郎。歸隱文溪，卒謚忠簡。有文溪詞一卷，見毛氏宋六十家詞。他與劉過、岳珂、吳潛等均受辛詞影響，故喜作豪壯語。茲錄其得名之作摸魚兒（見毛氏文溪詞跋）一詞於後：

怪朝來片紅初瘦，半分春事風雨。丹山碧水含離恨，有脚陽春難駐，芳草渡。似叫住東君，滿樹黃鸝語。無端杜宇，報采石磯頭，驚濤屋大，寒色要春護。　陽關唱畫鷁徘徊東渚，相逢知又何處？摩挲老劍雄心在，對酒評今古。君此去，幾萬里東南，雙手擎天柱。長生壽母。更穩坐安輿，三槐堂上，好看綵衣舞。（摸魚兒送王子文知太平州）

李好古

好古里居不詳。有碎錦詞一卷，見四印齋刊宋元三十一家詞。陸心源皕宋樓藏碎錦詞兩部，一題「鄉貢免解進士」，當時或有兩個李好古也未可知。他的詞多慷慨之音，如江城子：

平沙淺草接天長，路茫茫，幾興亡！昨夜波聲洗岸骨如霜。千古英雄成底事，徒感慨，謾悲涼。　少年有意伏中行，馘名王，掃沙場；擊楫中流，曾記淚霑裳。欲上治安雙闕遠，空悵望，過維揚！

李　泳

泳字子永，廬陵人，與兄洪、漳，及弟淦、淛，五人皆能詞，合著李氏花萼集五卷，原本已失，近人趙萬里輯得李氏兄弟之作凡十三首，附錄二首，彙為一卷，刊於校輯宋金元人詞中。茲錄李泳的題甘將軍廟水調歌頭下闋如後：

夜將闌，人欲靜，月初圓。素娥弄影，光射空際渺嬋娟。不用濯纓垂釣，喚取龍宮仙駕，耕此萬瓊田。橫笛望中起，吾意已超然。

劉克莊 公元一一八七——一二六九

克莊字潛夫，號後村，莆田人，淳熙中賜同進士出身，官龍圖閣直學士，卒謚文定，有後村別調一卷，見毛氏宋六十家詞，又名後村長短句，見彊村叢書。

後村爲一享大齡之詩人，生於孝宗末年，死於度宗初年，中歷光、寧、理三朝，於南宋主要詞人，先後多曾親見。故於各詞人掌故，知之亦較親切。他的詞純學稼軒，爲辛派重要作家。其玉樓春下闋：

易挑錦婦機中字，難得玉人心下事。男兒西北有神州，莫灑水西橋畔淚。

楊升庵謂其壯語足以立懦，如此詞者，誠足以當之無愧了。茲選錄其集中最傑出者二闋如下：

赤日黃埃，夢不到清溪翠麓。空健羨君家別墅，幾株幽獨。骨冷肌清偏要月，天寒日暮猶宜竹。想主人杖屨繞千回，山南北。　寧委瀆，嫌金屋；寧映水，羞銀燭。嘆出群風韻，背時裝束。競愛東鄰姬傅粉，誰憐空谷人如玉。笑林逋何遜漫爲詩，無人讀。（滿江紅）

此詞與稼軒滿江紅諸闋相較，其模仿之迹，不難立辨。一切音吐辭彩與稼軒尤極神似。

宮腰束素，只怕能輕舉。好築避風臺護取，莫遣驚鴻飛去。　一團香玉溫柔，笑顰俱有風流。貪與蕭郎眉語，不知舞錯伊州。（清平樂）

此詞末二語寫得亦極雋美，爲不經人道者。

吳　潛

潛字毅夫，寧國人，嘉定十年進士第一。淳祐中觀文殿大學士，封慶國公，改許國公，以沈炎論劾謫化州團練使，循州安置。卒贈少師，有履齋先生詩餘一卷，見彊村叢書。履齋詞學稼軒，頗能得其是處。當他爲賈似道所陷，南遷嶺表時，曾作了一首滿江紅詞，有「報國無門空自怨，濟時有策從誰吐」句，以自道其衰情。（見詞品）茲錄其學辛之作二闋於後：

柳帶榆錢，又還過清明寒食天一笑，滿園羅綺，滿城簫笛。花樹得晴紅欲染，遠山過雨青如滴。問江南池館有誰來，江南客。　烏衣巷，今猶昔，烏衣事，今難覓。但年年燕子，晚烟斜日。抖擻一春塵土債，悲涼萬古英雄迹。且芳尊隨分趁芳時，休虛擲。（滿江紅金陵烏衣園）

扁舟乍泊，危亭孤嘯，目斷閒雲千里。前山急雨過溪來，盡洗卻人間暑氣。　暮鴉木末，落鳧天際，都是一番秋意。癡兒騃女賀新涼，也不道西風又起。（鵲橋仙）

此詞寫初秋雨過情形，極瀟灑森秀，其境界似未曾爲人道過者。

他與姜白石曾相從遊，姜死西湖，他曾爲助殯，故其詞亦頗受白石的影響。茲舉例如下：

閒想羅浮舊恨，有人正睡裏，姝翠蛾綠。夢斷魂驚，幾許淒涼，卻是千林海屋。雞聲野渡溪橋滑，又角引戍樓悲曲。怎得知清足亭邊，自在杖藜巾幅？（疎影詠梅和姜堯章韻下闋）原注：余別墅有梅亭，扁曰「清足」。

在本期內，尚有幾個女作家，茲爲述之如下。

吳淑姬

淑姬生平不詳，據誠齋雜記，則謂嫁與士子楊子治，又據青泥蓮花記引夷堅志，則謂係湖州吳秀才女，慧而能詩詞，貌美家貧，爲富家子所據，以事陷獄，釋出，周某之子買以爲妾，名曰淑姬，兩書所述迴異，疑爲兩人，但祝英臺近一闋，則兩書俱載，不知是否爲一人？黃昇云：「淑姬女流中黠慧者，有詞五卷，佳處不減李易安。」據此則知她在當年，實在是一位很重要的女作家了。她的詞集雖有五卷之多，但流傳至今者，僅長相思、祝英臺近、小重山數闋了。茲錄其小重山如下：

> 謝了荼蘼春事休，無多花片子，綴枝頭。庭槐影碎被風揉，鶯雖老，聲尚帶嬌羞。　獨自倚妝樓，一川煙草浪，襯雲浮。不如歸去下簾鉤；心兒小，難着許多愁。

此眞如花庵所謂「佳處不減李易安」了。

孫道絢

道絢爲黃銖之母，早寡。其滴滴金、如夢令、憶少年、秦樓月、南鄉子、清平樂等詞，最爲選家所採錄。茲舉其滴滴金如下：

> 月光飛入林前屋，風策策，度庭竹，夜半江城擊柝聲，動寒梢棲宿。　等閒老去年華促，祇有江梅伴幽獨。夢繞夷門舊家山，恨驚回難續。

近人趙萬里輯其詞得九首，附錄三首，名曰沖虛詞，刊於校輯宋金元人詞中。

孫氏

氏鄭文妻，有憶秦娥、燭影搖紅等詞。據古杭雜記載，謂鄭文爲秀州人，游太學時，其妻孫氏寄憶秦娥詞；一時傳播，酒樓伎館皆歌之。茲錄其詞如下：

花深深，一鈎羅襪行花陰，行花陰，閒將柳帶，試結同心。　日邊消息空沈沈，畫眉樓上愁登臨。愁登臨，海棠開後，望到如今。

此詞寫得極婉媚韻致，表現出女性文學的優美來。

陸游妾

據隨隱漫錄載，放翁曾納驛卒女爲妾，爲夫人逐去，妾賦生查子而別。其詞云：

只知眉上愁，不識愁來路，窗外有芭蕉，陣陣黃昏雨。　曉起理殘妝，整頓教愁去。不合畫春山，依舊約愁住。

朱淑眞

淑眞號幽棲居士，錢塘人，世居桃村。工詩，嫁爲市井民妻，不得志歿。宛陵魏仲恭輯其詩，名曰斷腸集。其詞集一卷，有汲古閣刊詩詞雜俎本，有四印齋所刻詞本。又據四朝詩集載：淑眞海寧人，朱熹侄女。未知確否。

她的詞意境極凄厲，最能寫出她的「不得志」的心情與身世。如「多謝月相憐，今宵不忍圓，」如「愁病相仍，剔盡寒燈夢不成，」如「把酒送春春不語，黃昏卻下蕭蕭雨，」其凄厲的情懷，則較少游遷謫諸作還要悲涼。這是中國舊禮教之下，婚姻不能自由，被犧牲死去的一位可憐的女詩人。她的作品，有易安的婉柔而意境則與易安適得其反，試讀兩人的詞集，則二人的身世不難略略窺見了。茲錄數闋如後：

山亭水榭秋方半，鳳幃寂寞無人伴。愁悶一番新，雙娥只舊顰。　起來臨繡戶，時有疎螢度。多謝月相憐，今宵不忍圓。（菩薩蠻）

獨行獨坐，獨倡獨酬還獨臥。佇立傷神，無奈輕寒著摸人。　此情誰見？淚洗殘妝無一半。愁病相仍，剔盡寒燈夢不成。（減字木蘭花）

樓外垂楊千萬縷，欲繫青春，少住春還去。猶自風前飄如絮，隨春且看歸何處。　綠滿山川聞杜宇，便做無情，莫也愁人意。把酒送春春不語，黃昏卻下瀟瀟雨。（蝶戀花）

她的生查子一詞，以見於歐陽修六一詞中，故後世多有爲之辯誣，謂非淑眞作者。

嚴蕊

蕊字幼芳，天台營妓。據周密癸辛雜識：「幼芳善琴弈、歌舞、絲竹、書畫，色藝冠一時，間作詩詞，有新語，頗通古今，善逢迎。四方聞其名，有不遠千里而登門者。……蕊聲價愈騰，至徹阜陵之聽。……略不搆思，卽口占卜算子云云，卽日判命從良。繼而宗室近屬納爲小婦，以終身焉。」她的生平於此可見。其詞錄於詞林紀事者凡三首，（如夢令、鵲橋仙、卜算子）皆極自然，脫盡一切文人做作雕飾的術語。茲錄二闋於後：

道是梨花不是，道是杏花不是。白白與紅紅，別是東風情味。曾記，曾記，人在武陵微醉。（如夢令紅白桃花）

不是愛風塵，似被前緣誤。花落花開自有時，總賴東君主。去也終須去，住也如何住。若得山花插滿頭，莫問奴歸處。（卜算子）

此外還有許多略去的作家，因數量太多，無從一一遍舉，茲就其中較重要者，簡單的介紹如下：戴復古字式之，天台詩人，陸放翁門下士，有石屏詞一卷。（毛刻宋六十家詞本）汪晫字處微，績溪人，有康範詩餘一卷。（彊村叢書本）趙善括字應齋，隆興人，有應齋詞一卷。（彊村叢書本）郭應祥字承禧，臨江人，有笑笑詞一卷。（彊村叢書本）吳泳字叔永，潼川人，有鶴林詞一卷。（彊村叢書本）徐鹿卿字德夫，豐城人，有徐清正公詞一卷。（彊村叢書本）游九言字誠之，建陽人，有默齋詞一卷。（彊村叢書本）王邁字實之，仙遊人，有臞軒詩餘一卷。（有彊村叢書本及趙氏校輯宋金元人詞本）徐經孫字仲立，豐城人，有矩山詞一卷。（彊村叢書本）陳耆卿字壽老，臨海人，有篔窗詞一卷。（彊村叢書本）吳淵字道文，寧國人，有退庵詞一卷。（彊村叢書本）劉鎮字叔安，有隨如百詠一卷。（趙氏校輯宋金元人詞本）馬子嚴字莊父，有古洲詞一卷。（趙氏校輯本）李廷忠字居厚，有橘山樂府一卷。（趙氏校輯本）宋自遜字謙父，有漁樵笛譜一

卷。（趙氏校輯本）劉子寰字圻父，有篁㟭詞一卷。（趙氏校輯本）韓嘐字子耕，有蕭閒詞一卷。（趙氏校輯本）

參考書目

明錢士升：南宋書
清張宗橚：詞林紀事
清朱彝尊：詞綜
宋周密：絕妙好詞
清周濟：介存齋論詞雜著
近人吳梅：詞學通論
詞學季刊　上海開明書店發行。
明毛晉：宋六十家詞
清江標：宋元名家詞
清王鵬運：四印齋所刻詞及四印齋彙刻宋元三十一家詞
清吳昌綬：雙照樓景刊宋元明本詞
清朱祖謀：彊村叢書
近人趙萬里：校輯宋金元人詞

第七編　宋詞第六期

——公元一一五〇——一三〇〇——

——姜夔時期的穩定與擡高——

引言　本期詞風的特徵

本期爲南宋末期，約自理宗寶祐初起，至宋亡入元成宗大德間止，約五十年，是「姜夔時期」的穩定與擡高時期。這時候大作家如王沂孫、張炎、周密等人都是姜夔的繼承人。他們對於白石，也異常崇拜，他們認爲「其高處有美成所不能及，」認爲他「如野雲孤飛，去留無迹。」他們奉之爲唯一典範。所以在此時期中，只是姜夔作風的擴大與其地位的擡高。他們除謹守上一期的餘緒外，更於遣辭造語和音律上益求其工協雅正；並於吳文英的過於凝固而失之「晦澀」的詞風，更易以「清空」之說，以相標榜。於是塡詞上所受的音律及體製上的桎梏，更要較前此加甚了；所爲的歌詞更離開一般社會所能瞭解的範圍了。

這時候蒙古勢力已籠罩了東亞大陸，他們坐視着故國的淪亡，身受着異樣的待遇；（當時漢人南人的地位還在諸種色目人之下。）他們久處積威之下，已失卻了民族的反抗性。他們往往於歌詞中露出一點遺民的歎息，因而造成一個「殘蟬尾聲」的異樣作品。他們唱着：

病翼驚秋，枯形閱世，消得斜陽幾度！餘音更苦。甚獨抱淸商，頓成淒楚；漫想薰風，柳絲千萬縷！（王沂孫齊天樂

他們唱着：（詠蟬）

重認取流水荒溝，怕猶有寄情芳語。但淒涼秋苑斜陽，冷枝留醉舞！（王沂孫綺羅香詠紅葉）

他們唱着：

暗敎愁損蘭成，可憐夜夜閒情。只有一枝梧葉，不知多少秋聲！（張炎清平樂下闋）

他們唱着：

寂寞古豪華，烏衣日又斜，說與亡燕入誰家？只有南來無數雁，和明月，宿蘆花！（鄧剡南樓令下闋）

這眞是噤若寒蟬的亡國人的哀吟了！

第一章　南宋末期三大作家

——王沂孫——張炎——周密——

王沂孫（公元？——約至一二九〇）

沂孫字聖與，號碧山，又號中仙，會稽人。宋亡，落拓以終，死年約在元世祖至元二十七年。（公元一二九〇年）以後。㊀延祐四明志謂其於至元中，曾官慶元路學正，但據樂府補題，則又與宋遺民之說不合。張炎悼以洞仙歌詞，有「門自掩，柳髮離離如此」句，似生平未嘗出仕也。㊁其詞集名花外集，（又名碧山樂府）全本不傳，刻本乃花外集的下卷，有四印齋所刻詞本。

碧山生當叔世，故國之思甚深，他的作品，往往於吟風弄月中，帶出一種亡國人的情緒。如：

千古盈虧休問！嘆謾磨玉斧，難補金鏡。太液池猶在，淒涼處何人重賦淸景？——故山夜永！試待他窺戶端正，看雲外山河，還老桂花舊影。（眉嫵新月下闋）

㊀據胡適之詞選。

㊁依劉毓盤詞史。

千林搖落漸少，何事西風老色，爭妍如許！二月殘花空誤，小車山路，重認取流水荒溝，怕猶有寄情芳語。但淒涼秋苑斜陽，冷枝留醉舞！（綺羅香紅葉下闋）

葡萄過雨新痕，正拍拍輕鷗，翩翩小燕。簾影蘸樓陰，芳流去，應有淚珠千點。滄浪一舸，斷魂重唱蘋花怨。……（南浦春水下闋）

……飲露身輕，吟風翅薄，半翦冰箋誰寄？淒涼倦耳，謾重拂琴絲，怕尋冠珥。短夢春宮，向人猶自訴憔悴。……病翼難留，纖柯易老，空憶斜陽身世！窗明月碎，甚已絕餘音，尚遺枯蛻，鬢影參差，斷魂清鏡裏。（齊天樂蟬節錄）

一襟餘恨宮魂斷，年年翠陰庭樹。乍咽涼柯，還移暗葉，重把離愁深訴。……病翼驚秋，枯形閱世，消得斜陽幾度！餘音更苦。甚獨抱清商，頓成淒楚；謾想薰風，柳絲千萬縷！（又節錄）

國香到此誰辨，烟冷沙昏，頓成愁絕。……　試招仙魂，怕今夜瑤簪凍折。攜盤獨出，空怨咸陽，故宮落月！（慶春宮水仙下闋）

把故國之慟，和身世之感，以輕描淡寫出之，如在清風明月的夜裏，遠遠送來一陣悠揚的簫聲，淒涼怨慕，令人爲之起舞徘徊！這種作風，感人最爲深刻，比悲歌慷慨的作品更富彈性，因爲悲歌之後，感情可以盡量發瀉，哀怨隱忍處，則往往終身不能忘懷。碧山胸襟恬淡，於此等作品，寫得最能不動聲色，卻自然哀婉絕倫。這是他唯一的特長處，爲一切詞家所無的境界。他與永叔、少游很不相同：歐、秦都生在北宋承平的時代，縱有哀怨的作品，也只是傷春恨月，一種幽情愁緒罷了；碧山生當異族勢力完全統御着中國的時代，敢怒不敢言，往往對風月蟲花，偶然發出幾聲遺民的嘆息，與稼軒、白石相較，只是一種「尾聲」了。因此，他和南唐後主能直接抒寫自己的亡國恨又不相同。——蓋久處積威之下，與後主乍失南面之尊，易於奮激不同也。——這正是「文學時代背景」的充分表現處，一切有價值的藝術及文學的作品，多少總要帶出一點時代的背景的。在過去認識他的作風最深透者，莫如清人周介存了。周氏宋四家詞選，卽將他列爲有宋一代最大的四個作家之一的。

他的詠物作品，能將人物和情感融成一片，一意連貫下去，毫無痕縫可尋。例如：

古嬋娟，蒼鬟素靨，盈盈瞰流水。斷魂十里。嘆紺縷飄零，難繫離思，故山歲晚誰堪寄？琅玕聊自倚。漫記我綠蓑衝雪，孤舟寒浪裏。……（花犯苔梅上闋）

漸新痕懸柳，淡彩穿花，依約破初暝。便有團圓意，深深拜，相逢誰在香徑？畫眉未穩，料素娥猶帶離恨。最堪愛一曲銀鉤小，寶簾挂秋冷。……（眉嫵新月上闋）

柳下碧粼粼，認麴塵乍生，色嫩如染。清溜滿銀塘，東風細，參差縠紋初遍。別君南浦，翠眉曾照波紋淺。再來漲綠迷舊處，添卻殘紅幾片。……（南浦春水上闋）

都能寫得平淡閒雅。如一幅圖畫，毫無生澀雜湊的痕迹。

他與張叔夏曾同遊樂，死後叔夏爲作瑣窗寒詞悼之：

……想如今醉魂未醒，夜臺夢語秋聲碎。自中仙去後，詞箋賦筆，便無清致。……料應也孤吟山鬼。……但柳枝門掩枯陰，候蛩愁暗葦！（節錄）

其推崇痛悼之情溢於言表矣！

張　炎（公元一二四八——約一三二〇）

炎字叔夏，號玉田，又號樂笑翁，循王俊六世孫。㊀故雖世居臨安，仍自稱爲西秦人。炎之先代多詞人。如從王父鎡字功甫有玉照堂詞；（彊村叢書本名南湖詩餘）從父桂字惟月，有斸稿；父樞字斗南，有寄閒集，（二集皆散佚，樞詞附見於彊村叢書張鎡詞後。）於以見其家學淵源。炎生於理宗淳祐八年，（公元一二四八年，）宋亡時，年已過三十，猶及見臨安全盛之日。故其詞多蒼涼激楚，不勝盛衰興亡之感。死年約在元仁宗延祐七年。（公元一三二〇年）㊁時已七十有三歲了。他因係一貴族遺冑，雖生値祖國淪亡之際，總未脫去承平公子的故態。如他的慶春宮：

臨水湔裙，冶態飄雲，醉妝扶玉，未應閒了芳情。孤懷無限，忍不住，低低問春：梨花落盡，一點新愁，曾到西泠？（下闋）

㊀張炎世系依劉毓盤詞史。
㊁卒年依胡適之詞選。

最足表現他的人品。

他一生最好浪遊，曾遠上燕、薊，往來於浙東西，尤留戀心醉於西子湖畔，所以鄭所南說：

玉田先輩仰扳姜堯章、史邦卿、盧蒲江、吳夢窗諸名勝互相鼓吹春聲於繁華世界，能令三十年西湖錦繡山水猶生清響！

我們可以想見他那種清歌漫遊的風趣，和受後人追慕的殷切！

他的詞極空靈清麗，集中絕無拙滯語。如：

接葉巢鶯，平波卷絮，斷橋斜日歸船。能幾番遊，看花又是明年！東風且伴薔薇住，——到薔薇春已堪憐。更淒然萬綠西泠，一抹寒烟。　當年燕子何處？但苔深韋曲，草暗斜川。見說新愁，如今也到鷗邊。無心再續笙歌夢，掩重門淺醉閒眠。莫開簾，怕見飛花，怕聽啼鵑！（高陽臺西湖春日有感）

記玉關踏雪事清遊，寒氣脆貂裘；傍枯林古道，長河飲馬，此意悠悠。短夢依然江表，老淚灑西州。一字無題處，落葉都愁。　載取白雲歸去，問誰留楚珮，弄影中洲？折蘆花贈遠，零落一身秋。向尋常野橋流水，待招來，不是舊沙鷗。空懷感，有斜陽處，最怕登樓。（甘州別沈堯道）

都極清幽流暢，如天際浮雲，隨風舒卷，確能自成一格。他自稱爲「山中白雲詞，」名實最爲相副。

他一生最推崇白石，故其詞風亦極相近。他雖無白石的勁健清越，而幽暢自然過之。後人學之不成，則易流於空疏油滑；蓋無其曠逸瀟灑之襟懷，強爲效顰，終無是處也。他雖以清暢見長，但其感時撫事之作，亦極悽惻冷雋，與碧山之哀怨纏綿，雖風調不同，而其意趣則一。如：

堪嘆敲雪門荒，爭棋墅冷，苦竹鳴山鬼。縱使如今猶有晉，無復清遊如此。落日黃沙，遠天雲淡，弄影蘆花外。幾時歸去，翦取一半烟水。（湘月下闋）⊖

候蛩淒斷，人語西風岸。月落平沙江似練，望盡蘆花無雁。　暗教愁損蘭成，可憐夜夜關情。只有一枝梧葉，不知多少秋聲！（清平樂）

薛濤牋上相思字，重開又還重摺。載酒船空，眠波柳老，一縷離恨難折。虛沙動月。嘆千里悲歌，唾壺敲缺。卻說巴山，此時懷抱那時節。　寒香深處話別。病來渾瘦損，懶賦情切。太白閒雲，新豐舊雨，多少英遊消歇。回潮似咽，送一點秋心，故人天末。江影沈沈，露涼鷗夢闊！（臺城路寄姚江太白山人陳文卿或作又新）

都悽惻冷越，筆帶秋聲，其家國身世之感，均充分表出。又如他的：

萬里飛霜，千林落木，寒豔不招春妒。楓冷吳江，獨客又吟愁句。正船艤流水孤村，似花繞斜陽歸路；甚荒溝一片淒清，載情不去載愁去。　長安誰問倦旅？羞見衰顏借酒，漂零如許。謾倚新妝，不入洛陽花譜。為回風起舞尊前，盡化了斷霞千縷。記陰陰綠遍江南，夜窗聽暗雨。（綺羅香紅葉）

山空天入海，倚樓望極，風急暮潮初。一簾鳩外雨，幾處閒田，隔水動春鋤。新烟禁柳，想如今綠到西湖。猶記得當年深隱，門掩兩三株。（渡江雲山陰久客一再逢春回憶西杭渺然愁思上闋）

……深更靜，待散髮吹簫，跨鶴天風冷，憑高露飲。正碧落塵空，光搖半壁，月在萬松頂。（摸魚兒高愛山隱居）

⊖此詞原序：余載書往來山陰道中，每以事奪，不能盡興。戊子冬，晚與徐平野王中仙曳舟溪上，天空水淸，古意蕭颯。中仙有詞雅麗，平野作晉雪圖，亦淸逸可觀。余述此調，蓋白石念奴嬌鬲指聲也。

寫來不獨清超，而且沈鬱。其摸魚兒寫高山夜靜景象，極為逼真動目。

他的詠物作品亦極工麗。如：

波暖綠粼粼，燕飛來，好是蘇隄纔曉。魚沒浪痕圓，流紅去，翻喚東風難掃。荒橋斷浦，柳陰撐出片舟小。回首池塘春欲遍，絕似夢中芳草。 和雲流出空山，甚年年淨洗，花香不了。新綠乍生時，孤村路，猶憶那回曾到。餘情渺渺，茂林觴詠如今悄。前度劉郎歸去，溪上碧桃多少？（南浦春水）

詞中如「魚沒浪痕圓……，」「荒橋斷浦，柳陰撐出片舟小，」「和雲流出空山，甚年年淨洗，花香不了，」以及水龍吟賦白蓮，綺羅香寫紅葉「正船艤流水孤村，似花繞斜陽歸路，甚荒溝一片淒清，載情不去載愁去」等句，其工麗妍細處，與梅溪詠春諸作，可謂工力悉敵，梅溪不得專美了。

他平生最精於音律，所著詞源一書，於宋詞中的宮調、音譜、曲拍等事，論之極為精審。他的詞集名山中白雲詞，有四印齋刊本，有彊村叢書本，凡八卷，共二百四十八首。

周　密（公元一二三二——一三〇八）❶

密字公謹，號草窗，濟南人。流寓吳興，居弁山，自號弁陽嘯翁，又號蕭齋，又號四水潛夫。生於理宗紹

❶草窗生卒，依劉毓盤詞史。

定五年，（公元一二三二年）寶祐間爲義烏縣令。宋亡，與王沂孫、王易簡、李彭老、張炎、仇遠等結爲詞社，其唱和之作，略見於樂府補題中。卒年爲元武宗至大元年，（公元一三〇八年）享壽七十有七。其生卒時間，約早張炎十餘年。生平著述甚多，有蠟屐集、齊東野語、癸辛雜識、志雅堂雜鈔、浩然齋雅談、弁陽客談、武林舊事、澄懷錄、雲烟過眼錄等書，多記宋末元初間事，由詩詞旁及書畫遺聞軼事，多他本所無者；於詞學的史料上，亦多所貢獻。其絕妙好詞七卷，尤爲選本中的最精審者，與黃昇中興以來絕妙詞選，允稱選錄南宋詞的雙璧。（惟所選錄者均係風雅派的作品，不免少有偏見，然其精審處亦在此。）詞集名蘋洲漁笛譜，（又名草窗詞）有彊村叢書本，凡二卷，及集外詞一卷，共一百五十餘首。

他與碧山、玉田同爲亡宋遺詩人，終身隱居，吟嘯自樂。他們時相從遊，其足迹多在東南江、浙一帶。他的詞幾乎完全與玉田是一樣的風格，這在文學史上，是一種最少見的例子。因爲凡一個成名的作家，與別人多少總有點異樣處。但草窗與玉田二人，不能不算是一種例外了。比如他的：

步深幽，正雲黃天淡，雪意未全休。鑑曲寒沙，茂林烟草，俯仰今古悠悠。歲華晚，漂零漸遠，誰念我同載五湖舟。磴古松斜，厓陰苔老，一片淸愁。 回首天涯歸夢，幾魂飛西浦，淚灑東州。故國山川，故園心眼，還似王粲登樓。最負他秦鬟妝鏡，好江山何事此時遊？爲喚狂吟老監，共賦消憂。（一萼紅登蓬萊閣有感）

老來歡意少，錦鯨仙去，紫簫聲杳。怕展金奩，依舊故人懷抱。猶想烏深醉墨，鷺醉語香紅圍繞。閒自笑，與君同是承平年少。雨窗短夢難憑，是幾調宮商，幾番吟嘯？淚眼東風，回首四橋烟草。載酒倦遊何處，已換卻花間啼鳥。春恨悄，天涯暮雲殘照。（玉漏遲題吳夢窗霜花腴詞集）

松雪飄寒，嶺雲吹凍，紅破數椒春淺。襯舞台荒，浣妝池冷，淒涼市朝輕換。嘆花與人凋謝，依依歲華晚。共淒黯，問東風幾番吹夢，應慣識當年翠屏金輦。一片古今愁，但廢綠平烟空遠。無語銷魂，對斜陽衰草淚滿。又西風殘笛，低吹數聲春怨。（法曲獻仙音弔香雪亭梅）

此等詞幾與山中白雲詞如同出一人手筆；唯就兩家全集比較言之，則玉田似更空靈，出藍之喻，當之無愧；其次則雖同係寄慨之作，而草窗則更兼碧山悽婉之長，與玉田僅以清超或冷越出之者，又復少異其容貌矣。總之：二家作風極相類似，欲加以斷然的辨析，實至感困難。昔人每以草窗比夢窗「二窗」並稱，幾成定論；然試一相質證，則草窗詞風，實與夢窗異趣；其神似玉田處，亦迄無人道及，可知鑑賞抉別之難！他的詠物諸作，如：

……擘露盤深，憶君清夜，暗傾鉛水。想鴛鴦正結梨雲好夢，西風冷，還驚起。……輕妝鬬白，明璫照影，紅衣羞避。霽月三更，粉雲千點，靜香十里。聽湘弦奏徹，冰綃偷翦，聚相思淚。（水龍吟白蓮）

槐陰忽送清商，怨依稀正聞還歇。故苑秋聲，危弦調苦，前夢蛻痕枯葉。傷情惜別，是幾度斜陽，幾回殘月？轉眼西風，一襟幽恨向誰說！　輕鬢猶記動影，翠娥應妒我，雙鬢如雪。枝冷頻移，葉疏猶抱，背負好秋時節。淒淒切切，漸迤邐黃昏，砌蛩相接；露洗餘悲，暮烟聲更咽！（齊天樂蟬）

……雨帶風襟零落，步雲冷、鵝管吹春。相逢舊京洛，素靨塵緇，仙掌霜凝。……水孛天遠，應念礬弟梅兄。渺渺魚波望極，五十弦愁滿湘雲。凄涼耿無語，夢入東風，雪盡江清。（國香慢賦趙子固凌波圖）

寫白蓮、秋蟬、水仙，均哀豔雅潔，足與白石、碧山齊美，同爲古今絕唱。

第二章　一般附庸作家

蔣捷　公元一二三五——一三〇〇[1]

捷字勝欲，義興人。南宋最末（德祐）進士，自號竹山，入元遁迹不仕。其竹山詞有宋六十家詞本，有雙照樓景刊宋元明本詞本。他的詞造句極纖巧妍倩，而有時失之瑣碎。其學辛之作，則多叫囂直率，如：「據我看來何所似，一似韓家五鬼，又一似楊家風子」「結算平生風流債負，請一筆勾。蓋攻性之兵，花團錦陣，毒身之鴆，笑齒歌喉」等類的句子，皆落下乘，毫無意味。茲錄其本色之作數闋如下：

梨邊風緊雪難晴，千點照溪明。吹絮窗低，唾茸窗小，人隔翠陰行。　而今白鳥橫飛處，烟樹渺鄉城。兩袖春寒，一襟春恨，斜日淡無情。（少年游）

黄花深巷，紅葉低窗，淒涼一片秋聲。豆雨聲來，中間夾帶風聲。疏疏二十五點，麗譙門不鎖更聲。故人遠，問誰搖

[1] 竹山生卒，依胡適之詞選。

玉佩，簾底鈴聲。彩角聲隨月墮，漸連營馬動，四起笳聲。閃爍鄰燈，燈前尚有砧聲。知他訴愁到曉，碎噥噥多少蛩聲。訴未了，把一半分與雁聲。（聲聲慢秋聲）

此等詞皆清醇幽暢，爲集中出色之作。他有時練字練句，亦頗能尖新動人。如永遇樂「梅簷滴溜，風來吹斷，放得斜陽一縷」高陽臺「燕捲晴絲，蜂黏落絮，天教綰住閒愁」等類的句子，集中極多。

施岳

岳字仲山，號梅川，吳人，精於律呂。卒葬西湖，楊守齋爲樹梅作亭，薛梯飆爲誌其墓。他的詞頗淡雅有致。例如：

水遙花暝，隔岸炊烟冷。十里垂楊搖嫩影，宿酒和愁都醒。（清平樂）

頃刻千山暮碧，向沽酒樓前，猶繫金勒。乘月歸來，正梨花夜縞，海棠烟羃。院宇明寒食，醉乍醒一庭春寂，任滿身露溼東風，欲眠未得。（曲遊春清明湖上下闋）

他的水龍吟寫得更爲壯闊：

翠鼇湧出滄溟，影橫棧壁迷烟墅。樓臺對起，闌杆重凭，山川自古。梁苑平蕪，汴隄疏柳，幾番晴雨。看天低四遠，江空萬里，登臨處，分吳楚。兩岸花飛絮舞，度春風滿城簫鼓。英雄暗老，昏潮曉汐，歸帆過櫓。淮水東流，塞雲北渡，夕陽西去。正淒涼望極，中原路杳，月來南浦。

陳允平

允平字君衡，一字衡仲，四明人，號西麓。詞集名曰湖漁唱，凡一卷，補遺一卷，續補遺一卷，及西麓繼周集一卷，並見彊村叢書本。他最崇拜周美成，其繼周集全和周韻之作。多至百二十一首。（全集共百二十三首）其傾倒之誠，可與方千里、楊澤民並傳。其詞亦淸婉有致，學古而不泥於古者。茲舉數闋如下：

赤闌橋畔斜陽外，臨江暮山凝紫。戲鼓纔停，漁榔乍歇，一片芙蓉秋水。餘霞散綺，正銀鑰停關，畫橈催艤。魚板敲殘，數聲初入萬松裏。（齊天樂上闋）

霽空虹雨，傍啼螿沙草，宿鷺汀洲。隔岸人家砧杵急，微寒先到簾鉤。……紅葉有情，黃花有恨，孤負十分秋。歸心如醉，夢魂飛趁東流。（西江月節錄）

羅　椅公元一二一四——？

椅字子遠，號磵谷，廬陵人，寶祐四年進士，時年已四十三。（登科錄）原爲富家子，壯年捐金結客，曾以薦登賈似道之門，宰信豐。度宗升遐，失於入臨，論罷。他的詞僅見柳梢青、八聲甘州二闋，頗韻秀婉柔。茲錄柳梢靑如下：

蕣綠華身，小桃花扇，安石榴裙。子野聞歌，周郎顧曲，曾惱夫君。　悠悠羈旅愁人，似零落靑天斷雲。何處銷魂？

「初三夜月，第四橋春。」

趙聞禮

聞禮字正之，號釣月。所編陽春白雪八卷，外集一卷，皆錄南北宋八詞。（惟孟昶、蔡松年、吳激三人爲五代及金源作家）多爲他本所罕見的作家，賴此書以傳。他的詞亦婉和淡雅，佳者不減玉田、草窗。茲錄其賀新郎詠螢如下：

池館收新雨，耿幽叢流光幾點，半侵疏戶。入夜涼風吹不滅，冷燄微茫暗度。碎影落仙盤秋露。漏斷長門空照眼，袖紗寒映竹無心顧。孤枕掩，殘燈炷。　練囊不照詩人苦。夜沈沈拍手相親，騃兒癡女。欄外撲來羅扇小，誰在風廊笑語？競戲踏金釵雙股，故苑荒涼悲舊賞，悵寒蕪衰草隋宮路。同燐火，遍秋圃！

古今詠螢之詞，當以此篇爲最工婉矣。其幽索柔細之筆，何殊碧山詠蟬賦紅葉諸作！其詞錄於趙萬里校輯宋金元人詞者凡十五首，名釣月詞。除此詞外，他作亦多有佳麗之句。

薛夢桂

夢桂字叔載，號梯飇，永嘉人。寶祐癸丑姚勉榜進士。嘗知福清縣，仕至平江倅。其詞錄於絕妙好詞者凡四闋，皆淡雅柔媚，極有情思。茲錄二闋如下：

碧筒新展綠蕉芽，黃露灑榴花；蘸烟染就，和雲捲起，秋水人家。　只因一朵芙蓉月，生怕黛簾遮；燕銜不去，雁飛不到，愁滿天涯。（眼兒媚綠牋）

柳映疏簾花映林，春光一半幾銷魂；新詩未了枕先溫。　燕子說將千萬恨，海棠開到二三分；小窗銀燭又黃昏。（浣溪沙）

黃孝邁

孝邁字德夫，號雪舟，有雪舟長短句一卷。劉克莊暮年曾爲作序，極賞其賦梨花、水仙及暮春等作，以爲「叔原、方回不能加其綿密。」其賦梨花云：

一春花下，幽恨重重，又愁晴，又愁雨，又愁風。

瀟灑而又俊倩，與刻意修琢者不同。茲更錄其水龍吟詠暮春詞如下：

閒情小院沈吟，草深柳密簾空翠。風簷夜響，殘燈慵剔，寒輕怯睡。店舍無烟，關山有月，梨花滿地。二十年好夢不曾圓，合而今老都休矣！（上闋）

趙孟堅㊀

公元一一九九——一二九五

㊀見南宋書卷十八。

孟堅字子固，嘉興人。宋宗室。享壽九十有七。入元不仕以終。有彝齋詩餘一卷，見彊村叢書。書畫亦精，與從弟子昂並傳，於高節過之。（子昂降元）錄好事近一闋：

春早峭寒天，客裏倦懷尤惡。待起冷清清地，又孤眠不着。　重溫卯酒整瓶花，總待自蕭索。忽聽海棠初賣，買一枝添卻。

李彭老

彭老字商隱，號篔房。淳祐中曾爲沿江制置司屬官。與弟萊老有龜溪二隱詞，有彊村叢書本。彭老、萊老同爲宋遺民詞社中重要的作家。其詞佳者亦極工秀。錄數闋於後：

杏花初，梅花過，時節又春半。簾影飛梭，輕陰小庭院。舊時月底鞦韆，吟香醉玉，曾細聽歌珠一串。　忍重見描金小字，題情生綃合歡扇。老了劉郎，天遠玉簫伴。幾番鶯外斜陽，欄杆倚遍，恨楊花遮愁不斷。（祝英臺近）

蘭湯晚涼，鸞釵半妝。紅巾膩雪吹香，擘蓮房賭雙。　羅紈素璫，冰壺露牀。月移花影西廂，數流螢過牆。（四字令）

李萊老

萊老字周隱，號秋崖，咸淳六年曾爲嚴州知州。他的詞較彭老詞更爲淒婉。如揚州慢賦瓊花結句：

九曲迷樓依舊，沈沈夜想覓行雲。但荒烟幽翠，東風吹作秋聲！

以及浪淘沙、小重山等作，皆於婉柔中寓淒怨之情，頗與少游爲近。

寶押繡簾斜，鶯燕誰家？銀箏初試合琵琶。柳色春羅裁袖小，雙戴桃花。　芳草滿天涯；流水韶華。晚風楊柳綠交加。閒倚欄杆無藉在，數盡歸鴉！（浪淘沙）

畫簷簪柳碧如城；一簾風雨裏過清明。吹簫門巷冷無聲。梨花月，今夜負中庭。　遠岫斂修顰；春愁吟入譜，付鶯鶯。紅塵滾馬犂埋輪，西泠曲，歎夢絮飄零。（小重山）

黃公紹

公紹字直翁，邵武人，咸淳元年進士，隱居樵溪，有在軒詞，有彊村叢書本。其青玉案詞言淺意深，極自然而有含蘊，不似南宋末期人手筆。茲錄如下：

年年社日停針綫，爭忍見雙飛燕？今日江城春已半，一身猶在，亂山深處，寂寞溪橋畔。　征衫著破誰針綫？點點行行淚痕滿。落日解鞍芳草岸，花無人戴，酒無人勸，醉也無人管！

此詞風調，儼然爲北宋元豐、元祐間之作，雖使秦、黃爲此，亦無以過。

何夢桂㊀

㊀見南宋書卷六十二。

夢桂字巖叟，淳安人。有潛齋詞一卷，見四印齋所刻詞，錄喜遷鶯一闋：

留春不住，又早是清明，楊花飛絮。杜宇聲聲，黃昏庭院，那更半簾風雨。勸春且休歸去，芳草天涯無路。悄無語，待闌干立盡，落紅無數。（上闋）

譚宣子

宣子字明之，號在庵。其詞有趙萬里輯本，名在庵詞一卷，共十三首。附錄一首。他的詞頗善練字。如：「津館貯輕寒，脈脈離情如水。東風不管，垂楊無力，總兩顰烟膩。闌干外，怕春燕掠天，疏鼓疊春聲碎，」以及：

疊鼓收聲帆影亂，燕飛又起東風軟。目力謾長心力短，消息斷，青山一點和烟遠。（漁家傲下闋）

人病酒，生怕日高催繡。昨夜新番花樣瘦，旋描雙蝶湊。　閒凭繡牀呵手，卻說春愁還又。門外東風吹綻柳，海棠花斷勾。（謁金門）

都能以平常的字句，練成新警的辭采。

利登

登字履道，號碧澗，金川人。著有骳稿一卷，已佚。近人趙萬里輯其詞彙為一卷，名碧澗詞，刊於校輯宋金元人詞中凡十首。其風入松詞，於清暢中頗寓叔世之感，其詞云：

斷蕪幽樹際烟平，山外更山青。天南海北知何極？年年是匹馬孤征。看盡好花結子，暗驚新筍成林。　歲華情事苦相尋，弱雪鬢毛侵。十年斗酒悠悠醉，斜河界白月雲心。孤鶴盡邊天闊，清猿啼處山深。

奚　㵟

㵟字卓然，號秋崖。其詞錄於趙萬里校輯宋金元人詞者凡十首，彙爲一卷名秋崖詞。

笑湖山紛紛歌舞，花邊如夢如熏。響音驚落日，長橋芳草外，客愁醒。天風吹送遠，向兩山喚醒癡雲。猶自有迷林去鳥，不信黃昏。　銷凝。鈿車歸後，一眉新月，獨印湖心。蕊宮相答處，正巖虛谷應，猿語香林。笑酣紅紫夢，便市朝有耳誰聽？怪玉兎金烏不換，只換愁人。（芳草南屏晚鐘）

此詞寫得極婉柔韻致，既具歐、秦之神韻，復擅姜、張之辭華，尤爲難能可貴。

陳逢辰

逢辰字振祖，號存熙。其詞錄於周密絕妙好詞者凡二首，皆清婉得歐、秦神髓，爲南宋末期傑出之作，因並錄於後：

月痕未到朱扉，送郎時，暗裏一汪兒淚沒人知。　搵不住，收不聚，被風吹；吹作一天愁雨損花枝。（烏夜啼）

楊柳雪融，滯雨酴醾，玉軟欺風。飛英簌簌叩雕櫳，殘蝶歸來粉重。　翠畫扇題塵掩；繡花紗帶寒籠。送春先自費啼紅，更結疏雲秋夢。（西江月）

柴　望

望字仲山，號秋堂，衢之江山人。有秋堂詩餘一卷，見彊村叢書。其詞描寫頗工麗生動，茲舉一闋作例：

門外滿地香風，殘梅零落，玉糝蒼苔碎。乍暖乍寒渾莫擬，欲試羅衣猶未。鬪草雕欄，買花深院，做踏青天氣。晴鳩鳴處，一池昨夜春水。（念奴嬌下闋）

他於理宗嘉熙、淳祐間，曾以直言忤時宰。宋亡，自號宋逋臣。其人品氣節，有足多者。

莫　崙

崙字子山，號兩山，江都人，寓家丹徒。度宗咸淳四年進士。其小令佳者，亦能如譚宣子、陳逢辰等人之清婉。茲舉二首作例：

三兩信涼風，七八分圓月；愁緒到今年，又與前年別。　衾單容易寒，燭暗相將滅；欲識此時情，聽取鳴蛩說。（生查子）

紅底過絲明，綠外飛棉小。不道東風上海棠，白地春歸了。　月笛曲欄留，露鳥芳池繞。爭得閒情似舊時，徧索簪花笑。（卜算子）

楊恢

恢字充之，號西村，眉山人。其詞錄於周密絕妙好詞者凡六首，多淡雅明秀之作。有姜、張之風調，更以明淨自然出之，允稱南宋末期高手。詞中佳句極多，如游涪溪詞云：（此詞載涪溪集）

碧崖倒影，浸一片寒江如練。正岸岸梅花，村村修竹，喚醒春風筆硯。泝水舟輕輕如葉，只消得溪風一箭。

滿江紅結句「天空海闊春無極；又一林新月照黃昏，梨花白」又祝英臺近賦中秋「此翁對此良宵，別無可恨，恨只恨古人頭白」等作，皆新雋可愛，不落陳腐。錄三闋於下：

小院無人，正梅粉一階狼籍。疏雨過；溶溶天氣，早如寒食。啼鳥驚回芳草夢，峭風吹淺桃花色。漫玉爐沈水熨春衫，花痕碧。　綠縠水，紅香陌，紫桂櫂，黃金勒。悵前歡如夢，後遊何日？酒醒香消人自瘦，天空海闊春無極；又一林新月照黃昏，梨花白。（滿江紅）

月如冰，天似水，冷浸畫欄溼。桂樹風前，醲香半狼籍。此翁對此良宵，別無可恨；恨只恨古人頭白。（祝英臺近上闋）

瑣窗睡起，閒佇立，海棠花影。記翠檝銀塘，紅牙金縷，杯泛梨花冷。燕子銜來相思字，道玉瘦不禁春病。應蝶粉半銷，鴉雲斜墜，暗塵侵鏡。　還省。香痕碧唾，春衫都凝。悄一似荼蘼，玉肌翠帔，悄得東風喚醒。青杏單衣，楊花小扇，

閒卻晚春風景。最苦是蝴蝶盈盈弄晚一簾風靜。（二郎神用徐幹臣韻）

王易簡

易簡字理得，號可竹，山陰人。登進士，除瑞安簿，不赴，隱居城南，有山中觀史吟。他與王沂孫、張炎等曾結社唱吟，故詞風亦極相近，所作多淒婉遺民之嘆。如：

已是搖落堪悲，飄零多感，那更長安道！衰草寒蕪吟未盡，無那平烟殘照！千古閒愁，百年往事，不了黃花笑。漁樵深處，滿庭紅葉休掃！（酹江月下闋）

庭草春遲，汀蘋香老，數聲珮悄蒼玉。年晚江空，天寒日莫，壯懷聊寄幽獨。倦遊多感，更西北高樓送目。佳人不見，慷慨悲歌，夕陽喬木！（慶宮春上闋）

從這些歌聲裏已深透露出亡宋遺民的嘆息了。一種幽索淒怨之情，直臨紙背；何殊碧山詠物諸作？其齊天樂長安客賦下闋：

東風爲誰媚嫵？歲華頻感慨，雙鬢如許！前度劉郎，三生杜牧，贏得征衫塵土！心期暗數，總寂寞當年酒籌花譜；付與春愁小樓今夜雨。

自道身世，亦復百感交集。

吳大有

等七人以詩酒相娛。元初辟爲國子檢閱，不赴。有松下偶抄、雪後淸音、歸來幽莊等集。其詞錄於絕妙好詞者，僅點絳脣送李琴泉一闋，然極冷雋淡雅，爲當年傑出之作。其詞云：

大有字有大，號松壑，嵊人。寶祐間遊太學，率諸生上書言賈似道奸狀。退處林泉，與林昉、仇遠、白珽

江上旗亭，送君還是逢君處。酒闌呼渡，雲壓沙鷗暮。　漠漠蕭蕭，香凍梨花雨。添愁緒；斷腸柔櫓，相逐寒潮去！

趙與仁

與仁字元父，號學舟。燕王德昭十世孫，希挺長子。（宋史宗室世系表）入元爲辰州教授。其詞以明俊自然勝。錄二闋如後：

柳絲搖露，不管蘭舟住。人宿溪橋知那處？一夜風聲十樹。　曉樓望斷天涯，過鴻影落寒沙。可惜些兒秋意，等閒過了黃花。（淸平樂）

夜半河痕依約，雨餘天氣溟濛。起行微月遍池東，水影浮花，花影動簾櫳。　量減難追醉白，恨長莫盡題紅。雁聲能到畫樓中，也要玉人知道有秋風。（西江月）

趙淇

淇字元建，潭州人，忠靖公葵次子，與長兄溍俱能詞。宋末官至刑部侍郞。元至元間，行省承制，署廣

東宣撫使。入見世祖，拜湖南道宣慰使。卒謚文惠。其謁金門一詞，寫得頗明倩動人：

吟望直，春在闌杆咫尺。山插玉壺花倒立，雪明天混碧。　曉露紛紛瓊滴，虛揭一簾雲溼。猶有殘梅黃半壁，香隨流水急。

第三章　哀時的詩人

——劉辰翁——李演——文天祥——鄧剡——徐一初——陳德武——汪元量——汪夢斗——

附錄略去的作家——

劉辰翁❶（公元一二三四——一二九七）

辰翁字會孟，廬陵人。少登陸象山之門。補太學生。景定廷試對策，忤賈似道，置丙第。以親老請濂溪書院山長，薦居史館，又除太學博士，皆固辭。宋亡，隱居。有須溪集，附詞。（有彊村叢書本須溪詞一卷，補遺一卷。）辰翁爲宋末一大作家。其詞清靈豪健，兼蘇、辛之長，而無造作矯揉之失。其清靈之作，如浣溪沙感別云：「點點疏林欲雪天，竹籬斜閉自清妍，爲伊顦顇得人憐；」又前調春日卽事云：「睡起有情和畫卷，燕歸無語傍人斜，晚風吹落小瓶花；」以及山花子後段云：「早宿半程芳草路，猶寒欲雨暮春天，小小桃花三兩樹，得人憐，」皆輕靈婉麗，不亞小晏、秦郎。其豪健本色之作，多叔世悱惻感慨之音，尤爲擅長。茲錄二詞於後：

❶見南宋書卷六十三

紅妝春騎，踏月呼影，千旗穿市。望不見璃樓歌舞，習習香塵蓮步底。簫聲斷，約彩鸞歸去。未怕金吾呵醉，甚輦路喧闐且止，聽得念奴歌起。　父老猶記宣和事，抱銅仙，淸淚如水。還轉盼，沙河多麗。滉漾明光連邸第，簾影動，散紅光成綺。月浸蒲桃十里。看往來神仙才子，肯把菱花撲碎。　腸斷竹馬兒童，空見說三千樂指。等多時春不歸來，到春時欲睡。又說向燈前擁髻，暗滴鮫珠墜。便當日親見霓裳，天上人間夢裏。（寶鼎現丁酉元夕）

丁酉爲元成宗大德元年，則此詞之作，已在宋亡（崖山陷後）後十七年矣。詞中均係追念盛世之樂，寓無限悽涼之意。然尚不及其蘭陵王送春之沈痛：

送春去，春去人間無路。秋千外，芳草連天，誰遣風沙暗南浦？依依甚意緒，漫憶海門飛絮，亂鴉過，斗轉城荒，不見來時試燈處。　春去；最誰苦。但箭雁沈邊，梁燕無主；杜鵑聲裏長門暮。想玉樹凋霜，淚盤如露。咸陽送客屢回顧，斜日未能渡。　春去尙來否？正江令恨別，庾信愁賦，蘇隄盡日風和雨。嘆神遊故國，花記前度。人生流落，顧孺子，共夜語。

沈鬱中含無限痛思，允稱佳作。

李　演

演字廣翁，號秋堂，有盟鷗集。其詞頗工巧妍麗，如摸魚兒賦太湖云：

又西風四橋疏柳，驚蟬相對秋語。瓊荷萬笠花雲重，嫋嫋紅衣如舞。……怕月冷吟魂，婉冉空江暮。明燈暗浦，更

短笛銜風，長雲弄晚，天際畫秋句。（節錄）

又聲聲慢「徘徊舊情易冷，但溶溶翠波如縠。愁望遠，甚雲銷月老，暮山自綠，」皆係全詞中佳句。他有時亦有悲涼感世之作，如其賀新涼詠多景樓成，即係一例：

笛叫東風起，弄尊前楊花小扇，燕毛初紫。萬點淮峯孤角外，驚下斜陽似綺。又婉娩一番春意。歌舞相繆愁自猛，捲長波一洗人間世。空熱我，醉時耳。　綠蕪冷葉瓜州市。最憐予洞簫聲盡，闌干獨倚。落落東南牆一角，誰護山河萬里！問人在玉關歸未？老矣青山燈火客，撫佳期漫灑新亭淚。歌哽咽，事如水！

文天祥 公元一二三六——一二八二

天祥字宋瑞，號文山，吉水人。理宗時進士，官至江西安撫使。元兵入寇，天祥應詔勤王，受命使元軍，被執，遁入眞州。時端宗立於福州，拜天祥右相，封信國公。募兵轉戰，力圖恢復。兵敗被執不屈，作正氣歌以見志，遂就死柴市。（北平街名）享年僅四十有七。有文山集。詞集名文山樂府一卷，有江標靈鶼閣彙刻名家詞本。

文山爲南宋死節重臣，其一生孤忠志事，照耀千古，與明末史可法同一壯烈。他的詞亦冷越剛勁，集中，如大江東去等作，歌聲無殊易水，爲詞中絕無之境界。讀其詞可以想見其爲人。

水空天闊，恨東風，不惜世間英物。蜀鳥吳花殘照裏，忍見荒城頹壁？銅雀春情，金人秋淚，此恨憑誰雪？堂堂劍氣，斗牛空認奇傑！那信江海餘生，南行萬里，送扁舟齊發。正爲鷗盟留醉眼，細看濤生雲滅。睨柱吞嬴，回旗走懿，千古衝冠髮。伴人無寐，秦淮應是孤月！（大江東去驛中言別友人）

俠情壯志，直凌雲漢，最能表現末季孤臣口吻，和志士心素，與正氣歌同一種手筆。

鄧剡

剡字光薦，號中齋，廬陵人。祥興時歷官禮部侍郎。丞相文信國幕客。厓山兵潰，爲張宏範所得，教其次子，得放還。有中齋詞一卷，見趙氏校輯宋金元人詞，共十二首。其詞極帶亡國淒苦之音。如「誰念客身輕似葉，千里飄零，」「懊恨西風催世換，更隨我落天涯。」正足代表此期文學上自然的音調，若移在上面任何時期中，都不貼適。錄二詞於後：

疏雨洗天清，枕簟涼生。井闌一葉做秋聲。誰念客身輕似葉，千里飄零！ 夢斷古臺城，月淡潮平，便須攜酒訪新亭。不知當時王謝宅，煙草青青。（浪淘沙）

雨過水明霞，潮回岸帶沙。葉聲寒，飛透窗紗。懊恨西風催世換，更隨我落天涯！ 寂寞古豪華，烏衣日又斜。說與亡燕入誰家。只有南來無數雁，和明月，宿蘆花。（南樓令）

此詞極淒冷，或本謂文文山北行被執，行次信安，題於壁上之作。時剡方爲文山幕客，或係代爲捉刀者，因有此誤傳耳。

徐一初

一初生平里居不詳。其摸魚兒一詞極悲壯沈鬱，爲當時少有的傑作。其詞云：

對茱萸一年一度，龍山今在何處？參軍莫道無勳業，消得從容樽俎。君看取，便破帽飄零也得傳千古。當年幕府，知多少時流，等閒收拾，有個客如許。 追往事，滿目山河晉土，征鴻又過邊羽。登臨莫上高層望，怕見故宮禾黍。綠醑澆萬斛牢愁淚閣新亭雨。黃花無語，畢竟是西風披拂，猶識舊時主。

陳德武

德武三山人，有白雪遺音一卷，見彊村叢書。其詞極悲壯，憤慨處不減稼軒諸作。茲節錄其望海潮詞如下：

樂極西湖，愁多南渡，他都是夢魂空。感古恨無窮：——歎表忠無觀，古墓誰封！棹艤錢塘，濁醪和淚灑秋風！

汪元量[1]

悲懷痛語，全從肺胸中流出；不圖於殘蟬尾聲中乃有此異樣作品！

[1] 見南宋書卷六十二。

元量字大有，號水雲，錢塘人。以善琴事謝后及王昭儀，（名清惠）元兵陷臨安，隨謝后等北走燕京求爲黄冠。後放還南歸，嘗往來於匡廬、彭蠡間，若飄風行雨，人以爲仙，畫其像祀之。（見金臺集）有水雲集、湖山類稿。其水雲詞一卷，有彊村叢書本。他身歷承平宫闈，復經亡國慘禍，亦如唐之李龜年；惟龜年僅以琴師名，而水雲則更擅於詩詞，爲宋末名士。他因飽經世變，目睹兩朝興亡，故其詞亦悽惻哀怨，如孤鴻之號夜月，爲亡宋一位最富詩意的人物。玆錄其數闋如下：

西園春暮，亂草迷行路。風捲殘花墮紅雨，念舊巢燕子，飛傍誰家？斜陽外，長笛一聲今古。　繁華流水去，舞歇歌沈，忍見遺釵種香土。漸橘樹方生，桑枝纔長，都付與沙門爲主。便關防不放貴遊來，又突兀梯空梵王宫宇。（洞仙歌毗陵趙府，兵後僧多占作佛屋。）

人去後，書應絕；腸斷處，心難說。更那堪杜宇，滿山啼血！事去空留東汴水，愁來不見西湖月。有誰知海上泣嬋娟，菱花缺！（滿江紅和王昭儀韻下闋）❶

金陵故都最好，有朱樓迢遞。嗟倦客又此憑高，檻外已少佳致。更落盡梨花，飛盡楊花，春也成憔悴。問青山：三國英雄，六朝奇偉？　麥甸葵邱，荒臺敗壘，鹿豕銜枯薺。正潮打孤城，寂寞斜陽影裏。聽樓頭哀笳怨角，未把酒愁心先醉。漸夜深月滿秦淮，烟籠寒水。　悽悽慘慘，冷冷清清，燈火渡頭市。慨商女不知興廢，隔江猶唱庭花，餘音亹亹。傷心千古，淚痕如洗！烏衣巷口青蕪路，認依稀王謝舊鄰里。臨春結綺，可憐紅粉成灰，蕭索白楊風起！　因思

❶王詞末句曾有「願嫦娥垂顧，肯相容從圓缺」一語也。

噂沓，鐵索千尋漫沈江底。揮羽扇障西塵，便好角巾私第。清談到底成何事？回首新亭，風景今如此！楚囚對泣何時已，邈人間今古眞兒戲。東風歲歲還來，吹入鍾山幾重蒼翠。（鶯啼序重過金陵）

歷訴金陵興亡之迹，筆帶秋聲，百感交錯。若與文山正氣歌對照，則一則流浪天涯，一則從容就死，其慘厲之情，眞令人不堪卒讀！這與一般文人正在寫那吟風弄月的詩詞者，眞覺有兩樣肝腸了！

汪夢斗

夢斗字以南，績溪人。咸淳初爲史館編校，以劾賈似道罷歸。元世祖召見燕京，不屈而回。其北遊集（附詞）卽作於此時。詞集有彊村叢書本凡一卷。多興亡之感，錄南鄉子一闋於後：

西北有神州，會倚斜陽江上樓。目斷淮南山一抹；何由，載淚東風灑汴流。　何事卻狂遊？直駕驢車度白溝。自古幽燕爲絕塞；休愁，未是窮荒天盡頭。

此外本期尙有許多作家，均未曾遍舉；茲就較重要的略述如後：

廖瑩中字羣玉，號藥齋，賈似道門客。賈敗，服毒自盡。袁易字通甫，有靜春詞一卷。（趙氏校輯本，凡三十首）張矩字成子，號梅淵，有梅淵詞一卷。（趙氏校輯本凡十二首）姚勉號雪坡，寶祐元年進士第一，有雪坡詞。（江標靈鶼閣彙刻名家詞本）陳著字子微，鄞縣人。寶祐四年進士。有本堂詞一卷。（彊村叢書本）衞宗武字淇父，江南華亭人，淳祐間官尙書郎，有秋聲詩餘一卷。（彊村叢書本）牟巘字獻甫，吳興人。官大理少卿。（公元一二二七——一三一一）有陵陽詞一卷。（彊村叢書本）王鼎翁字炎平，安福人，有梅邊集。趙必𤩪字玉淵，東莞人。（公元一二四五——一二九四）有覆瓿詞一卷。（四印齋刊宋元三十一家詞本）熊禾字去非，號勿軒，建陽人，有勿軒長短句一卷。（彊村叢書本）陳深字子微，吳郡人，有寧極齋樂府一卷。家鉉翁字則堂，眉山人，有則堂詩餘一卷。蒲壽宬泉州人，有心泉詩餘一卷。張玉字若瓊，松陽人，有蘭雪詞一卷。（以上四家詞集，並見彊村叢書）毛珝字元白，號吾竹，柯山人，有吾竹小稿一卷。

其他雖無詞集，而作品亦多佳麗者。如：劉燗字養源，號江村，天台人。嘗爲道士還俗，丙子年卒。李珏字元暉，號鶴田，吉水人。年八十九卒，爲宋末遺詩人。應灋孫字堯成，號芝室。余桂英字子發，號野雲。朱藻號野逸，曹良史字之才，號梅南，錢塘人，以及呂同老、陳恕可、唐藝孫、唐珏、王茂孫、馮應瑞等幾個詞社中作家，亦間有佳製。

本期女作家中，無甚偉異的作家，除王淸蕙、徐君寶妻已見上面總論篇中外，其他多不關重要，不再敘述了。

參考書目

王鵬運：四印齋所刻詞及四印齋彙刻宋元三十一家詞　有自刊本。

江標：宋元名家詞　有湖南刻本。

朱祖謀：彊村叢書　有自刊本。

趙萬里：校輯宋金元人詞　有中央研究院刊本。

黃昇：中興以來絕妙詞選十卷　有汲古閣刊詞苑英華本，有商務印書館景印明刊本。

趙聞禮：陽春白雪八卷外集一卷　有粵雅堂叢書本，有清吟閣刊本。

周密：絕妙好詞七卷　清查爲仁厲鶚箋，有原刊本。

陳耀文：花草粹編　有南京盋山精舍景印明刊本，共兩函十二冊。

朱彝尊：詞綜三十八卷（附王昶補遺）　有坊間通行本。

張宗橚：詞林紀事二十二卷　有掃葉山房影印本。

周濟：宋四家詞選　有坊間通行本。

胡適：詞選一冊　有商務印書館鉛印本。

鄭振鐸：中國文學史中世卷第三篇上一冊　有商務印書館鉛印本。

錢士升：南宋書六十八卷　有掃葉山房刊四朝別史本。

宋詞通論

民國二十六年七月初版

著作者　薛礪若

發行者　上海福州路　開明書店　代表人范洗人

印刷者　開明書店